诗人
散文
丛书

白菊

李 琦◎著

河北出版传媒集团
花山文艺出版社
河北·石家庄

图书在版编目（CIP）数据

白菊 / 李琦著. 一石家庄：花山文艺出版社，
2021.3
（"诗人散文"丛书）
ISBN 978-7-5511-5439-0

Ⅰ.①白… Ⅱ.①李… Ⅲ.①散文集－中国－当代
Ⅳ.①I267

中国版本图书馆CIP数据核字（2020）第247038号

策　　划：曹征平　郝建国

丛 书 名："诗人散文"丛书
主　　编：霍俊明　郁　葱　商　震
书　　名：**白 菊**
　　　　　Baiju
著　　者：李　琦

责任编辑：刘燕军
责任校对：李　鸥
装帧设计：王爱芹
美术编辑：胡彤亮
出版发行：花山文艺出版社（邮政编码：050061）
　　　　　（河北省石家庄市友谊北大街330号）
销售热线：0311-88643221
传　　真：0311-88643234
印　　刷：河北亿源印刷有限公司
经　　销：新华书店
开　　本：880mm×1230mm　1 / 32
印　　张：9.875
字　　数：185千字
版　　次：2021年3月第1版
　　　　　2021年3月第1次印刷
书　　号：978-7-5511-5439-0
定　　价：65.00元

第二季总序

◎霍俊明

花山文艺出版社在2020年1月推出《"诗人散文"丛书》（第一季），收入翟永明《水之诗开放在灵魂中》、王家新《1941年夏天的火星》、大解《住在星空下》、商震《一瞥两汉》、张执浩《一只蚂蚁出门了》、雷平阳《宋朝的病》以及霍俊明的《诗人生活》，共计七种。《"诗人散文"丛书》（第一季）推出后，立刻引发诗歌和散文界的高度关注并成为现象级的出版个例。

庚子年是改变世界的一年，我在和一些诗人以及作家朋友的交谈中注意到，很多人的文学观甚至世界观正在发生调整和变化。在写作越来越强调个人而成为无差别碎片的写作情势下，写作者的精神能力、写作经验以及文体观念都受到了一定的忽视或遮蔽。由此，"诗人散文"正是应对这一写作难题的绝好策略或路径之一。

此次《"诗人散文"丛书》（第二季）的入选者是国内具有影响力的老中青年三代诗人，包括郁葱《江河记》、傅天琳《天琳风景》、李琦《白菊》、沈苇《书斋与旷野》、路也《飞机拉线》、邰筐《夜莺飞过我们的城市》、王单单《借人间避雨》。

由这些面貌殊异、文质迥别的文本，我们必须强调"诗人散文"并非等同于"诗人"所写的"散文"，而是意味着这近乎是一个崭新的话语方式。这一特殊话语形态的散文凸显的是一个写作者的精神难度和写作能力，它们区别于平庸的日常化趣味，区别于故作高声的伪乌托邦幻梦，同时也区别于虚假的大主题写作和日益流行的媚俗的观光体和景观游记。甚至在一定程度上这些"诗人散文"因为特殊的诗人化的语调、修辞、技艺以及个人化的历史想象力和求真意志的参与而呈现出别样的文本质地和思想光芒。

他们让我们再次回到文体和写作的起点和初心，如果没有持续的效力、创造力以及发现能力，文学将会沦为什么样的不堪面目？

然而吊诡的是我们越来越迫不及待地谈论和评骘此刻世界正在发生的、作家们急急忙忙赶往现实的俗世绘。与此同时，人们也越来越疲倦于谈论文学与现实的复杂关系。由此，我们读到的越来越多的是"确定性文本"，写作者的头脑、感受方式以及文本身段长得如此相像却又往往自以为是。

蹭热度的、媚俗的、装扮的、光滑的、油腻的文本在经济观光带和社会调色板上到处都是。这既是写作者个人的原因，也是整个文学生态和积习使然。一个作家不能成为自我迷恋的巨婴，不能成为写作童年期摇篮的嗜睡症患者。尤为关键的是文学的"重""轻"以及作家的自我定位和现实转化的问题。无论文学是作为一种个人的遣兴或"纯诗"层面的修辞练习，还是作家试图做一个时代的介入者和思想载力的承担者，我始终相信语言能力和思想能力缺一不可。

2017年8月到2018年8月，一年的时间我暂住在北京南城胡同区的琉璃巷。每天上下班我都会经过南柳巷的林海音（1918～2001）故居（晋江会馆旧址），院内的三棵古槐延伸、蔓延到了墙外。偶尔我也会闪现出一个念头，历史和现实几乎是并置在一起的，甚至有时候面对一个事物我们很难区分它到底是历史的还是现实的。而胡同附近就是大栅栏，在翻新的街道以及人流熙攘的商业街上我看到鲁迅当年喝茶、小酌、聊天的青砖小楼青云阁（蔡锷在此结识了小凤仙）。以暂住地为中心，我惊奇地发现在北京生活了十四年之久的鲁迅几乎就在当下和身边——菜市口附近的绍兴会馆、虎坊桥附近的东方饭店、西单教育街1号的民国教育部旧址、赵登禹路8号北京三十五中院内的周氏兄弟旧址……每天在中国作协上下班，我都会与一楼大厅的鲁迅铜像擦肩而过。几十年之后，先生仍手指夹着香烟于烟雾中端详着我们以及当下这个时代。毫无疑问，每一个重要作家都会最终形成独一无二的精神肖像。"多少年来，鲁迅这张脸是一简约的符号、明快的象征，如他大量的警句，格外宜于被观看、被引用、被铭记。这张脸给刻成木刻，做成浮雕，画成漫画、宣传画，或以随便什么简陋的方式翻印了再翻印，出现在随便什么媒介、场合、时代，均属独一无二，都有他那股风神在，经得起变形，经得起看。"（陈丹青：《笑谈大先生》）

鲁迅是时代的守夜人，是黑夜中孤独的思想者，但鲁迅留下的远不止于此。他留下的是一本黑暗传和灵魂史。

我想，这正是先生对后世作家的有力提醒。"诗人散文"，同样如此！与此同时，我也近乎热切地期盼着《"诗人散文"丛书》（第三季）的尽快面世！

2020年11月9日于团结湖

目　录
CONTENTS

从一束白菊开始

—— 谈一首诗的诞生

信手敲出"一首诗的诞生"几个字后，脑子基本上是茫然的。我们的眼睛太容易看到那些主义或潮流之类的问题了。对于这样一个毫不夸张，甚至可以说是老实的、带着亲和气息的问题，几乎还没这样认真地回答过。一首诗到底是怎么诞生的呢？我居然也好奇起来，像问别人一样问自己。

想来想去，我想到了一个诗人写作的连贯动作。一首诗又一首诗，慢慢地，伸展成一条写作的道路。虽然并非每一首诗，都可以担当起"诞生"这样美好的词语，可有些时候，诗歌真的就是一种诞生。诗歌来临的感觉，有时，像是一只手，一下子拍到你的肩上。你并未在意，其实已在等待的情感和思索一下子找到了自己的那根火柴。

1996年的元月，踏着路上的积雪，我走到一家花店门前，犹豫了一下，还是进去了。

卖花的人是个中年男子，夏天时，每天都在早市上卖花。像哈尔滨很多工人一样，他下岗了。这个人厚道、老

001

实，手脚有点儿笨。递给你花的时候，好像总有一种抱歉的意思。这样的人做鲜花生意，让人觉得有点儿不和谐。可是，从他那买花，又有一种放心的感觉。

我走进花店，目光逐渐温柔起来。窗外大雪纷飞，窗内鲜花盛开，各种各样的花如粉黛裙钗，让人想起窈窕的身段和粉嫩的美肤。尤其是那些镶了各色花边的康乃馨，俏眉俏脸，像一群写娇滴滴散文的女作者，化过妆后正在开笔会。

店主早认识我。他知道我每次都是买玫瑰，就低下头去为我挑选。被叫作"红衣主教"的玫瑰，放在显要的位置。温润的花瓣，沉静的红，气度雍容。玫瑰就是玫瑰，它让人想起最好的绸缎，想到深红的幕帷，想到经典的爱情。它无须镶什么边儿，在不动声色里，独守尊贵。

可我那天不想要它。我走进这家店前甚至都没想买花。新年没给我带来任何崭新的感觉，我觉得仿佛是被谁推进了新年。静静地望了一眼玫瑰，它淡漠，我也淡漠。像稀饭小菜前摆一副刀叉，我们互相配不上。

忽然看到了尚未插进花桶中的一片素白——用纸裹着，像一堆雪。白菊花！我的心，动了一下。

这白菊，显然是寂寞。主人甚至忘记了它，就如所谓诗坛有时会忘记真正的诗人。可生性高洁的花，在一片五彩缤纷中，竟欲那样挺身而出，于无声处散发着一种洗尽铅华之美。它被冷落在房间的一角，还是忍不住要开放。平淡、无邪、不声张。纤秀的花瓣与其说是一瓣瓣，不如说是一条条。那种安静和从容，那种如白衣少女般的纯净，那种抒情的气质，真是好啊。

在此之前，我从未买过菊花，我甚至不知道自己喜欢菊花。菊花太常见了，它不名贵不稀有，容易被人忽视。我欣赏花的眼睛，原来已经沾上灰尘了。

我要了花店那天所有的白菊花，我领它们回家。店主帮我用好几层纸包好，外面北风呼啸，怕冻坏了花。抱着白菊回家时，我一下想起从前女儿小的时候。她要到外面去看雪。我也是这样，细心把她包好，而后抱着她，走进清冷而明朗的冬天。我记得，透过花毯，我闻到只有孩子才有的那种淡甜的奶香。被紧裹在毯中的孩子望着刚认识的冬天，她美丽的眼睛是蓝的。我真愿意一生都那样怀抱婴儿走下去。这样一想，鼻子有些酸。怀中的鲜花，真就像我小小的孩子了。

白菊就像懂我的心一样，开始在我每个房间绽放。我从莫斯科带回的水晶花瓶、古朴的木雕花瓶、粗陶罐，都捧起了一片美丽雪白的激情。花瓶与花，就像跳芭蕾的男子，正托举起不染尘埃的少女，一切相得益彰。新年忽然在这里找到了感觉，我感到了一种崭新的快乐。我的1996年，从这儿开始了。

诗歌就这样来了——

一九九六年

岁月从一束白菊开始

……………

室外，零下二十八摄氏度的严寒；屋内，白菊花怒放。怒放的"怒"字多生动，花开得真像生气一样，那么强烈、不管不顾的样子。每一个花瓣都使劲地舒展，就像是想飞。

　　贞洁的花朵
　　像一只静卧的鸟
　　它不飞走是因为它作为花
　　只能在枝头飞翔

白菊花给了我灵感。它不留余地地绽放，非要把自己完全打开。这种单纯和热烈，这种一往情深，多像诗人。

花儿到底是为什么开放呢？它是为自己。这是花的本性，就像诗人写诗，为什么呢？也是为自己。花儿的心，诗人的心。都具有特殊灵性，都有一种皎洁、一种孩子气的任性、一种徐徐绽放之美。

我就在菊花身旁，一气写下了这首《白菊》。我庆幸自己写下了这首诗，它的写作过程提升了我。我用一首诗，为自己留下了一个大雪飘飞、白菊怒放的瞬间。

人亦如花，各不相同。有的镶着花边，有的五颜六色，有的朴素无华。对于诗人来说，写诗，就是一种自我开放，无论是在店堂的中央，还是在安静的角落。

一生一句圣洁的遗言

一生一场精神的大雪

　　白菊开放，雪花飘飞，诗人回到诗歌里面。一切，自然
而然。

两　张　脸

正在读的书放了一床。交替读书让我感到了一种趣味，常常是先看这本，再看那本，顾此亦不失彼。看杂书，乱看书。没有学术研究的任务，图的就是个心旷神怡。没有那必须一本正经的念头，反倒体验了一种蓬松纷繁之美。

今天，发现书桌上、床上分散放着的是杜拉斯和阿赫玛托娃。一阵风吹来，像是故意的，让我同时看到了扉页上她们两人的照片。我一下子被这两个不同寻常的女子吸引，忍不住把她们放在一起。此刻，法国和俄国在我的安排下无声地会晤。我同时端详着不同寻常的她还有她。

1914年杜拉斯出生时，已经二十五岁的阿赫玛托娃第二部诗集《念珠》已经出版并引起轰动了。穿着小绸裙的杜拉斯，正在亚洲殖民地黄昏的树林里蹒跚学步，而优美的阿赫玛托娃已游历完巴黎和意大利，风姿绰约并且声名显赫了。尽管有五十二年的时间，她们生活在同一个世界，但是她们好像并不是熟悉的。她们分别在属于自己的国度和际遇里生活。一棵是枣树，另一棵，不是。

她们都是母亲，都是欧洲人，都是给这世界带来光芒、馨香和悠久话题的女子。

一个是诗人，一个是小说家。

都是生前身后，拥有众多粉丝和读者的写作者。

都有男人为她们独具的风情倾倒。她们都面对过炽烈的目光。

有一张莫迪里阿尼为阿赫玛托娃画的素描画像，相信很多诗人都熟悉。那个寥寥几笔侧身的轮廓，把写出《安魂曲》的女诗人优美、隽永地概括了出来。阿赫玛托娃被她的祖国誉为20世纪俄罗斯的萨福和莫扎特，是"俄罗斯诗歌的月亮"。她端庄高贵，面容线条精致，雍容沉着地坐在俄罗斯巨大的苍茫和沉静里。

而杜拉斯，少女时期的美丽和光洁已随风而逝。中年以后的她面目苍凉、沟壑纵横。酗酒、不规律的生活，她虽然是在照片上，却动感十足，那种爆发力使她随时好像要从书上下来，穿行在法兰西斑驳的街道中。

这个下午，我为这两张完全不一样的脸着迷：她们的脸是那么不同，却有一种同样的质感，一种让人凝视的吸引力。两张脸都是那么有内容，带着各自拥有的魅力。数十年来，我经久地阅读她们。她们都有强烈的自我意识，都从女性的视角揭示、挖掘人类的情感，都在自己的人生里饱经风霜——这两个把语言赋予巨大能量的人，都是独特的、不可替代的。

阿赫玛托娃，笔触丰富而又细腻，阅读起来让人心驰神往，深水静流，她是宽广的。

杜拉斯，创作力旺盛得像湍急的河流，文笔让人吃惊，奇峰突起，风光无限，她是斑斓的。

也许因为她们是女人，她们都有过与脸相关的文字——

阿赫玛托娃的诗：

我知悉一张张脸怎样凋谢，
眼睑下流露出畏怯的目光？
苦难怎样将粗粝的楔形文字，
一页页刻上面颊，
一绺绺乌黑乌黑的卷发，
霎时间怎样变成一片银白，
微笑怎样从谦和的嘴唇枯萎，
恐惧在干涩的轻笑里战栗。

杜拉斯，她的最后一本书《全在这里了》是这样结尾的——

我再也没有嘴了，再也没有脸。

那是1995年的8月1日。离她告别人世的时间，不远了。

这个下午，我阅读两张超凡脱俗的脸，一知半解地解读那种伤痛之美。她们的书我分别读过多遍，案头、枕边。每次阅读，都如重逢，而每次合上，又似告别。还好，在她们离开之前，我来到了这个世界。我赶上了她们的光芒和气韵。为这一点，我已经满足。想到了她们不凡的履历，她们曾有过的心事，那些爱慕过她们的男人，属于她们那个时段的滚滚红尘。我不能不受到震撼：胭脂之外，香艳之外，沉淀和淬炼之后，她们的美在于杰出的才华和丰盈的灵魂。这一切，原来不仅留在她们的作品里，甚至散发在她们的仪表和面容里，真是奇妙。

灵枢也无法把她们抬出这个世界。这两个将生命奉献给写作的女子，她们的文字会恒久地散发魅力，而她们自己，已经并非刻意地活成了经典。深秋的黄昏，两个面貌苍茫美丽的女子，在她们各自的书里，谁也没伸出手来，却轻轻拂去了，这个热闹尘世蒙在我脸上的那些灰尘。

2008年

懵懂的神情

如果有诗歌会议，如果我与傅天琳都参加，如果不是每人单住一间房子的话，善解人意的会务组肯定会让我俩同住。我们是多年的老友，彼此知深知浅，情投意合。

天琳天性纯净，进入写作状态，才华和情怀就超凡脱俗。从20世纪80年代到现在，她那支笔从最初的清新灵动转为今天的丰富深邃，她属宝刀型诗人。我从年轻时就是她的忠实读者，我对重庆的感情，当年就是因为那里住着诗人傅天琳和诗人李钢。

可是，一落进现实生活中，这位天生的诗人，就出现了局促和困窘，可谓磕磕绊绊。运气好时，有祥云缭绕，会碰到关照或提携；而遭遇算计和不公，她就只能是伤痕累累了。简单、直接，没有防人之心的天琳，常常事过境迁之后才如梦初醒。让人欣慰的是，经历了许多世上风云的天琳，吞咽下诸多辛酸苦涩后，依旧笑容甜美，眼神清澈。这个在果园开始人生履历的女人，有水果那样汁液饱满的心。脏污，最终沾不了她。她有自洁系统，她是真诗人，老天疼她，赐予她一双飞过泥淖的翅膀。

天琳最经典的表情就是孩子一样的懵懂。十年前，我们一行女诗人在香港逛街。她没有购物的热情，又没有独自作战的能力，跟在我们身后，一筹莫展像个牵线木偶。让咋走就咋走，也不说话，也不顾盼，一脸无辜和无奈。娜夜笑着对我说，天琳那表情，真是太可爱了。我对天琳说，幸亏你是诗人，到哪儿还有人照应。要不，你太容易成为被拐骗的对象了。她笑了，那笑容，清澈而无邪，相当动人。

　　这个世界原本复杂，对她这样的人来说，简直就是云谲波诡了。我特别爱看她经常恍然大悟的样子。有那么多她不知道或者让她发出感叹的事情。

　　一次，她哀哀地说，为什么，你的朋友都那么好？他们真是好人，我也想有这样的朋友。她那种表情，像幼儿园的孩子面对伙伴手上的玩具。她不知道，我的朋友原本就欣赏她，大家都是诗友，只是，彼此未曾走近。现在，我的几个"那么好"的朋友，早已是她的朋友了。

　　天琳心肠柔软，受不了别人的好，是感恩之人。我们去台湾，台湾诗人喜欢她的才华，心疼她的身世，一路多有关照。回到大陆，天琳竭尽全力，将一位台湾诗人所托之事尽善尽美办妥。那位诗人特意打电话对我说，天琳太让人感动，不知以何为报，想请我支着儿。我说你千万什么也别报，她会不安。她去广东开诗会，必要去看郑玲老师才会心安。诗人阿西对她有所关照，她就特意给我来电话，叮嘱我一定要谢谢这个黑龙江籍的诗人。而后，照旧感情代替政策地说"你们东北的诗人，多好啊"。阿西，我要感谢你，你为咱们东北的诗人赢来了集体荣誉。

深藏心机、圆滑取巧的人，是不可能有那种懵懂神情的。这种东西无法装扮。我见过扮演"天真"的，简直不能忍受。

后来，我又从一个年轻女诗人的脸上，看到了这可爱的懵懂神情。那便是路也。

在见到路也之前，我已非常喜欢她的诗歌，她的诗睿智洒脱，有明显的知性上的优越，又同时散发着纯棉织布般的朴素温暖，带着聪慧俏丽的个人印记。去年深冬，路也到哈尔滨来，红色羽绒服里面，是件好看的、不事声张却自带风情的素花棉袄。这种叫作袄的衣服，不时髦，不张扬，风情内敛，有一种"收"的意味。穿在安静的路也身上，像是她的皮肤，和她那么相衬。一张干净秀气的脸，未施脂粉，眉眼间兼有羊羔、小鹿时而慧黠时而怯生那种复合的神情，有时又会悄然闪现一丝唯倔强之人才有的执着。不用说，她不是"场面人"。裹在小花棉袄里的路也，像民国时期的女子，又像旧日画片上的人物，神情古旧安然。她静静地坐在你的身边，神思却分明去了远处。让人觉得她像是音乐盒上跳舞的小人，轻盈地下来了，转一圈，而后就重回到那个神秘的盒子上。大家在聊天，偶尔触到一个她可能没有兴趣的话题，路也就有些恍惚，一下出现了那种隔离的、懵懂的样子，非常招人怜爱。

路也和天琳都有懵懂神情，但又不尽相同。她们不是一代人，有年龄阅历的差距，有学养见地上的参差。天琳经历了更多的磨砺和坎坷，为人妻为人母，比路也多了柴米油盐的气息，也多了天伦之乐的圆融。年轻的路也孑然一身，单薄孤独，书卷气里有一种与世俗绝缘的东西，像一片风中树叶，更让人生出担忧和牵挂。人真是复杂立体，看上去安静温婉的路也，有时会忽然显现一种气概。比如喝酒时，这个小女子懒得周旋，别人说，喝点儿！她就声音不大却果决地说，喝吧。而后真就一饮而尽。迅饮不及瞠目之势，鲁国女子的豪气倏然闪现，全无任何造作之态。

记得几年前，我和天琳通电话，说到各自发现了一个年轻女诗人的诗。一谈，居然都是路也。天琳使用的，是她那种惯有的、不知是反问还是感叹的经典句式：她怎么写得那么好？我也感叹：是啊，她写得真好。

我没告诉天琳，我从路也的神情里，看到了她的一些影子。我希望，这两个我喜欢的女诗人都有最好的一切。我祈愿诗歌不只给她们带来声名，也带来好运气和生活的顺畅。她们一大一小，都心怀洁净，锦心绣口。在这个声势威猛的世界上，她们都身单力薄，带着一些胆怯和羞涩，带着忧伤和忍耐。当她们携带自己的才情从我们身边经过时，请大家珍惜。她们是好花朵，是珍贵的人。她们懵懂神情的后面，是蝴蝶羽翼般的轻盈和敏感，是对这个世界小心翼翼的敬重，是细枝末节处的自尊和柔弱，是无邪的好奇和信任，是悄然吞咽下的苦涩，是对自己人生岁月的珍惜。

2009年深秋

迷　惑

　　我领一个乡下来的孩子走进宾馆，我们坐在大堂里。他侧着头，盯着电梯的方向。一会儿，他悄悄告诉我，那个门，可太怪了。刚才进去了一个人，再打开时，换人了！原先的人呢？他压低了声音，疑惑的表情里有一种紧张。一个四星级宾馆的大堂里，其实有许多让一个乡下小孩儿好奇的东西，可他，完全让那个换人的电梯给吸引了。

　　我看着他那种迷茫的表情。那眼睛里的惊异和思虑打动了我，我甚至都不想马上告诉他答案。

　　在这座城市里，已经很少遇到一个迷惑的人。我见到的多数人都是那么明白。他们好像什么都知道，已经没有什么让他们惊讶的了。明星偷税、艺人婚变、煤矿爆炸、飞机坠地、火车出轨、食品造假、医药黑幕——对于发生在生活中各种其实也算得上奇怪的事情，很多人早已懒得好奇。在诡异的生活里，人们太成熟了，已经没什么或者说不愿再对什么好奇了。令人惊奇的、让人激动或愤怒的、最出人意料的事情，好像都已经发生过了。大家都心知肚明又无可奈何地活在一种见多识广的状态里。多数人都是同一副见怪不怪、心里有数的样子。只有这个孩子，他眼睛睁得大大的，一个不解之谜，让他的睫毛一眨一眨，黑幽幽的眼睛深井一样，清澈而明亮，他被镇住了。

后来，他当然知道了电梯的功用。他乘着这奇怪的铁房子上上下下。用手去按楼层电钮时，他的表情郑重而严肃。这个孩子，他对这座城市最强烈的记忆，是从这部电梯开始的。

我羡慕这个孩子。做一个有所迷茫的人，用一双睁大的眼睛去好奇，而后恍然大悟。如此衍生出的快乐，多么简洁单纯啊。

发　呆

　　诗人邹静之是我的朋友。我们通电话，他告诉我，最近常坐在马路边上发呆，看来来往往的人群。电话的那头儿，静之看不见我的微笑，却能懂得我的心领神会。我想象着，在北京车水马龙的大街上，一个额头宽阔的诗人坐在马路牙子上，正痴望着人群。没有人知道他是谁。那些过往的男女老少，未必有几个读过他的诗，却肯定有许多人看过他写的戏。他们作为观众，曾经或正在被他笔下的人物弄得牵肠挂肚。他们却不知道，这个优秀的诗人，著名的剧作家，北京城里最会写故事的人，这个眉头一皱，就让康熙皇帝在自己笔下东游西走的人，其实是多么寂寞。大才子，甚至"中国第一编剧"这样的美誉，对诗人邹静之来说，就如从身边吹过的轻风。此时，他怅然地坐在北京某一条马路边上，看滚滚红尘之中的人此来彼往。在一场就像在进行直播的人间情景长剧中，发呆的诗人，此时正扮演着他自己。

　　发呆是一种特别有趣的事。除去弱智和痴呆者那种让人看了难过的呆头呆脑外，智者的发呆，犹如一棵大树倏然收住风中摇曳的声响，进入了对天地聆听的状态。这是茶叶沉入杯底的安宁，是在苍茫气韵的笼罩下，灵魂的飘然出巡，是云卷云舒前那一阵心神的聚拢和停顿。

如果你留意，小孩子有时会呈现一种极为可爱的发呆状态。那呆呆的神情和自然流露的无邪和纯真，那像是没有来由却极为由衷、如花朵绽放般的笑容，往往会让成人坚硬的眼神一瞬间变得柔软和疼惜。天使这样招人怜爱，因为生性无邪，举止自然，丝毫没有那种故意的装扮。

穷人也常发呆。在黑龙江开往最北方的一列火车上，坐在我对面一个农民模样的中年男子忽然发现已经坐过了站。立刻，他惶惶然一头汗水。而在此之前，他一直半张着嘴，呆呆地坐着，就像是被谁戳在座位上的一尊泥塑。草根阶层的平民百姓有太多的忧愁和焦虑，生活中有太多的塌陷和补丁，他们是不知不觉就要发呆啊。记得我的一个来自乡下的同学说，从小到大，她对父亲最深的记忆，就是那双被穷困折磨得近于呆滞的目光。当听到父亲去世的消息时，本是噩耗，她的第一个感觉竟是松了一口气——那个几乎不会笑了的父亲，一生都在为还债焦虑、外人眼里呆头呆脑的父亲，再也不用为这个穷家发愁了。同学噙着泪水告诉我的这几句话，当时曾强烈地震撼了我。

诗人们自然是更容易发呆的。

1999年，我们一群女诗人去台湾访问。我就发现，我的好朋友傅天琳经常神情恍惚。她坐在那里静默的样子就像一个很小的女孩儿。在阿里山上，她呆呆地望着那郁郁葱葱的山林，好像她到这里就是来发愣的。天琳的眼睛很漂亮，当她如此痴望时，那眼睛就好像更大也更深远了。这个从缙云山走出来的女子，此刻，一定是有什么触动了她敏感的心。晚上，我俩在山上小茶馆喝茶时，她又一次陷进了那种呆呆的状态，一句话也不说，就那么坐着。夜越来越深，她渐渐低下头去。我还以为她困了，推她一下，一抬头，我看到了满脸泪水。

后来，她告诉我，阿里山上，满山青翠让她想到了死去的父亲，想到了她经历的一些苦涩的事情。她忘了周围是什么，只是沉浸在自己的心事里，掉进了无边无际的忧伤和迷茫。善良的天琳，我只要一想到她那软弱的、恍惚懵懂的样子，就特别牵挂她。

我知道这世上有些人是永远也不发呆的。他们目光犀利，他们神采飞扬，他们精明强干，他们顾盼自如。在人生的舞台上，这些人已然是如鱼得水，意气风发，所向披靡；他们目标明确，是坚持对自己严格要求的人；他们习惯了永不懈怠，游刃有余，唯恐稍有疏忽，就会带来不利；他们周旋于滚滚尘埃之中，警觉机敏，甚至是不允许自己发呆的。

而此刻，远在重庆的天琳，还有正坐在北京某条马路边上的静之，我想和你们说一句：继续发呆吧。在你们的背后，除了重庆的月色和北京的风，还有我遥远的欣赏或者说默契的目光。

礼　物

　　朋友给我送来一份礼物，她说，你一定喜欢。此时，她抱着一个很大的纸包，用那种我们怀抱婴儿的姿势。我很好奇，打开一看，竟是一卷白色的亚麻布。

　　岂止是喜欢，我有点儿不知说什么好了。谢谢？太轻了。我俯下身使劲闻了一下，真喜欢那种布的气息——用鼻子鉴赏某些东西，在这点上，我倒和狗有点儿相像。

　　白色和亚麻都是我的所爱。亚麻纤维是世界上最古老的纺织纤维，尤其这卷布出身不凡——朋友家自己开了工厂，辛辛苦苦地劳作，这是我朋友织出的布。劳动、友谊、美，一点一滴的操劳，各个环节的用心，从布的纹理到她眼角的细纹。辛苦和期待，岁月里的苦乐，对友人的美意，都在其中了。

　　这样的礼物除了带给我温暖、踏实和可靠，还带来一种近于诗意的感受。毫无扎眼的白，安静的颜色和质地，会让人唤起许多关于美好往事的回忆。我一下子想起少年时代，我穿着样式普通（其实都说不上样式）的白衬衫，居然心怀那么多美好的憧憬。对我的白衬衫，我有一种郑重的爱。因为它和我许多难忘的活动和日子相关，其实，那就是我少年时代的礼服。

一个倒霉的午后，心爱的白衬衫被一个淘气的男生弄上了蓝墨水，待我发现时，蓝墨水已经干透，像结痂的伤口。记得当时我都来不及愤怒，飞奔到学校的水龙头前。为了洗净墨渍，我几乎洗破了双手。我到现在还记得当时的悲伤，那是一种面对心爱之物被损毁的绝望。让人疼惜的白色，它让我在那个午后开始懂得，猝不及防的破坏，有那么大的杀伤能力。它不仅伤害有形的物件，还会伤及无形的精神。无论面对有心还是无意的伤害，人有的时候，真是无奈啊。

至于亚麻，是我最喜欢的面料之一。我的衣柜里总会有年度淘汰，可经年不舍的那几件衣服，几乎都是亚麻的。褐色的亚麻衬衫，像是把秋天的一角披在了身上；小碎花的亚麻长裙，让我穿上它的时候，心事也趋于平凡和简单。蓝色绣花的亚麻围巾，缠在颈间常会想到神秘遥远、诞生《一千零一夜》的国度。我觉得亚麻与人有一种默契。作为面料，它容易出那种细碎的皱褶，就像它累了似的。布也知道疲倦，这恰恰让我有一种放心。它是真实的布，犹如真实的人，怎么能毫无瑕疵呢？我和我所喜欢的人都有缺点。我们互相包容，彼此在原谅中欣赏，带着一些遗憾走过人生。那种无论怎样都光滑挺括的面料，就像从来都不犯错误、永远不动声色的人，正确得让我有些生疑，精明得让我敬而远之。

我抱着这些布，觉得和朋友贴得很近。我为这样的礼物感谢朋友。我会用这些布做成床单，沐浴后让身体躺在一片舒适的洁白里；我还会用它们做成古埃及人那样简单宽松的衣衫，而后就如穿着云朵一样，走进尘世的五彩缤纷之中。穿这样的衣服，铺这样的床单，在细节密布、日复一日的生活里，感觉着亚麻的敦厚纯洁，感觉着干净的白，自然会生出一重小心，远离一些我认为是不洁的东西。

一个电话

在异乡的宾馆里。我刚洗完澡躺下，接到一个电话，是一个男子的声音。那个声音很好听，他温柔地说，是你吗？我不知该怎么回答，我肯定是我了，可他是谁呢？

这个时候，我就听到了那个男子沉沉地说出：我非常想你。一字一句，声音充满了感情。

我有些茫然。我不认识这个声音。这里是异地他乡，好像也没有谁能那么想我。我立刻意识到这是个打错了的电话，就赶紧说，对不起，你可能是打错了。

我的话像一盆水，浇醒了对方。他立刻清醒了，迟疑了一下，接着是有礼貌的一声道歉。

电话刚放好，铃声又响了。拿起来，还是那个男人的声音。他一听我的"喂，你好"就立刻放下了电话。他是那么着急把自己的想念告诉对方，可偏偏可能把什么记错了。这个粗心而热情的男人，我甚至能想象出他此刻着急的样子。

以为再不会继续了，正看书，电话又响了。还是那个人，有点儿不好意思但还是不屈不挠地问，请问这是某某宾馆吧？我说对。他又试探地问，请问您房间还有另外的人吗？我告诉他，没有。我听到不甘心的小声自语：怎么会错呢？不会有什么事吧？接着非常真诚地说声对不起放下电话了。

我真是替这个人遗憾。从他的礼貌来看，这是个有教养的人。他如此急切地想找到他惦记的那个人，一个女人。电话里我都听出了他的心神不安。外面是漆黑的夜，这个夜晚他肯定难以入睡了。有人能这么思念一个人，这么执着地想告诉对方自己的想念。这个异乡清冷的夜晚，让我忽然感觉到有一种温情。

这个打错的电话，让我有些羡慕那个被人想念的女人。她被人如此深情地惦记，她是一个什么样的女子呢？

我忽然觉得自己也和那男子一样，有些牵挂那个该接电话的女人了。如果她也是在旅途上，我和那男子一样，希望她平安，希望她快点儿走到那部想找到她的电话跟前。

你 会 飞 吗

我年轻时愿意穿那种蝙蝠衫，舒服，宽松。

有一次我穿了一件白色丝绸的蝙蝠衫，站在公园的草地上，风一吹，两肋之间被鼓荡起来。

一个头发卷曲、眼睛明亮的小姑娘悄然问我，你会飞吗？

那个小女孩儿刚刚三岁。她望着我的那一瞬间，我简直被她发蓝的瞳仁和纯洁的好奇迷住了，我能看出来，她的问话充满期待。

我就说，很久以前，我当过鸟。我曾经会飞。后来……

后来怎么了？

我说，后来，我变成了人，觉得在大地上生活也很好，又当了一个小孩子的妈妈，就再也飞不起来了。

小姑娘的眼里盈满了泪水。她难过地说，你就再也不能回到天上了？

停了一会儿，小女孩又来问我，那你是不是，把翅膀埋到大树下了？

我说，你是怎么知道的？

她说，我是猜的。我也把喜欢把好东西埋在那里。大树上有好多鸟，它们大概都知道。

那个孩子，是我的女儿，许多年前，她像天使一样，用一双清澈好奇的眼睛打量眼前的世界。如今，她每天在北京拥挤的人流中去上班，她工作努力，也很疲惫，她读了很多书，也写了一些小说。她已经长成了一个别人眼里的青年作家。她的头发依然卷曲，可是当年目光里的发蓝的光，渐渐消失了，变成了一种怅惘。

她不用我再回答，自己在生活中，已经知道了许多答案。

2001年

祈　祷

　　熟悉我的人都知道，我是个干净但确实不太利索的人。所有的家务劳动中，我最爱洗衣服。清水、洗衣液、香皂、肥皂，包括衣服从脏变净、最后晾晒起来让风轻吹的这个过程，都让我喜欢。可收拾房间却总让我发愁。我经常不知从哪里下手，还没等干，就已经先绝望了。好在我们全家人深为相知，已经具备了那种在乱七八糟的环境中安之若素的能力。

　　有一天，自己也有些看不下去了。我就给妇联的家政中心打个电话，请来了两个小时工，让她们来帮我"戡乱"。

　　来的两位女工都姓郭，一问，原来是姐妹。两个人不愧为业内人士，非常有门道地就干了起来，家中很快就云疏日朗了。

　　收拾书房的时候，那个妹妹看到我放在案头的《圣经》，问我："大姐，你是基督徒吗？"我告诉她，我不是基督徒，但这书我愿意看。真的吗？她眼睛一亮，露出了惊喜的表情。

　　接着，她庄重地告诉我："我是基督徒……"

　　她接着告诉我，从前，她的丈夫因为生活不如意，酗酒，喝醉了就骂人。她心情不好，就和丈夫干仗，结果是恶性循环，每天打打闹闹，日子过不下去了。她连死的心都有了。

一个偶然的机会，她走进了教堂。从开始接触教友，到逐渐学习《圣经》，她忽然觉得自己的精神渐渐变得充实了。她不和丈夫吵架了，不知道为什么，脾气没了，人也有耐心了，对丈夫的恼怒变成了同情。她开始祈祷，一点点和丈夫讲道理，好几次都把丈夫讲哭了。后来，奇迹出现了，丈夫越变越好，酒越喝越少，体贴却越来越多了。一家人的日子虽不富裕，却过得平静又温暖。如今，丈夫每天都和她一起祈祷。

我问她：“是不是祈祷把日子过得更好？”

“我们过得不错了。”她说，“当小时工是累点儿，但帮助了别人，又贴补了家用，知足了。我们祈祷是为了大家，为众人。”这是她的原话，一字不差。这个家境明显并不富裕、也肯定没有学历背景的女工，这样说的时候，面容宁静，用语斯文，毫无造作之感。

我眼眶有些潮湿，她晴朗的面庞唤起了我一种肃然之情。

我问她的姐姐，你也是基督徒吗？

姐姐轻轻一笑，说她信佛，很长时间了。

这姐妹俩！两人都目光善良，举止得体，她们都生活得颇为艰难，却怀抱着感恩惜福之心。干完活，我请她们坐下来喝茶，聊得很投缘。她们走后，我的家一尘不染，我的心也像房间一样，敞亮而清静了。

我想起那一年，我当时所在的杂志社在松花江边举办一个散文笔会。笔会期间正逢八月十五。中秋之夜，谁也不愿早早睡去，众文友就一起去夜风吹拂的江边散步。那一天的月亮真漂亮，皎洁、纯净得就像是第一次在人类面前出现。我们站在一轮美月下的江边，恰逢一群人抬着许多造型漂亮的河灯来到这里。他们点亮蜡烛，把一盏盏制作美丽的河灯轻放到江水里。那些灯盏从上游到下游，逶迤连成一线，在波浪中起伏飘逸、点点闪亮。皓月当空，那些放灯的人，一边目送着那些灯远去，一边双手合十默默祈祷。此情此景，虽真切地就在眼前，却更像一幅从夜空垂下的古画。我虽然在松花江边长大，也很少看见这样的景观，当时一下联想起萧红童年在呼兰河畔看放河灯的情景。外地的作家更不用说，均为眼前的一幕兴奋起来。记得当时我们中有人轻声问道，是纪念亲人吗？

放灯的人群中一个丰满的、面如圆月的女子微笑着说，不，我们是佛教徒。今天是八月十五，吉祥的日子，我们为大家，为众生祈福，也包括为你们。

作家们谁也说不出话来。

放灯人眼神里的虔敬和诚实，他们的善和平静，让刚才还在互相取笑的我们一下肃穆安静起来。沉寂的夜色中，我们和那些放灯人一起，望着那些乘愿而去越来越远的河灯，心也成了奔腾的江水。我身边一位对佛教颇有心得的作家朋友，情不自禁地开始默诵佛经。一种慈悲旷远的情感，月光一样地笼罩着我们，人好像也变成了一盏盏随波向远的河灯。在那个吉祥的夜晚，在中秋明月的爱抚下，我们望着松花江的流水，一起为那些我们并不相识的人，为这个世界上的大家，衷心地祈祷幸福。那种心灵被荡涤、如一枚羽毛向天空飞升的感觉，用语言真是难以形容。所有参加那次笔会的作家都说，那次笔会，终生难忘。那是一个最美好难忘的中秋之夜。

我们是平常的人。吃五谷杂粮，过柴米油盐的日子，有失意和苦恼皆属正常。我常在这样的时候，想起郭氏姐妹，想起松花江边那些放灯的人。在这个讲究位置的社会里，他们可能身份卑微，终生默默无闻；他们也许生活得并不安逸，也不富裕，甚至可能含辛茹苦；可他们其实是有福之人——有一种光，照亮了他们绵长琐碎的日子，也照亮了他们的辛苦和操劳。人生的意义确实不在于那些表面的显赫和各种各样所谓的"成功"，而在于心灵的自在和结实。那一对姐妹和江边那些放灯人，眉宇之间都有一种从容和舒朗。信仰给他们带来了尊严和快乐，带来了健康的生命力。他们使那些只注意表面魅力、习惯了自命不凡、凡事先想着一己私利的人，一下子就失去了分量。

应当说，我对他们怀有感激之情。我感谢他们让我思考一个平时让我们用俗了的词——灵魂，我感谢他们提醒、指引了我——一个人并不是世界。尽管我们自己也许有许多不如意，尽管我们微不足道，可能会碰上这样那样的难处，我们还是应该少一些计较，多一些悲悯；学会虔诚地、由衷地为了我们自己之外的别人，为大家，为众生，真诚地祈祷。

我祈祷——

当时光飞逝

不久前我参加了一个聚会。一个从国外回来的同学，下凡一样，特别留恋故国人间的同学深情。他不屈不挠、东呼西唤外加软硬兼施，热情召集了一帮多年未见的同学。

见面那天，自然一顿大呼小叫。平静一会儿后，我发现很多人已经面目全非。最让我惊异的是，当一双热情的手拍在我肩上时，我虽觉得眼熟，却一时怎么也想不起来面前的这大胖子是谁。自报家门后，用大惊失色来形容我当时的表情，一点儿也不过分。当年瘦削、英俊、羞涩的小男生，如今肿胀得不成体统。曾经让许多女生心动的那张轮廓清晰的脸，让脂肪给包围得一片混沌。我眼前这个人，如今什么话都敢说，羞涩与英俊早已下落不明。从形到神，岁月在他身上动的手脚真太让人惊愕了。

酒过几巡，就有人怆然而泪下。国外回来的同学明明念了博士，而且腰缠数百万贯，却像在国外当了杨白劳一样，感慨唏嘘，说一肚子苦辣酸甜唯有自知。我看着自己往昔的同学，不知为什么，像看着一些陌生人，心酸又惆怅。

岁月流逝，时光在我们每个人身上都留下了痕迹，包括我自己。从前的样子只是依稀可见罢了。当年的女生宿舍里，我们对四十岁以上的女性，统称为"老女人"。如今站在那时甚至都不屑设想的年龄之中，居然神情自若，可见造化弄人。

我的一个同学，做了我们这个城市的一位文化官员。有一天，我父母在电视上看见他，慨叹"那孩子可真是见老了"，我当时乐得不行。糊涂的爸妈，对他的印象，尚停留在当年风华正茂之时。如今，"那孩子"年过半百，岂止是"见老"？后来，我看见了"那孩子"，告诉他这事，他感慨良多。想当初我们在松花江边踏雪漫步时，"那孩子"和我，都觉得四五十岁何其渺茫。如今，再看当年照片，连自己都怔怔的：那种神采飞扬的笑容，那种只有年轻人才有的光芒，总是向着遥远处张望的目光，到底都是怎样消逝在一寸一寸的光阴之中了呢？

同学中一位有心者，居然拿出了保存了三十年的点名册，是钢板刻的那种。大家兴奋地传阅，随后立即有人去复印。点名册上的姓名与眼前人的衔接略显荒诞。我们每个人都添枝加叶地成长，每个人都有不同程度的落寞和惆怅。每个人好像都站在了自己之外。年复一年，我们散落四方，却同样用慢动作交出了曾有过的青春。

年轻时，一说到人生，就想起保尔那句："人的一生应该是这样度过的——"好像非活得轰轰烈烈才叫人生。那时还有人为没赶上战争时代而抱憾，似乎已经错过了成为英雄的机会。走过岁月才悟到，一场正常的生命之旅，所谓的碌碌无为中，已有人生的积累和磨砺。有限的生命，恰是因了平常岁月的累积，才会变得丰满而厚实。正是成千上万平常之人的平常之举，才构成了人间万象。生活的常态，其实才是生活的本来面目。一个人真没有什么必要，非要拔地而起。理想远大固然可贵，可脚踏实地活好每一天，过好树叶一样稠密的平常岁月，其实才最为重要。

这次聚会上，知道一个同学已经辞世。他曾是我们班年纪偏大、最有心机的人，凡事都前思后想，长于规划前程。当初，我们和这个同学都不算亲近，可听到他去世，还是心生难过。大家同学一回，结下缘分。如今在这个世界上，却再见不到他了。如果能重新回来，我想，那个心思深重的人，会不会变得简单些，会不会有所感悟，开始删减修改自己那并不轻松的人生？

时光不会倒转。我们每个人在人间的逗留都将越来越短。追忆似水年华之时，眼前年华又似水流去。我们消耗着，也创造着；失望着，也努力着。我想，不虚度年华的真正意义，不必非得是成就伟业。只要在每一天，都不丧失生活的希望；只要能看到世间的美好和动人；只要亲朋安康，对人怀有温情和善意；只要正常地生活，诚实地劳动，以智慧和能力换取日子的平安和长久；只要能有尽可能丰富的内心世界，精神之树丰饶葱茏；只要能让生命的河水平缓从容，流向岁月的尽头——就像日本当代著名诗人谷川俊太郎在诗句里描述的那样——

活着
所谓现在活着
是鸟儿展翅
是海涛汹涌
是蜗牛爬行
是人在相爱
是你的手温
是生命

新年快乐

　　那是1996年的元旦，如果不是来了祝福新年的电话，我甚至忘记了这又是新年伊始。那是和任何平常日子一样的一天。楼上邻居弹着钢琴曲，忧郁的琴声从天花板上流泻下来。换上新日历，我唏嘘一下：居然迈进四十岁的门槛了。茫然。正好朋友刚送给我一个蓝色封皮的日记本，我就顺手写下那一年的第一篇日记：居然到了1996年，新年到底为什么快乐——这就是《新年快乐》的初稿了，重翻当年日记，我知道，最后写完那首诗，是1996年的1月23日。

　　没有过在寒冷地带居住经验的人，很难领会那种风雪迷蒙中体味岁月更替的心境。对于从10月就开始看到落雪、门窗紧闭，开始"猫冬"的北方人来说，新年的那个"新"字，已经具有多重寓意。在漫天风雪里辞旧迎新，比花团锦簇中更有意味。更何况，耶稣诞生、圣诞老人、白雪公主、卖火柴的小女孩，这些温暖或凄婉的故事，都有大雪飘飞的背景。隆冬季节的哈尔滨，冰灯神奇瑰丽，雪花舞姿柔曼，北国冰城的独特魅力在一片凛冽硬朗中弥漫。大雪覆盖下，凌乱和喧嚣暂时消失了，那些异域风情的建筑，身披白雪的大氅，呈现出皎洁清朗的童话意境。夜晚，星月与灯光下，雪地上像撒满细碎的银屑。无论灯火阑珊的楼宇还是屋檐积雪的民房，在这寂静的冬夜，都有些不太像凡人的居所。这样的时候，手捧一杯热茶或烧酒，聆听新年钟声，会让多少人心神摇曳。尽管冬天还很漫长，但是，温暖与春光即将启程，而那如羽毛般轻盈优美的漫卷之雪，正一片一片，落进了北方儿女的心事之中……

我喜欢安静地守望新年。最不爱凑热闹的我，关于新年，偏偏有过一次凑个大热闹的记忆——那是千禧年前夜。朋友送来了几张票，再三叮嘱，票很贵，跨世纪了，全家去玩一下吧，让孩子高兴。我动了凡心，晚饭后，一家三口就去松花江边跨世纪去了。

那真是哈尔滨当年的大事情。刚下出租车，就发现一些重要路段已经戒严。进入江边主会场，我顿觉失策，可被人流裹挟，前进或后退都身不由己。中央电视台正在现场直播。我看到主持人快冻僵的脸在镜头前微笑，看到不失时机卖各种商品的小贩，看到警察忙碌的身影，看到在严寒中演出的人群。真热闹啊！可我已毫无兴致。江边风硬天冷，御寒的帽子显得力不从心。我和女儿忙着从小贩手里每人买了一顶厚帽子，逃难似的拥挤在人群中。没感受到什么狂欢的气氛，只有懊恼和担心。我紧紧地拉着女儿的手，唯恐在这千禧之年到来时母女失散。最后我们终于突围后，口干舌燥，想喝一杯热饮，可所有的店铺都人满为患。到处是人，真是生命如蝼蚁。无法打到出租车，只好踏雪向家跋涉。那个夜晚，唯一让我心动的瞬间，是零点钟声突然敲响，焰火腾空。我看到女儿仰起头，红色兔毛的风雪帽下，那张仰望着缤纷焰火的脸庞，焕发出少女美丽的光芒。她的眼神那么清澈，就那么一直仰着头，忘情地看着。她看着焰火，我看着她。我相信这个高中生纯洁稚嫩的心受到了感动。我情不自禁地把她拥在怀里，祝福她新年快乐。想到在她的人生中，将会有许多看新年焰火的夜晚，想到她会在每一次的新年祝福中长大，那种百感交集，一下让我鼻子酸了起来。

孩子会长大，盛宴会散去，亲朋会永别。没有人看见过时间的手，它却无声地在我们的脸上画上皱纹，在鬓边画上白发，它还会悄然领走我们所爱之人包括我们自己——它用钟表、日历的形式提醒着它的存在，尤其每年一次，它以华丽隆重的形式告诉我们，又有时光，从你身边流逝了。

一个善良的朋友每年送我贺卡，每年都祝我永远年轻。人哪能永远年轻。世间辗转，经历了那么多风雨，如果真还长着年轻稚嫩的脸庞，简直是怪异和难受的事情。要是哪一天醒来，我一下变成十七岁，我首先会大骇，而后便是惴惴不安，踏实和平静会全部消失，我将年轻得无所适从。无论美好还是辛酸，经历了，过去了，可以了。我可不想把已经经历的重新来过，更不愿好比那大松树冬夏常青。

年是新的，我却旧了。已经面染尘埃，还会鬓如霜雪。

人间烟火中，我对生命的真相有了次第渐深的体味和了悟。一切正常。我会静候每一个悄然来临的新年，先俯首自省，而后和从未谋面的岁月之神会心一笑：新年快乐。

新年快乐，我的祝福简单却由衷：我希望世上的人或多或少，都能感受到快乐。因为我相信，快乐的人多了，面容安详心地太平的人就多一些，恐慌和紧张、忧虑和绝望就会少一些；世上祥和与澄明之气多一些，仇恨和隐患就会少一些。天地万物，日月星辰，陌生的人们，熟悉的人们，新年快乐！

2007年岁末

《嘎达梅林》与马头琴

蒙古族民歌《嘎达梅林》与同名的马头琴曲，我可谓百听不厌。低回浑厚的旋律，简洁朴素的歌词，每次都能伸出手，把我一把拽住。在这样的旋律里，我有种说不准是在下沉还是上升的感觉。我尤其喜欢《嘎达梅林》这支马头琴曲，经常是循环地放送。深情舒缓的琴声雾霭般地弥散。如泣如诉的马头琴声，带着犹如前世的召唤，能让我陷进一片冥想和怅惘之中。

嘎达梅林，一个属于茫茫草原的英雄，正像歌里唱的那样，他是"为了蒙古人民的土地"，勇敢地反抗王爷和军阀，反抗掠夺和欺压，反抗扼杀人性的权利。最后，英雄末路，嘎达梅林在战斗中献身了。草原上的人民情深义重，他们深邃的目光能辨别是非真伪，厚道的心肠也铭记功德恩情。于是，茫茫草原上，一代又一代的蒙古族人，一边拉着马头琴，一边传唱英雄的故事。悲壮的歌声和琴声，像百灵鸟的翅膀一样，飞遍草原的每一个角落——"南方飞来的小鸿雁啊／

不落长江不呀不起飞／要说起义的嘎达梅林……"

歌声忧伤，沉郁，往远处飞，往肺腑里去，带着草原人的心事，一代一代心口相传，成为一个民族的心灵史诗。

我曾在内蒙古草原的深处，在一个蒙古包里，听过牧人低声地唱过《嘎达梅林》。

那个傍晚，刚下过一场小雨，空气里弥漫着草原独有的清香。刚刚喝过酒，那个原本有些羞涩的牧人，就像要开口说话一样，低声地唱起了这支歌。适才还谈笑风生的同伴全静默了。我使劲低下头，因为我实在无法控制奔涌而出的泪水。我相信我听到了整个草原的声音——蜿蜒的河水和蓬勃青草的声音、骏马和牛羊鸣叫的声音、古铜色面庞老阿妈的声音、一顶顶栉风沐雨的毡房接住雨水的声音——我还相信，那个叫作嘎达梅林的人，正在以草原人特有的步态，在这歌声中向我们缓缓走来。他已经从牧人变成了神。我们看不见他，因为我们不过是这里的过客，可是草原人的眼睛能认出他来。我一下子理解了纯正的蒙古族人为什么气度那么安详。他们勇敢、宽厚、慈悲，能够在艰苦的环境下坚忍地生存，彪悍的外表里藏着善待一切生命的柔软心肠。他们是唱着这样的歌，听着这样的琴声长大的。他们是成吉思汗的子孙，是嘎达梅林的族人，是有着遥远来路和开阔背景的人。他们经受的苦难，他们肩上的风霜，他们骨子里的贵重和悲伤，都赋予了草原歌声与琴声独特的精神内涵。

马头琴是孤独的乐器。即便是在众多乐器的合奏中，它卓尔不群的音色和魅力依旧会凸显出来。尤其是当它被怀抱在有心灵的演奏者手里，它的弓弦就好像通了灵，如倾诉如呜咽，或婉转或醇厚，弓弦好像连着整个草原的魂魄和心事。马头琴曲《嘎达梅林》，我听了无数遍，无数次被打动。那种千回百转，那种对于英雄的疼惜和命运的咏叹，那种草原文化的独有的深情和悲怆，那种无边无际的内蕴，常常让我百感交集。

2007年，我有幸在前郭尔罗斯草原听到六百个孩子演奏马头琴。当六百把马头琴平地响起的那瞬间，我真如受了内伤一样受到了巨大的震撼。原想拍几张照片，可是手一直在抖动。我后来用诗句记录了当时的感受——"六百匹草原的马驹／突然一起说话／倾诉又如召唤／那小小的演奏者／好像远古的神灵附体／端坐于土地／灵魂却腾空跃起／在云头之上／六百个孩子的血液和骨骼／来自草原和遥远的祖先／六百把动人心弦的马头琴／六百颗穿蒙古袍的星宿／六百双未染尘埃的手／从琴弦上伸来／为我黯淡的日子／拨亮了，六百盏灯"

那一刻真是太难忘了。当天骄阳如火，整个广场，却迅即弥漫起一种苍凉之气。那原本还是顽皮的孩子倏然间神情庄重肃穆。琴声唤出了他们基因里的草原情结，把他们带进了祖先的故乡，带进了苍茫悲壮的往事里。六百把马头琴的声音和六百个孩子充沛的元气，形成了一种巨大的气场，让人不由得屏住呼吸。一种时空倒转的感觉，让我仿佛进入了幻觉。我觉得我也在那琴声里变成了一个蒙古族女人——心神安稳地日出而作，眼前是目光清澈的孩子，身边是安静的牛羊。逐水草而居的毡房里，永远有为亲人煮好的热茶——而那些从小就熟知嘎达梅林故事的男人，正在骏马的背上，在辽远草原的夕阳下，如剪影般让人怦然心动——

这就是艺术的力量，朴素里包裹着深邃。英雄嘎达梅林，住在歌声和琴声里的嘎达梅林，让我对一个民族心怀敬意。这歌声这琴声，让我懂得，在这个世界上，无论千变万化，无论有多少花哨和名堂，那直抵人心的艺术，永远来自真纯之地，来自博大的襟怀，来自如今已被我们逐渐忽视的两个圣洁的汉字，那就是——灵魂。

让目光，像牧人那样

那真是一次难忘的旅行——在陈巴尔虎右旗的草原深处。

旅行的开始部分，非常平凡，一行人坐火车从哈尔滨到海拉尔。8月的哈尔滨，对于南方的旅行者来，已经是天堂了。凉爽的气候，让他们啧啧赞叹。而这海拉尔，让我们这些来自哈尔滨的人，一下子知道了什么是天高地阔。

从海拉尔奔草原而去。一路目光所及，让人心醉神迷。好像从喧嚣的闹市，一下子落进了那首舒缓深情的歌声里——"蓝蓝的天上白云飘，白云下面马儿跑"。宁静的草原，蜿蜒的河水，朴素的毡房。羊群，骏马，落日。那种大地呈现出的安详和辽阔，静谧和美好，让人如同一下子回到了童年时母亲的怀抱。

在这样的氛围里，人也似乎变得更为单纯透亮。晚上，万籁俱寂，世界好像进入了一个暂停的阶段。坐在毡房前的木凳上，看满天星斗，好像回到了童年。天地之间呈现出来的那种美好气韵，感动得我一句话也不想说。在大自然面前，我们这些满面尘埃的人，看到了自己原来已经不成样子。大自然默不作声，却对我们做了最好的清洗和梳理。在茫茫草原上，尤其是站在那些神情自然质朴的牧民中间，真是让人心生惭愧。他们世代和自然和谐相处，眼神清澈，心思素净，没有那么多的贪婪和欲望。质朴、纯洁、厚道，他们是真正的自然之子。

和草原上的人们相处，听不到什么大道理。可他们胸襟辽阔，心肠慈悲。他们知道，善待自然，其实就是善待自己。他们说河水是母亲，山峦像父亲，人和那些低头吃草的牛羊，没有什么区别。这个世界是我们的，也是它们的——山川河流，天地万物。就像那些在树上安家的鸟儿，那些在水中藏身的鱼儿，大家都是大自然的孩子。

我相信我在草原上了重要的一课。如果我们都能像牧人那样，从心里热爱家园，善待自然，经常用深情的目光，看着奇妙的大自然和世界，我们的心事，也会逐渐变得更加干净。许多让人痛心的事情，就不会再发生。天更蓝，水更清，我们也就能够真正找到安顿身心的地方。

作为这个世上的过客，谁也没有糟践这个世界的权利。如果我们留给后代子孙的世界，不再山清水秀，不再丰盈茂盛，不再清新美好，那么，我们就是有罪过的。对自然的疼惜和爱护，其实，不仅是一种人生态度，也是我们对自己的尊重；在大自然屡受戕害的今天，与自然和谐，像牧人爱草原那样爱护自然，其实也是我们对自己的一种救赎和自助。

领 袖 之 事

　　某年我从杭州带回一块真丝面料，花色和质地都属上乘。夏季来临，拿到一家相熟的成衣店，我对裁缝师傅说，想做一件无领无袖的衣服，穿上凉快又舒服。师傅已是熟人，看了面料真诚地说，照你说的那样做，就瞎了这块料子。无领无袖，又不是礼服，做着倒是省事，可是你看，这么好的料子，该做一件正经衣服。再说，你说的那种衣服，根本不用到我的店里来做。再考虑一下吧。

　　我笑她放着生意不做，相当于出租车司机的拒载。她一边笑一边说，她是正经裁缝，不光图挣钱，还图名声。真丝面料华贵漂亮，而无领无袖的衣服样子随便，不搭。这便是老派人物的做法，不管做哪行，细微之处，也坚持自己的操守。君子行事，名节比利益更重。

　　因为无领无袖，就不算是正经衣服。可见领袖对于衣服之重要。惯于胡思乱想的我，从裁缝店往家走的路上，不由得生出许多有关领袖的联想。

领子对于衣服，用个不算恰当的比喻，有点儿相当于一个单位的领导。端坐衣服之首要部位，领子的权威和重要，于无声中悄显。服装变化再大，再花样翻新，最终也难离衣领与衣袖。缺领少袖，看起来更像把一只袋子套在身上。统领或者纲领，大抵由此而来的吧。

20世纪六七十年代所有让人看着漂亮、显现人体曲线、优雅和美丽的华服美裳，都窘迫知趣地消失了。在激荡的时代风云面前，这基本就属于轻浮了。国土广袤，与时风相匹配的衣服样式和颜色却只剩下寥寥几种。当时的中国，没有人会想起或说出"时尚"这般词语；不可能也不会有谁尚有闲心把衣服换来换去；没有谁会认真打量彼此的着装，如果真的打量起来，也肯定会相互生厌。因为衣服的颜色，就像响应一个统一的手势，灰黄蓝，几乎没有再选择的空间；而衣服的样子，总的来说，就是已经不成样子。后来看到那个时代国外的报刊或时尚杂志，真是唏嘘感叹：外国人脸上的舒展与身上的衣衫，竟和我们有那样的天壤之别！

埋藏在人身上的天性是神奇的。就是在那般环境下，依然有人千方百计想在有限的空间里，展开各种努力，让自己看上去更顺眼或更出众些。尤其是女孩子们，来自生命深处的爱美之心，尽管受到压抑，还是如同石板下的小草，竭尽力量地曲折生长。

作为城市里长大的小女孩儿，尤其是像哈尔滨这样有过"华洋杂处"往昔、有过时髦背景的城市，我们的眼睛看过风情摇曳的服饰、有过穿好看衣服的经历。家里存放的画报、母亲们年轻时的照片，还有对从前电影戏剧女主人公服饰的记忆和倾慕，在我们这些小女孩稚嫩的心里，留下过美好的痕迹。尽管穿着必须朴素生硬，可我们知道什么是好看。受母亲影响，我自小对仪表敏感，喜欢漂亮的一切，不愿穿得像只灰突突的老鼠一样。所以，我和我的伙伴总是要想办法在单调中有小小突围。不是没有样子新颖的衣服嘛，那么至少，还让我们看到了具有象征意义、不会招致白眼的小小衣领。

我依稀记得，那小假领好像是从南方传过来的。反正我最早看到假领，是在一群当年的上海女知青身上。她们到黑龙江来上山下乡，来回换车时，常出现在哈尔滨的街头。这些比我们略大、南方籍的女孩子们，穿着当时兵团战士统一配发的黄棉袄或黄军装，已经看不出年轻窈窕的身材。可她们的领口，有时会悄然翻出一个洁净好看的假领，衬出南方女子的清秀和女孩子独有的纯洁。犹如沉闷封闭的院墙内悄然探出一枝俏丽的花，那些被黄军装包裹的女孩子，一下子显露了柔软洁净，让人看去心头一软。

我们可以说无条件地喜欢假领了。在不会有很多衣裳出售的商店里，卖假领的柜台前，常常有许多停留注目的年轻女孩儿。没有许多衣服的我们，可以有不止一个假领。假领装扮成衣服的样子，在外衣之里，在少女光洁的颈项之上，或隐或现、捉襟见肘地展露青春情致，给女孩子们带来一薄片可怜的快乐。

我于是就拥有了好几个这样的假领。干巴巴灰色或蓝色的外衣里，露出那么一点儿好看的假领，就一下有了变化。尽管多是素色布料，但也算是单调之中的小小风光了。一缕春色从紧闭的门里悄然挪了出来。调皮、精致，自带风情。

小小假领满足了我小小的虚荣心，也激发了我的天分。我想起喜欢华服美饰的妈妈有一大卷从前留下的蕾丝。家庭出身不好的母亲，自然有满脑子的"坏思想"。她一直认为，一个有女儿的家庭，这种东西会用得长久。于是，在一堆旗袍、布拉吉什么的被绝望地改成围裙，或者干脆沦为抹布的同时，这一大团蕾丝也不再安居衣柜深处。宫女变成烧火丫头，蕾丝可以任我随便处置了。我于是无师自通地把不同颜色的蕾丝缝上不同花色的假领，让普通假领再长出一圈可爱的花边。假领于是平地升级，妩媚柔美，身价倍增，简直就到了接近华丽的地步。我的小伙伴对我羡慕有加，她们对我领口风光的评价是"像外国人"。

我和女儿说起这些陈年往事时，以为她会感叹唏嘘，没想到她简直就是嗤之以鼻：天哪！太土了！她不知道那是一个精神怎样沉闷物质何其匮乏的岁月。那个被她称为太土了的"小破假领"的东西，给当年暗淡岁月里的少女，带来多少穿着上的快乐和心理上的安慰。我曾送给我的女伴一个淡蓝色带蕾丝的假领，她拿在手里那种喜悦的表情，让我今天依然难忘——那是现在已经荣华富贵的她面对诸多名牌套装从未有过的满足和欣喜。

从领子顺路而下，来到了袖子。

看那些老电影，无论是英国的贵族，还是中国的绅士，袖口永远是讲究的。穿西装的时候，衬衣的袖口在手臂垂直之时，按规矩要长出西装袖口一厘米左右；若手臂前伸，衬衣袖口未露到西装袖口之外的话，这件西装通常是不合体的；衬衫的袖口露出时，一定要把扣子扣上。这都是那个裁缝朋友告诉我的。

男人西装上衣袖口处，一般会钉两三枚小纽扣做装饰。这小小纽扣，据说与法兰西的拿破仑有关。传说拿破仑一位手下战将能征善战，可此君相当不拘小节，常常风纪不整。尤其让拿破仑看不下去的，这位爷有时还往袖口上抹鼻涕，粗鲁之态很是不堪。注重军威的拿破仑多次训诫，仍不见效。为此把一个将才开除军职，有点儿说不过去。聪明过人的拿破仑于是传令：从此，将军服的袖口一律安上装饰性尖铜钉。让你擦鼻涕！看人家拿破仑，真是不俗。一个有调皮之心的领袖。多有趣儿！这装饰不仅看上去显眼漂亮，添威仪，壮军容，还迫使邋遢将军乱抹的陋习得以纠正。以后岁月沉浮，尖铜钉逐渐演变成了今天的装饰扣，而且身份转换，实用变为审美，一点点从袖口的正面悄悄移到了背面。

我喜欢这个传说。我觉得这位拿破仑真是可爱。他天性里秉承了法国人刻骨的浪漫。从实际出发，既解决了军中问题，又无意中促进了服饰的改革，举措演化成时尚。处理问题轻重均匀，权威之中有克制，让责备和不满转身变为行为艺术，大人物的小招数，让人不禁会心一笑。

衣服真是挑人。本来会让人显得精神、庄重的西装，在一些人身上会显露奇怪、滑稽甚至可疑的感觉。这和教养、气质或者习惯相关。我想起那年和几个人外出，某男士就是舍不得撕去袖口上的商标。他还特别爱挥动手臂，给人感觉他的胳膊好像也来自某厂家或品牌，样子委实可笑。我实在忍不住，就告诉他带着商标其实不好。他虽然摘下，但能看出来，是嫌我多事了。

与西装相比，被称为唐装的中式便服常常衣袖相连。这类衣服的袖子通常要翻出一截，看似无用，却自有一番情致，犹如文章中最见功力的闲笔。中式便服宽衣大袖，飘逸典雅，看上去舒服、自信，有一种让人松弛的美感，于无形之中蕴涵着历史的深邃和久远，显露着古老东方的情调。这样的衣服再配上君子做派，让人看了真是赏心悦目。在我住的地方，早晨常看到一白发长者，精神矍铄，一身淡黄色中式绸衣，在小区花园的灌木丛前专注地打太极。晨风中，老人衣袖翩翩，神态从容，从形到神，古意悠然。

现在的年轻人衣着上已越来越随意，休闲的服装颇为流行。年轻的躯体精力旺盛，年轻的心更像是在赶路的风。他们喜欢穿没领没袖、看上去甚至没有样子的衣服。因为青春本身承受不了那么多束缚，还有漫长的一生去穿那些正式服装，还有的是岁月必须一本正经。然而一旦进入某种场合，进入竞争激烈的职场，聪明的年轻人，已经无须我们提醒，他们是现在的人，深谙处世之道。竞争的法则已经让他们明了：不是原始社会了，服饰和前程，已有某种神秘的联结。

我是反感繁文缛节的人。穿衣服，从来选择样子简单的，因为我没有什么太多必须郑重严肃的场合。即便有，也是尽量不去就得了。但对洁净，却总是有些介意。尤其袖口领口，我认为是衣服的重要区域，是服装的外事部门，不可粗心大意。领口袖口总有污渍的人，一望就觉得有不洁之嫌。让人不舒服外，还让人有点儿不放心。穿好穿坏，或许与贫富有关，可干净与否，决定在自己。我从前有个同事，无论多忙多累，都要把脏衣服洗净。我记得他只有两三件衬衫，但总是干净清爽，和这样的人交往，让人有舒服的感觉。可相反，看到对面夸夸其谈的男士领口一圈肮脏，有如黑色镶边，怎能如沐春风？如果面对之人不仅领袖肮脏，再散发出莫名的气味，那杀伤力可真叫一个强了。

年轻时我的一个女同学被家里人带去相亲，去了没一会儿工夫，怒冲冲地回转。问她怎么样，她说，是猪！我们还以为对方是个大胖子，原来，那个他，罪在忽视个人卫生。"头发油乎乎，领子上一圈黑，袖口也脏兮兮的，看着就恶心。"

那小子倒霉了，来相亲也不说收拾一下。据说他一厢情愿，一直在试图说些什么。可在袒露心扉之前，他忘记了洒扫自身门庭。尽管我们根本没见过他的黑领脏袖，却一起加入了声讨：就是啊！不缺胳膊少腿的，洗干净衣服再来就不行吗？那么脏，肯定懒；懒，就是不要强；不要强，太没劲了！就算他是故意的，装有性格，也太过了吧。能装的人多烦人啊！

总之，那天晚上相当过瘾。女生宿舍的这种话题，从来五彩缤纷。我们都对家长逼着相亲这事反感，巴不得这事不成。我们又都年轻气盛，自我感觉良好，觉得尚有很多干净又优秀的男生在等待我们挑选呢。（咳！）我的同学去见面时可能就心怀成见。黑领脏袖的小伙子真是撞到枪口上了。那夜我们从男人的领口讨论到男人的品质，最后一致认为：脏的、懒的、装有个性的，通通不要！

穿衣经验已让我明白：衣服的领袖其实也是一种秩序。人来到世界上，从赤身裸体到越穿越多，从式样简单到越穿越烦琐，衣服渐渐有了意味，成了年纪、身份、教养的符号，成为人的另一种皮肤。

领袖更是重要！领为头脑的伸出之所，袖为手臂的展现之处。可能就是因为二者喻指思想和力量，才逐渐引申为领导人。所以，领、袖不仅样子质地有高低美丑，还一定要清爽干净、注重美感、禁得住挑剔，让那些看到它们的目光，生出信任和喜欢。

大到人生小到衣衫领袖之事，寻常的事物里，总是埋藏深意。如果把追求完美写进生活的内容，我们释放的能量可能都会让自己吃惊。吃家常饭、穿舒服衣、读圣贤书，本分为人。如此居家度日，平淡的日子也会有抒情迷人的成分，而因此生出的心旷神怡，会让人有稳妥美妙的感觉。这种感觉有助于我们变成体面之人，能让我们安度漫长的人生，让我们用自己的手，把那些琐碎庸常、含辛茹苦的岁月，轻轻提升起来。

2009年

这生活，让人悲欣交集

某杂志要我把2009年以来的"近况"（1—5月）整理一下，遵嘱，整理如下：

2008年最后的夜晚，哈尔滨银装素裹。我约了前来采风的广东作家熊育群，还有《北方文学》的主编佟堃，到哈尔滨最有特色的露西亚西餐厅。育群是学建筑出身的，我想带他看看露西亚独特的建筑艺术。

店主胡泓，少时叫米沙，是我的朋友。他是中俄混血儿，也是一个文化背景深厚、才华横溢的建筑师。本不想惊动他，没想到，我们去时，恰逢他与一些少年伙伴在店里叙旧。自幼受艺术熏陶的胡泓，像他家的那架老钢琴那样，周身散发着旧日气息，细微之处流露着对精致生活的敏感，是一位绅士。他店内的装修皆来自他自己的创意，那些精美华丽的木雕，有些就是他亲手雕刻的。坐在他优雅华贵的餐厅里，杯子里的红茶氤氲着2008年最后的味道。当新年的钟声敲响时，邻座俄罗斯客人欢呼拥吻，并用优美的歌声辞旧迎新。2009年就这样悠扬地开始了。

2月某夜，接到诗人树才的信息，彼时北京城天降大雪，他和有身孕的妻子小林正漫步街头。他们把即将为人父母的喜悦传递给我。我想起此前某夜，我接到一个来自北京的电话，那电话濡染了微醺的醉意，接力一般，在几个诗人手里经过。我记得是车前子用斯文好听的声音，传递了一个喜讯：树才和小林，有孩子了！那一瞬间的感觉真美好。树才和小林，都善良而富有才华。两个人都像大孩子一样。是诗人又是翻译家的树才，因为对中法文化交流所做出的突出贡献和在法语文学研究领域取得的成就，刚刚被法兰西共和国特授骑士勋章。如今，生命的孕育，让生活又多了一种甜。不久，孩子降生，作为他们的老姐，我一针一线准备了特殊礼物。万没料到，娇小的孩子竟不幸夭折！我们一众好友，都难以接受。洗尘把不幸告诉我的时候，声音都在抖。而树才发在博客上的文字，让多少诗人和读者心痛！那些天，我只能是通过洗尘知晓他们的情况，喜悦与悲伤的骤然转换，让我面对命运瞠目结舌。

2009年年初，我加入了一个组织。这组织的缔造者是韩国诗人许世旭。我和许先生应该说很有缘分。我曾在哈尔滨冬日的凌晨去车站接他，陪他在冰封的太阳岛上看洁白的雪，体会什么叫"北风那个吹"。我教他说地道的哈尔滨土话，包括一些待客方式。他饶有兴致地反复练习，惹得我哈哈大笑。去年，我们又在韩国重逢。他给我讲韩国的一些习俗，我也是使劲练习。许先生和我都喜欢写雪。我们两个人的诗歌里，都一再写到冬天和大雪。一日，他来电话提议：我们成立一个雪花党吧。他是这个党韩国部的主席，我是中国部的主席，全党只有我们两个人，不必发展壮大，也不再吸收别人。这将是世上唯一一个由两个人结成的党派。这也是我一生加入的唯一党派。一个如此柔软轻盈洁净的党。许先生常会从首尔打电话过来，第一句必是：李主席，你好。而我也总是礼貌地回应：许主席，你也好。我们两位主席讨论那些写雪的诗歌，说老庄和李白，说冬天和命运，说韩国和中国，这样的交往真是让人心旷神怡。

还有，十年前，我和一些女诗人去台湾，曾有阿里山上喝茶的难忘记忆。我和傅天琳及台湾诗人蓉子老师等，曾在山上的一个小茶寮里坐到凌晨。当年的店主是一对年轻夫妇，女子目光清澈，男子干净温和。那一夜我们彼此投缘，谈了很多。不久前我又去了台湾，再上阿里山时，一心想找到那家当年小店。同伴笑我轴，大海捞针，可我还是在大家随导游去看风景时，一意孤行一家一家地去寻。

当十年前那两张眉清目秀的面孔出现在我面前的时候，我们同时热泪盈眶。阿里山游人如织，每天游客上千，女主人还是在抬头的瞬间认出了我，并一下说出了我的姓名。那小店的名字叫"日出有大美"，店门的招牌是女主人用漂亮的字体写下的话："沉默的手，做安静的茶，朴素的心，看美丽的人——"写下这样字句的人，能让人轻易忘怀吗？

从年初到现在，新年的钟声，孕育的喜悦，生命的夭折，对友人的疼惜，与异国诗人的友情，阿里山上经历的因缘故事，就是我的"近况"了。这波起浪伏的生活，真真让人悲欣交集。

2009年6月

这样的夜晚，这样的仰望

在中国人的习俗里，有两个节日质感皎洁。它们分别镶嵌在时令的春秋，完成了一个优美的衔接，这就是元宵和中秋。

这两个节日都和月亮相关，都有童话般的静穆和单纯，都能让人们在万籁俱寂之时，仰望夜空，于悄然之中，得到感悟和指引。这样的节日，自有动人的力量，既显现了人类古朴的天真，又辐射出巨大的精神能量。这是真正的诗意盎然。

在国外一次诗会上，一个外国诗人告诉我：他知道中国有个诗人，因去捞水中的月亮失足而死。他觉得这个诗人的死非常有诗意。诗人都是孩子啊！我知道，他说的是李白。李白之死，历来众说纷纭，而醉跳水中捉月而亡，则是最富有浪漫色彩的传说。在马鞍山中国第一届诗歌节上，我和众多诗人一起，在安徽当涂的青山脚下，拜谒过李白的坟墓。青石围就的墓冢，那么朴素。在这伟大诗人毫无夸张的墓前，诗人们沉默了。一种旷远悲凉的情愫在人群之间无声地传递，感念着那个灵魂像大风和月光一样的李白，我们无须互相打量，彼此已经知道，作为后人，一样的月光下，我们的心事里已有太多芜杂的成分，我们已经满面尘埃了。

今年春节期间，我站在夜色中的窗前，看到很多人家已经在阳台上挂起了迎接元宵的红灯笼。好看的灯笼传递着喜庆和温暖，照亮了平常岁月，也照亮了我遥远的记忆——

1971年，元宵节刚过四天，是我下乡起程的日子。我记得非常清楚，那天早晨起来，我要到指定地点去集合，妈妈为我煮了一碗元宵。

那时不像现在，可以随时从超市买回各种味道的汤圆。当时的哈尔滨只有元宵卖，而且只能在元宵节前后吃到。因为稀罕，所以香甜。尽管如此，我还是只吃了两三个就心猿意马地放下饭碗。不到十五岁的我心里弥漫着一种激动：我就要走了！就要奔赴广阔天地开始新的生活了！莫名的兴奋让我没有食欲，年轻的心已经迈出了家门。我只想出发，唯恐迟到。妈妈的叮嘱是一句也没听进去。

成年后我几乎在每一个元宵节都会默然回忆起那天的情景。象征着团圆的元宵成了离家时为我饯行的食物。那天早晨的寒冷，滑过母亲脸上的泪水，集合广场上我们清一色的黄棉袄，口号、旗帜、热烈却显得空洞的锣鼓之声——一切真实却又恍惚。那一天，是1971年的2月14日。多少年后，我知道那一天还是情人节。而无论是对当年的少男少女还是中国大地上的民众来说，都不存在这个概念。革命才是最重要的事情。

命运之手推动揉捻着我们的青春。我去接受贫下中农再教育了，迷茫而悲壮。下乡以后，我和伙伴们也曾遥望过当年的明月，但是，没想过自己。心胸过于博大的我们，经常想起的倒是世界上三分之二受苦受难的人民。那时，我们惦记的范围，真是太广了。

又是元宵节了，年年岁岁，月光如洗。品尝了人生的酸甜苦辣，我已是满怀疲惫。经历了，走过了，目光也许不复清澈，可年年的仰望，却也的确收获了人生的心得。信守与背弃，得失与计较，轻与重，短暂和恒久。伤感、迷惑、怅惘。那一盏盏为元宵点亮的灯笼，其实就是一份份人间的心事。月光无言，却让我在每一年的仰望中，得到清洗和梳理，让我有了校正和自省。而那从天而降的纯洁光线，于我，早已是特殊的恩泽和引领。

今年，在我写下此文的时刻，我的一位长辈已是癌症扩散病危之时了。老人已相当衰弱，但目光中，依然是对世间万物的眷恋。含辛茹苦一世，这是他和家人在一起度过的最后一个春节了。现在，我们最大的祈望是愿他能挺过2008的元宵节，最后一次，再看一眼那轮照耀他一生悲欢的老月亮。

人，最后都要告别，无论离开的是谁，元宵节的爆竹依旧还会燃响。还会有不断的出生和成长，还会有出发，有海誓山盟，有活色生香的世界，有迷惘困惑，有重新轮回的欢乐和忧愁。一切都在继续，月光迎来送往，照耀着这生生不息、被我们称作红尘的地方。

十五岁那年的元宵节，我的心事是那么浩茫，今天，站在圆月下，我的祈望已十分具体：无论居家度日还是出门在外，我愿意我的亲朋健康平安，不要遭遇停电停水，不要遭遇灾害，愿国泰民安，愿周围的人都心怀温暖、目光善良；我将站在皎洁的月光之下日渐苍凉，一边感恩惜福，一边抬头仰望……

2008年元宵节前夕

看雪花缓慢飘落

这是今年的第一场雪，雪花曼妙地从天空降落，缓缓地，似乎带着某种迟疑，渐渐弥漫了整个天空。大雪中的城市一下具备了一种情调，车行缓慢，人的脚步也加了小心，城市紧张的节奏松弛下来了。我站在家门口的小花园里，好像就是在等这场雪。多好，多优美的一种缓慢姿态啊。

我是一个对缓慢有感觉的人，我发现我喜欢的许多事物，都有缓慢的元素。

我喜欢森林。喜欢那种由天长地久缓慢形成的沉郁苍茫，那种由万物汇集的浩大幽深。小时候我还没见过森林，刚认识森林两个汉字时，就喜欢了。这个词里有那么多树，这个由许多树变成的词器宇不凡，本身已经有让想象力飞腾的景象了。

记得很多年前第一次迈进小兴安岭的原始林时，感动让我丧失了表述能力。怎么样？带我来的林区朋友急切询问，期待着我对他家乡的赞美。我却不知该怎么回答。说什么呢？都不合适。兴奋与难过，激动与安静，我的心和眼前的一切在对话。那种从来没有闻过的森林的气息，一丝丝沁入了我的心胸。那些百年老树，在悠长日月中积淀出的苍劲之美和难以形容的气韵，树和花草复合的清香，此起彼伏的鸟鸣、树叶在风中的声响——万物的声音和形状经过了漫长岁月浸淫，那种缓慢形成的博大气象，确实有一种厚重的能量，把我罩住了。作为一个在城市长大的孩子，我觉得自己是太奢侈了，居然一下子就站进了原始森林中。幸福啊。我刚这样想，竟觉得又有些心酸、惆怅甚至是难过。我一言未发却眼眶潮湿，总之我把那个领我去原始森林的人也弄得百感交集。他瞅着我直叹气：嗨，咋整！看你们这些写诗的！

在东北的隆冬，天降大雪的日子，最愿意看着雪一片一片缓缓地飘落。在那样的时刻，心会慢慢空起来。向窗外望去，我想，不会写诗的人，心也容易被触动：那些被白雪覆盖的房子，那些银装素裹的街道，那些入夜后一盏一盏亮起，好像带着温度给自己取暖的街灯，那些高高竖起衣领，踏着雪匆匆向家门走去的人影，那些窗子上满是霜花在风雪中缓慢行驶的车辆……

这一切，在寒冷和洁白中，都真实到特别不真实，就给人生出幻觉来，觉得是活在一场默片时期的电影之中，觉得一步一步，正在走向童话——

有一年，雪特别大。一片一片的，真如漫天的鹅毛在飞。我的朋友穿着一件厚厚的呢子大衣，敲开了我家的门。她穿的那种大衣哈尔滨人通常叫老毛子大衣，纯正的俄罗斯货，厚厚的，穿在身上死沉，却特别能抵挡风雪。她一进门，满面白霜，带来外面冬天的清冽，那种雪和寒冷的味道。

她怀抱两瓶响水米酒。这种当年黑龙江自产的米酒，现在市场上已经见不到了。

我起身去厨房炒了一盘素什锦。因为我们全家口味清淡，喜欢素食，常被人讥笑说伙食和兔子差不多。我的朋友那时还是肉食者（现在她已成为居士，常住江南某寺院，吃全素了），但她就是愿意吃我炒的蔬菜。她来我家，每次都是要吃素炒蔬菜。我找出两个好看的陶杯，我俩就一人一杯，自斟自饮，像真正善饮之人那样悠悠地喝了起来。

两个女人，一瓶米酒。我们看着窗外的雪，吃五颜六色的蔬菜，喝清香的米酒，人变得空旷松软。一点儿一点儿地喝，脸也就一点儿一点儿地红润起来。我的朋友是画家，她就说画画的事，我就说写诗的事。她也不听我的，我也不听她的。忽然，她说，真好，我也说，真好。

后来，我的朋友如梦方醒地问，你不是不能喝酒吗？是啊。我确乎是不能喝酒的，可我自己也糊涂了。我没拿那酒当酒，觉得那酒像是饮料，不知它有隐藏在最后的力量。那酒分明是进入我的身体，可又好像是在身体之外，正用一双无形之手领着我飘飘然。那酒是用响水大米做的。响水是黑龙江的地名，因为有哗哗响的泉水，那个地方出的大米就成了有名的响水大米。我就胡说：我虽然不能喝酒但是能吃大米，这是液体的大米。话还没说完，我就觉得自己把自己给拽远了。

我开始感到有点儿发飘，并且真切地看到盛菜的盘子在向上鼓。当时我不知道那就是酒的后劲，是幻觉，就忍不住就用手去摁那盘子。结果自然是把手按到了菜里。我让大米变的酒灌醉了，不会喝酒的我，居然在那个大雪飘飞的下午进入了醺然之境。

我看着眼前这个人，想起我们的友情。从十五六岁下乡开始，在广袤的田野上，自然地相识。两个心怀浪漫的小姑娘，从彼此的好感，到推心置腹，最后到彼此精神默契，成为一世的友人。这是什么样的机缘啊！友情也是一种缓慢进行的事情，在这进行的过程中，悟性和怅惘逐渐增长，而青春和岁月悄然而逝。我之所以是个珍惜友情的人，是因为我确实在乎和朋友一起度过的那些蹉跎岁月。

同样缓慢进行的，应该还有爱情。

爱是人间一件最美丽最重要的事情。尽管我欣赏一见钟情，可遗憾的是在我的生活中，没有出现过这种浪漫。喜欢和厌恶都是慢慢来临的。在我有限的情感经历中，从未被闪电击中般地爱上异性。不过作为被动一方，我还真是遇到过突兀的表白。

连我自己都奇怪，在本该诗情画意的情境下，原本是应当令人心动的话，因为过于唐突，因为来自不应该的人，当时竟如中了冷枪。我没有一点儿激动，甚至有些懊丧。那是个弥漫着青草味异乡的黄昏，我正望着夕阳出神，一个人抽冷子站在了我身边。暴雨突至般的倾吐不仅草率，而且还那样不敢正大光明。带鬼祟之气的抒情，让我第一刻的感觉就是厌烦。这样的人，断然不会和我有缘分。

爱如同大雪，即便也许是突然来临，也应是一种优美的飘然而至。和爱相关的事情怎么可能缺失美呢？爱情缓慢地行进在我的生命里。属于我的这个男人，他来找我的时候，已经4月的天气忽然就一片一片下起雪来——那真是奇异的记忆。我站在图书馆前那片丁香树前，发现这个认识已经几年眼窝深深的人，声音原来这么好听。他有些偏激、执拗，甚至常常像个孩子，可是，我们之间的一点一滴，已经和生命融为一体。

这个从前的小伙子，曾在一张白纸上，写下过一句话——他说他的心犹如一潭水，水深千尺，不照乱云。我一直记着这句话。随着时间推移，这张字条上的字迹已经成为记忆中的浮雕，那在西行列车上匆忙递过这张纸片的动作，在我的命运中形成了永久的定格。

我的写作和思考也是缓慢进行的。我从没有羡慕过那些高产的写手，我甚至有时觉得特别高产本身就有些可疑。很多碎片在我脑海里汇集，最后有一个完美的形成。这是一个先聚集而后提炼的过程。在我，就没法加速起来。我看到很多人一天能写那么多，我佩服，我也担心，会不会有一种细致的快乐会从这个流程中散失？我不行。写着写着，我就想停下来，我瞎想着，也挑拣着，沉淀着，我觉得这是写作的另外一种形式，是一种继续在头脑里的书写。

到欧洲旅行，我发现那里的事物倒甚合我心。比如，那种属于欧洲的从容不迫。一个游客，如果不是太迟钝的话，就会发现，古老的欧洲有一种无处不在的沉着和安详。岁月的脚步雍容缓慢地从那里经过，没有漏下一些精致的细节。斑驳的旧城墙，古老的钟楼，悠久的教堂，规模大小不一的博物馆，无不流露着岁月的印痕。那里的人不像我们这么一日千里，他们好像没那么多着急的事情，更愿意体味和欣赏生命与创造的过程，并不以炫耀速度为荣耀。

在欧洲许多地方，主人们不经意间就会告诉你，眼前这座教堂或那座老桥是几百年前的建筑，她或他住的房子是祖父亲手盖的，那把银勺子是曾祖母留下的。言语之间，就有了沧桑。你就能够感受到，时间在这里真就成了一条蜿蜒的河流，千回百转，苍茫奔腾间，已有气象万千。

人生既然如梦，这个梦就不要做得太急。我知道永远都会有性急之人，渴望更多的业绩和创造。人各有志，在我，还是愿意把本来和别人比就已经算慢的生活节奏再变慢一些。我不年轻了，我愿意缓慢体味命运所给我的一切。如果能自如地做自己喜欢的事情，在属于我的生命历程里信步而行，从容地看着目光所及处人世的风景，我觉得就是上天的眷顾了。

今年，我鬓发间已经开始生长白发了。我知道，这一点点长出的白发，便是人间的法则。岁月面前，谁也无能为力。

大雪飘落，悠然旋转，从上而下。这看似缓慢的过程，已是一朵雪花的一生。我知道自己也在那雪花之中，是只有雪花能看见的另一片雪花。

　　作为名字叫作人的这片雪花，如果能在缓慢的飞舞之中，释放生命独有的那种优美和从容，在我看来，已是最好。

在这寒冷的地方

一位台湾诗人来信，在信的末尾幽默地说，能给我寄来一捧哈尔滨的雪花吗？

我知道这是诗人的童心。在宝岛出生并长大的诗人，对冰天雪地中的北国边城，充满了向往和憧憬。而我，向他描绘故乡的寒冷和美丽时，也忍不住带一点儿夸张。

我们这些北方人，是懂得冰雪、见过寒冷大世面的人。作为土生土长的哈尔滨人，大雪和北风，早已进入了我们的血脉之中。

寒冷给了边陲之城独有的美丽和硬朗。大雪飘飞时，古老的教堂和那些异国风格的建筑，雍容地披上了白雪的大氅。平时算不上干净的城市，经过大雪的手笔，虽原地不动，却有了一种轻盈上升的感觉。

一方水土养一方人。数九隆冬，这个城市最有味道的一面展现了。浪漫和激情，弥漫在清冽的空气中。平凡的生活，忽然有了童话的气息。

全中国可能只有一个城市，为冰雪过节，是谁最先有了这么一个动人的创意？冰雪文化与哈尔滨人越来越默契，它展示着这座城市的情致和特色，也提升着市民们的精神和文化生活。冰雪早成了哈尔滨人独特的精神密码。

　　看着那些美轮美奂的冰灯，看着天地之间的静穆和洁白，你会受到一种感动。滚滚红尘中折腾得疲惫不堪的心，会重新生发出孩子般的纯真；敲打着身上的雪，也同时抖落了积存在心灵上的灰尘。寒冷中，人们对温暖和美好更为敏感：你会忽然回想起某段消逝的往事，想起一盏亲切的灯，想起洁白如雪的初恋，想起已逝去的亲人或者那个远在异乡的挚友——

　　人生的失意和颓然会忽然得到一种医治和救助。你发现自己不仅不怕冷，也不怕失败，还禁得住摔打。你望着大雪，重新拾捡起生活的勇气和信心，你有了对于春光重新的理解和期待——

　　年年大雪，岁岁人生。又是一场大雪，落在我们的城市了。不染尘埃，又独成境界的北国，是我们生存的故乡，也是我们体悟人生的课堂。愿我的文字能变成一捧哈尔滨的雪，轻落在台北那个诗人的房檐上。

　　万籁俱寂时，我看到雪花曼妙轻柔地舞蹈，我听到冰凌在北风中激越深情地歌唱。心有灵犀的朋友，你呢？

让我们分担悲伤

2005年新年的来临，已经无法给我们带来快乐。印度洋惊天动地的海啸，把世界著名的旅游胜地，变成了人间炼狱。灾难袭击了二十几个国家十几万人的生命，这是亚洲的重伤，也是世界的重伤。这场张开吞噬大口的海啸，成为整个人类心灵的一道伤痕。

这些天心绪难平，尽管是坐在自己家里从电视上看到灾难场面，却已经感到了那种恐怖和绝望的气息。我尤其受不了的是，当电视画面上出现了那一群群孩子们小小的躯体、那些熟睡一样的婴儿，眼泪禁不住夺眶而出。那么多的孩子，花朵一样的脸庞纯净安详，有很多甚至全无惊恐的表情——他们正在海滩上玩耍，他们还没来得及害怕，他们的小脚丫还没有快跑的能力，他们有的甚至才刚刚出生，这些人间的天使，人生的扉页还未及揭开，灾难之手就粗暴地把他们的童年拦腰截断！那些双手伸向天空绝望的母亲，那些在一瞬间永远失去心头宝贝的家庭，他们将怎样面对日后长久的伤痛！

满目疮痍，一片狼藉，遍地悲伤。在这瞬间就能毁灭十多万人的巨大海啸面前，人们身上的国家、民族、贫富等印迹逐渐淡去。作为人类，我们因为国家、民族、宗教、利益、价值观念等诸多方面的差异而长久争斗，但在共同的灾难面前，各种纷争又显得何其渺小、薄弱。那些被海浪卷走的人，和我们同在一个星球之上、几秒钟之前还在眺望遐想的人，是我们不认识的兄弟姐妹，是和我们一样宝贵的生命。远在印度洋的这次海啸，是和我们每个人相关的灾难。

于是，巴黎的香榭丽舍大街垂下了黑纱。

于是，汉堡的市民在广场上为死难者默哀。

于是，泰国的僧侣在为亡灵祈祷。

于是，成千上万的人手捧悼念的蜡烛。

全世界每一个角落都在为灾区捐款捐物，中国领导人用自己乘坐的专机为灾区运去物资。

具体到我们每个人，我们能做什么呢？我们不是医疗队员、救援人员；我们也不能前去灾区做一个义工；力所能及的捐款，只够略表寸心。个人微薄的力量，真是有限。

可是，作为人类一员，我们至少可以分担痛苦与悲伤。

我觉得这其实也是十分重要的——如果我们能以一片仁爱之心，给那些刚从灾难中站起来的人们提供心理支持；如果我们把心中的善意和关怀，传递给那些遭遇不幸和痛苦的人；如果在人类共同的灾难前，我们肯于分担。

同情、关爱、支持，会释放精神的能量。当我们失去亲人、遭遇不幸，那轻抚在肩头的手和鼓励的眼神，是一种特殊的鼓舞。我记得很清楚：几年前，我的亲人生病，医院已经下了病危通知。此前，我从未经历过这种手足无措和伤心。作为文学院院长，疲惫衰弱的我，已无法参加本来该由我主持的文学院作家的年会。当时一位副院长替我组织了这次会议。开会前，他说，李琦的家人病重，来不了，我们帮不上忙，大家一起为她祈祷吧。

当我知道这件事后，非常感动。我一直没当面说出我的感谢，却记住了这份友爱。记得当时，因为总跑医院，寝食难安，我的同事和朋友把一些食品送到家中，二话不说，放下就走。我还保存着那时收到的一张字条——写字条的人是著名的剧作家杨利民。利民只写了寥寥几句话，他说，只是想让你知道，你要有需要帮忙的事情，我们都在。我们都希望你能挺过去。看这字条的时候，我哭了。我觉得我的朋友真是太好了。他们在我最需要安慰的时候，给了我力量。我甚至认为我的亲人奇迹般起死回生，都和这种无形之中关切的能量深有关联。在我最痛苦的时候，有人和我一起分担了悲伤。这种分担，对我来说，是最为无私的馈赠，也是一份永远的温暖。

对于印度洋地区的人民来说，悲剧已经来临。来自世界各地的援助和钱物再多，也无法抚平灾难造成的创伤。但我们一起承担悲伤的过程，至少会给他们带去超越人间一切差别的温情与博爱。我们的祈祷和分担虽是无形之物，却肯定具有价值和力量，是对灾难的一种抗争和修复，是人间爱与悲悯的传递。我们要让那些灾难的亲历者知道：不是一切东西都能被海浪席卷而去。作为地球上的人类，他们不是孤单的，他们的生活会得到修补。我们要和他们一道，承受痛苦。

惊心动魄的海啸停息了，它至少给了我们这样一种提醒：人类相互依存，共同生活在地球上。除去自珍自重以外，我们应当惺惺相惜，彼此援助。此刻，当人类的家园一下子失去了数目如此巨大的儿女，我们理所当然，该分担这种共同的悲伤。

这种分担，会使我们自己的生命状态受到洗礼，也能让我们的精神有了新的起点。一己心怀，惦念苍生。这是我们对世界和人类的关怀与尊重，也是我们对共存的这个星球的珍惜。

2005年

我的火柴和蜡烛

前几天，和远在重庆的女诗人傅天琳通电话。她用那种带四川味的普通话说，重庆很冷，零下三四摄氏度呢。我大笑，说哈尔滨不算冷，当天才零下二十三摄氏度。前几天要冷一些，零下三十摄氏度了。她知道我在取笑她，就非常认真地用那种傅天琳方式告诉我："真的很冷。不骗你，大家都有这样感觉。"那种南方人对待冷的郑重和诗人的纯真，让我莞尔。

我是在寒冷中长大的人。每年冬天，从西伯利亚风尘仆仆赶来的冷空气，作风相当硬朗，让哈尔滨经久弥漫着清冽、寒凉的气息。北风那个吹，刀尖儿一样地吹；雪花那个飘，没完没了地飘。这是删繁就简的季节。松花江冰冻三尺，树木失去了叶子，好像一下子昏了过去。此时，酷爱游泳、野餐、在露天大排档尽情喝啤酒的哈尔滨人"猫冬"了。外化的、聚众的活动减少了，自己独处的时间变长了，私人生活相对更为隐秘。街道上，车与人像默片时代的电影画面，悄然移动。尤其是大雪飘飞之时，楼宇披上了洁白的大鬓，冰雪覆盖了往日的芜杂混乱。一个冰清玉洁的童话世界在眼前呈现了。这种寂寥的背景，变长的黑夜，适宜敛声屏气地静思和自省，适宜阅读经典，适宜书写信札，也让人不知不觉间，就会生出些忧郁和惆怅。

每年冬天，都是我写作最有情绪，或者说创造力最旺盛的时候。天地空旷，白雪茫茫，容易使人陷入思索、回味、浮想联翩。前尘往事，远方，未来，思虑和忧伤，心事一下变得阔达和深远。

诗歌写作，是我此生领受的最大恩泽。我觉得自己找到了一条最有可能接近优美与崇高的道路。这条路上可以一意孤行（当然，行走中会发现同道，会惊喜，会彼此心领神会地致意，也会有人选择呼朋引伴而行）。我没有能力在现实生活中"诗意地栖居"，却在诗歌中找到了可以庇佑自己的屋檐。写作，这古老的生命仪态，我以此来修自己的道行。这么多年，一边感受词语无边的魅力，一边体悟精神的丰盛和深邃。这种体验真是妙不可言！我想，所有真爱诗歌的人，都不会为自己的选择而后悔。写诗，让我们找到了倾吐心事的最好方式，让我们心怀向善，慢慢地褪去世俗的尘埃，至少，一生都不会气急败坏。

对于我，诗歌就是卖火柴的小女孩手里的那些火柴。每一次划亮，都怦然心动。在被称作刹那的时刻，美丽、光芒、暖意和梦想，大驾光临。

有一天收拾房间，我忽然发现，我家的一些角落里，零零散散地存放了许多蜡烛。它们有的用过，有的根本没用。我从许多遥远之地带回它们，只是因为喜欢那烛光跳跃的时刻。北方的冬夜太过漫长，由此我对灯盏、光亮和温暖有着特殊的敏感。我常常一个人点亮蜡烛，长久地、出神地望着它。那弱小的火苗，是火焰的最小单位。它们就像有生命一样，有节律地舞蹈。蜡烛与火苗真是完美的组合。蜡举着烛光，就像双人舞里有力的男舞者正托举起娇小的舞伴。而那融化后凝固的烛泪，则是蜡烛幻灭的遗址。它们像微观的山丘，像袖珍而凝固的瀑布，也像润泽的宝石。其形貌纹理，都让人有一种触动和伤感。

写了三十几年诗，把自己写老了，可诗歌的感觉依旧那么新鲜，就像年年来临的大雪。那些诗句，每一次从笔下出现，都像是重新出生。在我，一首首诗歌，就是一根根火柴、一根根蜡烛。它们的光亮可能微弱而有限，带来的慰藉却经久而真实。

此刻，零下二十八摄氏度的哈尔滨之夜。窗外是飘飞的雪花，桌上有纸笔、热茶，身边有亲人，心中有诗歌。我坐拥寒冬，心神宁静，因为，我是一个有火柴和蜡烛的人。

2011年元月

器 皿 随 想

开　头

作为人类，大地上聪明能干的种群，谁没用过器皿呢？
它几乎是我们每天接触最为频繁的用具。从奶瓶时代，从童
年开始，器皿就开始和我们一起进入生活的情节。你如果留
意，你的生活中就一定会有与器皿相关的故事。你甚至会大吃
一惊，还有什么，还有谁，能如此冷静、长久地参与并观察着
你的生活，一声不响地伴随你的苦辣酸甜。它什么都知道，什
么都不说。它甚至比你更长久地留在这个世界上，如同当初伴
随着你那般，继续沉默着，伴随着另外的人生。

从一只杯子开始

有一天，我在一家专营韩国商品的小店买来一只口杯。
这杯子乳黄色，梨状。卖主是特别会说话的朝鲜族生意人，汉

语说得有些吃力，还不屈不挠地夸我"眼力的好"。这只来自韩国的陶瓷的梨，造型生动，颜色和谐，让人忍不住把它当成真的梨，去闻那水果的芳香。我把它放在办公桌上，一个画画的人一进门就看见了它。我说，好看吧，这只梨？他说，梨？臀部、腰腹，这是女性形体的转换！他一边说，一边放肆地把手放在那女性的腰上。我于是知道，哪怕是看一只杯子，人们的认识也是各异的。

回想从前，在成都、重庆、苏杭、西北一带，我都泡过茶馆。喝茶时，也有心无心地留意过那里的茶杯。一般说来，茶馆里的茶杯都简单、质朴，就像那些来此喝茶的人。越大众化的茶馆，越不大讲究。有的杯子已豁牙露齿，却还是被那些老茶客不见外地捧在手中。这种茶杯与那种热闹闲散的平民气氛十分和谐。你会在这样的地方进入民间，体味茶文化的自在和放松。可如果是在山水名胜处，总觉得多少还是该有些讲究。记得在杭州虎跑，曾和一群文人坐下喝茶。茶馆里那粗壮的杯子一看就是七拼八凑的。主人用来续水的大暖瓶也过于豪迈。眼看着她就像夹着一个花皮炸弹那样过来，心都有点儿慌。如此茶具，与眼前的绿树、细雨，像是互相讽刺。人家拿名胜不当名胜的这种洒脱，也算是风度。

至于那种会议室、办公室常见的茶杯，它们是茶杯里的士兵。全国虽无统一的购买文件，但它们总是惊人地相像。也许置办者深谙此地是消灭风格的地方，所以无论哪里的会议室，几乎都一致选用那种带盖的、端正严肃的茶杯。在诗意和美感缺席的地方，茶杯们被那些没完没了的发言、废话连篇的报告弄得蔫头耷脑，自觉地敛起了瓷器的光芒。当那些长期在政府机构工作，长相、眼神、举止都基本差不多的大小官员们，端起一式一样的水杯时，一切都有了复制的感觉。科级或处级的手，有分寸地伸向茶杯。它们被端起又放下。杯子当到这份上，也算是委屈它们了。

有一位老人，在老妻六十岁生日那天，在哈尔滨的秋林为她买了一个带盖的瓷杯。此后的十余年，老妻每天用它喝水，并且在每一个晚上用这个杯子给他端水拿药。不久前，老妻去世了。儿女们怕父亲难过，收起了妈妈的许多物件，可儿女们不知道杯子的故事。老人常默默地注视着这只杯子，想那双劳碌了一生、长了老年斑却依然生动好看的手，想那些和老伴儿一起走过的岁月。"我的老太婆，是最有趣儿的人。"当这个老人轻轻对我说这句话的时候，我看到，他正用目光，深情地抚摸着那只杯子。

1999年，我们一行主要由女诗人组成的代表团赴台湾访问。台湾女诗人蓉子陪我们同行。罗门与蓉子，是台湾诗坛一对久负盛名的伉俪，也是我喜欢的诗人。蓉子成为诗人的履历，长于我的年纪，已是母亲辈分的诗人。她优雅端庄的闺秀之气，举手投足间的教养，即使在这群不乏年轻靓丽的女诗人中，依旧卓尔不群，给人以非常舒服的感觉。

到达阿里山时，已经是夜晚了。尽管疲惫，吃过晚饭后，大家还是不约而同地出来东转西转。我、傅天琳、蓉子还有台湾诗人台客等，迈进了一家很有味道的茶寮。小店古雅清新，门是敞开的，门外就是阿里山的云雾和树。女老板年轻清纯，不施脂粉，与她的小帅哥丈夫就像一对要好的同学。知道我们来自遥远的大陆，夫妇俩盛情为我们沏上好茶。女主人用好听的普通话说，买不买都没关系的，相识就是缘分、一定要请你们喝阿里山上最好的茶。她一样一样地领我们品茶，不断地弃旧取新，提壶续水。我喝得满口清香，发现我们面前斟满茶水的杯盏都那么别致，几乎都是工艺品。任何细节也不马虎，这真是一家有格调的小店。

手执香茶，我们坐在阿里山上的夜色中。茶叶的清香和午夜的山风，让我们渐渐沉入一种迷醉。蓉子穿着一件深色小花的纱衣，坐在灯影里。她不多言，却频频举起手中的茶杯，向我们温暖地致意。坐在我身边的天琳什么话也不说，一只手捂着脸，任泪水在指缝间流淌——这种气氛触疼了她的心事，她的伤感又使这夜晚多了几分美丽和迷离。我们都为眼前的一切感动着。手中的茶盏，荡漾着千情万意。女学生一样的老板娘声音轻柔好听，就像茶树开口说话一样。她说，喝吧，相聚不易，再见更难。渐渐地，我们都有了醉意（茶原来也是可以醉人的）。喝足了茶，又买了茶，还舍不得走。如果不是第二天还要启程，我们就会在这家有迷幻氛围的小店坐到天亮。

第二天，当我们离开阿里山，在大巴车上，蓉子忽然拿出她买的一盒茶杯（就是我们昨夜喝茶的那种），而后连同她的微笑，一一分送给我们。难得她想得那么周到。小巧精致的杯子如一家同胞兄弟，被我们这些来自祖国各地的姐妹分头领养了。所谓礼轻情意重，正是。只有深有悟性的人，才懂得礼物的意义。一只小小的茶杯，在此刻担当起贵重，胜过了言语。如今，这来自阿里山上的茶杯，分别静立在哈尔滨、重庆、北京、兰州、西宁等地。我想，每双将它拿起的手，都是轻轻的、珍重的。静夜里，我常望着这只小巧玲珑的杯子，想起雨雾迷蒙中那家温馨的小店；想起灯影里，蓉子轻轻举杯的样子；想起天琳的泪水；想起那个女学生一样的老板；想起那个此生不会再重复的阿里山之夜——

花瓶的独唱

花瓶是器皿中的诗人。在凡事讲究实用的人眼里，它缺少实用的功能。它是精神的，是爱美的人制造出来的。所以，有史以来，它就是用来抒情的。

有些花瓶本身就是花。它的质地或造型独具匠心。在房间里，她是沉默不语的美女，没有年龄，只有气质。在忽视她的目光中，它不过就是普通之瓶，而在一双能认出美丽的眼睛里，它所带来的慰藉是深远的。

这是让人心头一软的器皿，给人以遐想、安慰、会意的一笑。花瓶与花站在一起的时候，就是一间茅屋，也会闪烁光辉。

花瓶又具有悲剧意味。花朵会凋谢，花瓶像舞台一样，看一批批的鲜花演员轮流谢幕，永远地告别舞台。无论多好的瓶，它也留不住花。没有花的时候，花瓶就把自己当成了花，缓慢地演出自己的故事，于静默中，释放孤独和清静。

我是一个爱花的人，也是花瓶爱好者。我总能发现那些与我有缘的花瓶。那年，在哈尔滨南岗区的一个垃圾站，我去扔手中废纸的时候，发现了一个陶制的旧酒瓶。它在一片垃圾中平静地等待着。我知道它不是垃圾，眼疾手快地拾起了它，带它回家。像给小孩子洗澡一样，我把它洗刷干净，而后插进几棵野草和蒲棒，陶瓶一下子焕发出一股脱俗之美。

石头、陶、木头，这些来自大自然的物质，对我总是独具能量。我与这类东西心有灵犀。1993年去俄罗斯，在一个艺术品市场，我被那些手工雕刻的木头花瓶深深吸引。这些花瓶，一看就来自民间艺人的手，图案简洁，一点儿不张扬，却体现了俄罗斯文化的深度和气质。木头的本色，古朴的花纹，好像从刀刻的痕迹中还能抖落出木屑来。我想，阿赫玛托娃、茨维塔耶娃，她们也许就是看着这样的花瓶长大的。我买了一个又一个，除了木瓶，还买了一堆大小不一的木勺子。我的卢布全变成了这些。评论家李福亮讽刺我说，咱们回国时，你是最安全的（我们坐水翼艇回国）。要真是落水了，你只要抱住你那些木头花瓶、大木勺子什么的，保证浮起来。

恋爱时分，现在的丈夫彼时的男友，见我在一个晶莹如薄冰的水晶花瓶面前流连忘返，就欲买来送我。我忙阻止。我有轻微的迷信：花瓶虽美，可失手必碎。我可不愿小心谨慎地存着如此信物。我就说，你挑结实的东西送我，美的我自己买。这句话不承想从此竟成为原则。每当家中需要，买回诸如衣柜、饭桌、电器之类，他都说，这是送你的。就连我们现在这张实木大床也居然算成了礼物。名曰送我，可各睡一侧，可谓买一赠一。他连自己也搭配进来了。

当年那个几乎当上信物的花瓶，在我的桌上一摆多年。有一女友，颇具眼力，盯住这美貌花瓶，居心叵测地夸奖过若干次。我怕她张口索取，每次都故意打岔让她分心。后来，女友严重失恋，痴情偏被无情误。她衣食无心，眼看着就要把红尘给看破了。我心疼她，说了许多劝慰的话，没用。遂下狠心将那个花瓶用纸包好，里面放进一个纸条：请给这花瓶插进与之相配的花。朋友将礼物收下，看都没看，继续忧伤着。我正后悔，晚上，她突然打来电话，说谢谢，说你的纸条让我恍然大悟，说是得把烂了根的花扔掉云云。送她花瓶时，只想让她振作，没想到，她顺着我的话自己往深里想，竟治了心病。那水晶花瓶，算是找对了去处。

1999年台湾"9·21"地震后，我们一些去过台湾的人，心神不安。我去过电话，牵挂那里的情形。诗人文晓村先生给我发来传真。他说："诗友们都还平安，台中秦岳、鲁松家里的花瓶被震落地板，破碎了，等于替主人牺牲了自己。"文先生一生历尽沧桑，从士兵变为台湾诗人，对于人间苦难，体味最深。写花瓶一如写亡友，寥寥几句，深情悲悯。看得我心中难过。

碗与盘子的交响

在一个有收藏癖好的朋友家里，他给我们看一只宋代的瓷碗。你们看，这活儿！这精致！这漂亮！他像个孩子似的兴奋着，眼神如猫一般变幻，他自己被那碗儿迷住了。

我望着那碗上的树，真是奇妙。我的手指，竟在轻拂宋代的树梢了。造化真是不可思议。一只盛过千年前茶饭的碗，如今竟在我的手中。我就写下了这样的诗句：

如此易碎的瓷器
却穿过了千年的风雨
水和泥的歌声
在时间的上游
响起

在我的手指之前
在我的目光之前
一缕宋朝的清风
正吹起那个工匠的衣角
他悠然画上一棵老树
却并不知道
他从此就在那棵树下

等我们

从前的东西到达了我们手里，从前的劳动、从前的目光和气息，神秘地与今天、与我们衔接了。人，怎么能不为这种美好和缘分感动呢？

在西北，我在一户贫苦人的家里，看到过草草烧成的粗陶饭碗。在此之前，我不知道还会有人使用这样的器皿。你可以想象用这样的饭碗，会盛着怎样的食物。如此粗糙贫穷的生活，看疼了我的眼睛。碗很大——越是穷人家，几乎越用大碗；越用大碗，越是吃不饱。看着小小的孩子用小手捧着几乎有他头颅大小的碗，狼吞虎咽地吃着粗糙的食物，不争气的泪水我咽下去又涌上来。我才知道，我对贫穷的理解有多么肤浅，我对生活的认识，多么表面。让我震撼的是，就是在这户人家，在我看到贫穷的同时，也看到了亲人之间那种疼爱和关心，看到了那种由衷的快乐。女人把自己碗里的饭食拨给丈夫，丈夫又拨给孩子。母亲亲着孩子的小脚丫，丈夫笑看着自己的妻子。温暖与爱意在一家人中间质朴地传递着。说起有趣儿的事，这穷人家的笑声竟是那么清脆响亮。他们教我，在戈壁上吃西瓜，吃完后扣过来。万一有迷路的人、抛锚的车，西瓜里面遗留的水分能救命。贫穷和爱心在一起，有了一种特殊的尊贵。就是这家人的孩子，教我认识了一种叫作"干不死"的植物。是啊，手捧粗陶大碗的孩子，我记住了，在大西北，有种难忘的花，叫干不死。

饭碗是生计和活路。人们已经习惯了用"混碗饭吃"来借代。能问心无愧地在每一顿饭前端起饭碗，是一种人生的福分；不劳而获者，端的是别人的饭碗，理当心怀忐忑；如果能够不只为自己，还能给别人以饭碗，那就该算作功德了。

盘子也叫碟，和碗一样与我们每日相见。当碗盛着主食时，它盛着菜。如果你在一家商店的器皿部耐心待上一阵时，你会发现，来买盘子的女人，几乎都是结了婚的女人。从质地到样式，她在细心挑选，因为，她在意她的家常日子。

我结婚时，妈妈打开一只纸箱，让我从中挑选了大小不一二十多个盘子。我早知道妈妈存有这些东西，却不知这与我的嫁妆相关。妈妈说从我和妹妹还是小女孩儿时，碰上了漂亮的盘子，她就开始买了。她说，等你们结婚时，肯定用得上。到时候现买，就没这些好看的了。你看，这白底带一道宽绿边的，盛饺子最好看；淡黄色的深盘，最好用它吃面条；一圈小碎花的，装小咸菜、香肠什么的；椭圆形的，装整条鱼——真难为妈妈，居然想得如此周到。这些大盘小盘，经过了母亲眼光的过滤和岁月的淘洗，带着一份深沉的细心，走进了我的婚姻。当我有生以来，第一次以主妇的身份端着盘子从厨房出来，我想，这一生，要是我心甘情愿这样端来端去，无论对那个男人还是对我，都是一种福分。

离我居住的哈尔滨不远，就是典型的东北农村。夏秋之际，你要是去过这些乡下人家，看到主妇们在吃饭时端上来的碗碟，就会感受到这块黑土地肥沃醇香的气息。土陶坛子盛着自己家下的大酱，大盘子上是水灵灵的婆婆丁、小白菜、小葱、水萝卜，小瓷盆里码着香得让人忘记风度的煮苞米，粗瓷大碗捧着满满的炖茄子、炖豆角、炜土豆。这些器皿大而实在地盛着东北的家常便饭，谈不上精致，却像村妇们结实健康的身子，给人以踏实和信赖。

盛着一日三餐的碗与盘，是与人们最息息相关、最通俗的器皿，它们与我们的许多喜怒哀乐相关。一样的碗与盘，盛装的内容可是大相径庭。我出席过一个豪华的宴会，所有的杯盘碗碟，都是那样高级精美。一道道的菜上来，早已是形式大于内容。我是一个喜欢精美器皿的人，不知为什么，却对这一切缺少感应。当讲究到了奢侈到了不应该的时候，会让我这样的人不安甚至感到羞耻。

筐篮篓的絮语

筐、篮、篓最具家常气息。如将器皿比作人群，它们担当的是家庭妇女这样的角色。它们出身于大自然，或藤或草或竹，摇身一变后，盛装着琐碎却实用的东西。

我搬家时，搬家公司的工人说，怎么这么多的筐呢？丈夫故意提高声音说，这还多？还精减了不少呢！

我是见到卖筐、卖篮子的就忍不住站住脚步的人。那些草、柳条、藤、竹子制品，我觉得能触动人与自然的神秘情感。它们让我想到远方的竹林、山岗、原野，想到自然与造化，想到阳光下的村庄，想到人间原始劳动中蕴含的那种美。这些出身土地的、有过枝繁叶茂背景的生活器具，经过劳动者粗糙的巧手，经过联系实际的设想，自然不同于那些批量生产的塑料制品。它们富有生机，古朴沉静，于无声无息中给人带来一种精神的慰藉。

那年船过万县，停泊时，我抱着大篮小篮上船。一路上，我屡有赠送，可还是带着大小几个回到家。我爸说，哈尔滨大街上叫卖的四川人，卖的篮子什么样的都有，你何苦那么远挎回来呢？话虽有理，可一路携篮而行的那种快乐，在哈尔滨能找到吗？不愿带的东西，一张纸都嫌沉，可喜欢的，自另当别论。我只要看到万县的篮子，就能想到我的那条淡蓝色丝裙，一路上怎样被那帮篮子刮得乱七八糟；想到那天夜里，我怎样和卖篮子的人讨价还价。那时，我还年轻，卖篮子的用四川话亲切地喊我女娃儿，说要以最便宜的价格卖给我，还说北方人真爽快。结果一上船才知道，我买的那批篮子是最贵的。腿细细的那个卖篮子的四川人，你太不对了。

五年前，在北京的秀水街上，我蹲在卖筐的摊子前，又走不动了。我忘了我的家是在几千里外的地方，大大小小买了八九个竹筐。付完钱我才意识到，我的手里不是家门的钥匙，而是一张车票。好在这些筐是成套的，大套中，中套小，子子孙孙抱成一团。在回家的火车上，我躺在卧铺上看行李架上那一摞筐，愉快地给它们分派着用场——装鸡蛋、装粮食、装手纸、装针头线脑、装杂志——总之，它们都在到家之前轻松就业了。在家的角角落落里，放着大小不一的竹筐。累了的时候，看看它们朴素的样子，想着它们的来历和出身，想找什么，俯身就是。我愿意有这样的家，我和我的一群筐篮，一起走过岁月。

除去筐篮外，篓子在北方的应用范围不大。北方不产竹，所以少见竹篓。一位湘西籍的长辈告诉我，他对竹篓有特殊感情。他是在妈妈的背篓里长大的。小小背篓里，摇摇晃晃的湘西山路上，他度过了人生最初的春夏秋冬。他随着母亲耕地、砍柴、赶集、去河边洗衣——天长日久，那背篓浸满了妈妈的汗水和气息，他闭上眼睛也能闻出来。在妈妈温暖的背上，他认识了这个新鲜的世界，也知道了什么是伤心。因为伏在妈妈的身上，他不止一次地听到过压抑的抽泣。他说，那时，他还非常小，可是他感觉到了心痛。他特别想快些长大，无论吃多少苦，也要让妈妈过上常吃肉、能坐几回汽车的日子。成年以后，回到故乡，一看到肩挎背篓的女人走过，他就要多看几眼，甚至情不自禁地跟着走了过去。背篓里稚气的孩子，让他想起了自己的童年，想起了把他背大、累得早已躺进坟墓里的母亲。

结　尾

上帝创造了人，人又争气地创造了许多事物。器皿的出现就是人类生存状态的记录。世世代代，器皿上留下了人类精神的痕迹，也留下了动人心弦的故事。有些事是不能深想，一想，真就能踏上一条山重水复之路。器皿与这世上的许多事物一样，是物质的也是精神的。人生如戏，场景在不停地转换，器皿则是戏中的道具之一。它们，盛装着流转的时光，蕴含了苦辣酸甜，或许是爱情的信物，或许是家族兴衰的见证，或许是许多悲欢的看客。有一天，我们生命的帷幕悄然落下，可它们的剧情却仍在继续。

谁会接着用那只杯子喝水？

谁继续往那只花瓶里插花？

一杯一盘，一筐一瓶，它们接受过多少双眼睛的注视？它们经过了多少双手的抚摸？它们见过多少朝代的天空？它们走过了多少沧桑岁月？

我们在讲器皿的故事——其实在上帝那里，我们何尝不是另一种器皿？上帝把我们摆放进滚滚红尘，只不过，我们习惯了，将置身的那个场景，郑重地叫作人生。

2000年

我们学习着成为母亲

　　母亲节这天，开花店的人一定很高兴。一束束康乃馨被递到顾客的手里。送上鲜花和接受鲜花的人都有一种感动——能让人感念母亲的节日，是温暖而动人的。

　　母亲是一个敬辞。说起这个词的时候，就是通常意义上的坏人，也很少会有人语气轻薄。谁不是经由母亲的疼痛来到这个世界上的？母亲的胸前，是我们最早停留的地方。这是一个与我们自身生命相关联的词。所以当我们感念母亲的时候，实际上也是在珍重生命。

　　我永远忘不了生下女儿的那一刻。在产床上，我像电影里失血过多的伤员一样，不断呻吟着要水喝。疼痛好像逼出了我全身的水分，冷汗让我整个衣衫都湿透了。我一直在向护士要水喝。可当那个属于我的小婴儿啼声响起的时候，我忽然不再感觉口渴了。那一刻，最后从我体内渗出的水分是眼角的泪水：这个把我折磨得筋疲力尽的孩子，从此是与我血脉相连的骨肉！当我看到护士把她赤裸的小躯体放在体重秤上时，我都不知道自己已脱口说出："太凉了。"护士笑着说，看看，这刚当妈妈，就知道心疼了。

是啊，随着孩子的出生，母亲的心疼和牵挂，就这样开始了。期望和爱像大地上的树木和花朵一样，年年岁岁生长着、绽放着。

朋友告诉我这样一个事情，一个母亲，想让孩子圆自己年轻时的梦，成为钢琴家。为此，她干脆放弃了自己的一切：辞掉工作，和丈夫分居，在北京租了房子，日夜为孩子操劳。她当保姆、清洁工、服务员，身心疲惫。困窘、贫寒甚至屈辱，她都吞咽了下去。只为梦想成真。年复一年，她的孩子终于考上了一所艺术院校，可这孩子不热爱音乐，不仅没有成为钢琴家的迹象，还背着她另找出路。希望变成了绝望，这个母亲说起自己的经历时，经常情绪失控。她痛苦万分，为了孩子，她几乎放弃了一切，难道还不是一个好母亲吗？

我真不敢赞同这样的一份母爱，我甚至觉得那个孩子是让人同情的。这种全面覆盖的母爱让人难以喘息。自己未遂的心愿，强加在子女身上，愿望本身已有了不公；对个人价值的全面放弃，以温柔面目出现的一种逼迫行为，这简直就是含辛茹苦的一场赌博。孩子没有从母亲那里看到生命的庄严和意义，被迫学艺，母子之间缺失了最重要的传递。

在我们传统观念里，母亲的形象就是要和千辛万苦、百般操劳甚至积劳成疾、有病隐瞒、撒手而去连在一起。须知，母亲同时也是一个人，除去是母亲以外，她同时还是女儿、妻子或其他，她还有自己的社会角色。尤其，她依然是人格独立的人。与辛苦操劳同样重要，她应该有对自身的建设和完善。如果忽略这个前提，只顾及一点而忽略其他，那是对生命认识的偏差。一个人在世界上存在的意义，至少该包括对自己生命质量的提升。

我们对孩子的爱，无论包含着多大的期望，也应该有对另外一个生命的尊重。母亲也和孩子一样，不是完人。两个血脉相连的人，一个在学习着成为一个健康的人，一个在学习着做一个尽量丰富完美的母亲，这是一种多么美好的过程。

居里夫人是一个心灵尊贵、举止优雅的女人。当了妈妈，依旧没有让她放弃对科学事业的热爱和追求。居里先生去世后，两个女儿还年幼，她独自挑起教育女儿的职责。同时，她也有了自己的感情生活。她是慈爱的母亲，是为科学进步不懈努力的学者，也是一个需要关爱的女人。她的精神和风范，月光一样，洒照在孩子们的日常生活中。一个受到全世界尊重和敬仰的母亲，她的人格与境界，在孩子们成长的过程中，是多么珍贵重要的给养。在这样一个母亲的目光下成长，她的女儿也成为著名的科学家，一点儿也不让人奇怪了。

我们是平常人，不可能像居里夫人那样。我们也不祈望如此伟大。但我们至少知道了，母亲的内涵原来可以这样丰富和深邃；有了膝下儿女，生命的旗帜依旧能够以美好的姿态飘扬。而这种飘扬的过程，对我们的孩子，其实是一种无声的感召。

我赞同西蒙·波娃在《第二性》一书中所说的："在做一个贤妻良母之前，先要做一个完整的人。"有一天我会离开这个世界，我希望我的女儿在怀想我的时候，不只是记住我是怎样含辛茹苦，怎样"挺不容易"。我但愿她的难过不仅是失去了那个有血缘关系的人（让我欣慰的是，女儿不久前曾说：妈妈，你是我最好的朋友）。我希望，她已经了悟了生命这种循环往复的过程，擦干泪水后，她的目光依旧清澈从容，偶尔想起我的时候，她会会心一笑。而后，在属于她的人生里，感受又一场人间的明月清风。

梦想，让你与众不同

我认识一个少年，他是我朋友的儿子。幼儿时期，有一天，他望着手中美丽的苹果，几乎是自言自语地说："我想住在水果里。"梦想给他天真的脸庞镀上了一种奇妙的光彩，一个正在成长中的孩子，梦想是让他飞翔起来的翅膀。

时光如水，当我再见到他时，他已经是个中学生了。说到他的童年，他竟然有些不好意思，老气横秋地说，那时太幼稚了，现在，我已经没那些梦想了。一个人应该实际。

我半天不知道该说什么。当年想住在水果里的孩子，是什么磨掉了你身上的光彩？我想起最近接触到的不少孩子，脸上都有那种与年龄不符的成熟与谨慎。他们不好意思承认自己还有梦想，认为那"太不着调了"，好像"长大建设祖国、做个对社会有用的人"就是他们的集体梦想，这真让我意外。

人的成长是有规律的。一个十几岁的孩子，整个心灵就该像湖水那样清澈而且波起浪叠。那些缤纷的、也许是不着边际的梦想，会让人心神如风，飞往四面八方。

梦想从来是天马行空、没有边际的。刚长到一米七的男孩梦想自己成为中国的乔丹；眉眼并不出众的女孩梦想成为美女并像灰姑娘那样遇到白马王子；嘴唇上才冒出一层茸毛的淘小子梦想当上将军；刚当上文艺委员的小女生，也许正在梦想有一天在全球巡回演出，成为世界上最棒的女高音。

梦想是生命馈赠的特殊礼物，没有人可以压抑或控制这种期待和憧憬。我知道一个贫穷的女孩子，梦想着将来成为一个护士，穿着干净的白色衣衫，轻盈地走在医院里；当她在乡下的老家，蹲在灶坑前烧火时，这个梦映红了她的脸；一个兜里通常不超过十元钱的男孩，告诉我说，他梦想成为百万富翁，那时他就帮助穷人，还要拥有自己的船，载上同学和老师去地中海航行。

我自己也曾经是个满怀梦想的孩子。十四岁时，我读到了普希金的诗集，心被那些诗句激动得心潮起伏。我就偷偷地想：我要成为一个诗人。感谢我的父母，他们的宽厚和理解，让我的梦想从未遭到嘲笑。这梦想像有一束神奇的光，照亮了我的少女时代。多少年过去了，我感谢命运让我实现了当初的梦。让我永远难以忘怀的是，当年那些满怀秘密憧憬的日子，竟是我一生中最快乐的时光。

我喜欢有梦想的孩子。我甚至觉得这也是一种能力。一个从来没有梦想的人是有所缺憾的。梦想会让不漂亮的人焕发出动人的光彩，使其拥有一种神秘和不凡的气质。心头藏有像天上云朵那么遥远却又仰头可见的人生梦想，这件事本身就是美丽的。在人生最光洁无邪的时候，梦想可能幼稚、可能缥缈，却肯定来自对于人生美好的向往，来自纯正的动机。我还没听说过哪个孩子梦想成为一个小人或大盗，梦想将来损人利己、祸国殃民，梦想成为一个灵魂卑微丑陋的万人烦。多数的梦想即便野心勃勃，也是向善而包含积极元素的。这样的梦想能化作生活的动力，甚至能调动人的潜能，激发出热情和耐力，让人在一种美好的召唤下，情不自禁地去为梦想努力。有一天，如果有了机遇，谁说梦想不能成为现实？就是不能，那些伴随你成长的梦想，至少能让人超凡脱俗。一个把守着心灵秘密的孩子，会忘掉许多烦恼和遗憾，会自然散发出一种只有年轻人才有的那种生命的芳香。

没有梦想的青春，就像没有太阳的早晨。

我想告诉那些今天的少男少女，别太着急成为一个实际的人。家长也不必要让孩子们提前长大。你看那些读童话长大的人，哪个会因为当年的眼泪而后悔？那些相信圣诞老人会坐着雪橇来临的孩子，无论变成总统还是平民，都会把从前的故事再复述给自己的后辈。善与美变成的种子，虽无形却有情有义，会帮助我们成长。有了这些，人生才丰富完整。人不用为梦想害羞，随着阅历的丰富，一切会自然地得到修正。

所有的孩子都会长大成人。有一天，如果你想到自己的青春岁月毫无光彩，居然像一个饱经风霜的老人那样精打细算地走过青少年，那将多么遗憾！反之，如果你曾拥有过大胆绚丽的梦想，这梦想又伴随你长大，无论它最终能否成为现实，你都会遥想当年的样子，会心地一笑：年轻是多么美好，人生是多么奇妙啊！

在变老之前变美

　　那一天我在一家超市购物，排队交款时，见到一个六十多岁的老人，正在训斥收款的小姑娘。这个老头儿完全不顾后面排队的人，横眉立目，说话很难听：你就是干这个的，就得伺候我！还有什么小丫头崽子、什么欠收拾之类，甚至还带着粗口，完全不像一个老人的所为，举止令人讨厌。收款的小姑娘一句话没说，眼泪在眼圈打转。我实在看不下去了，就说了老头儿几句：就算你有理，也不至于如此过分吧！我身前身后的顾客也七嘴八舌地帮腔。骂骂咧咧的老头儿看到犯了众怒，这才有些讪讪地离开。这时，我看见他不是一个人，站在收款台外面有一个正在嗑瓜子的女人，举止粗俗，是他老伴儿。两人显然是一类人，那老伴儿的劝说更是别具一格：走吧，你跟她扯那个犊子干啥？

　　原来是这个老头儿想多要几个塑料袋，小姑娘说你买的东西已经够装了，我们有规定，不让多拿。老头儿便宜没占成，就恼羞成怒，又嫌小姑娘找钱慢，又嫌态度不好，没事找事，用他自己的话说，这辈子我还没吃过亏呢！

真是可气又可怜。一个几乎可以当小姑娘祖父的老人，竟为了要多拿几个塑料袋在大庭广众面前丢人！

年迈之人，一生的经历和身上的沧桑，对世事的经验和体味，会让皱纹生出特殊的魅力。岁月的洗礼，会让不再明亮的目光闪烁着平静和从容。这样的老人，总会让我们想到自己风烛残年的父母，想到慈爱、宽厚和体谅这些美好的品质。大街上，看到过马路时老人蹒跚的身影，总是忍不住伸出手去扶一把。因为我们都会变老，今人会成为故人。我们面前的老人，就是不久之后的我们。

晚年是人生最后的段落，是生命画上句号的最后一笔，因此越发不能粗率和潦草。犹如乐曲演奏，结尾的乐章更应华美而令人回味，而不是走调或出现噪音。人可以老，但可以老成一种风范，一种气度，一种境界。带着苍凉之气的人生暮年，确实具有夕阳和晚霞那种温暖之美，如同台湾诗人余光中称赞前辈诗人那句话——"老得漂亮"。

我的祖母，在我所居住的这个城市中，是个稀少的百岁老人。因为长寿，曾屡上报端。今年，她在一百零三岁的高龄上去世。祖母眉清目朗，一生善良，凡事体恤别人。生命的河流，在她那儿已然变成了宽阔深邃的大江。直到生命的最后一刻，她还自己去了卫生间，而后洁净安详地离开了我们。我们这些儿孙晚辈，自然为失去这样的老人难过。同时，大家也唏嘘感慨，为她那庄严的生命之美叹服。

美国电影《金色池塘》中那对老夫妇，脸上皱纹丛生，头在摇晃，手在颤抖，却散发着一种超然之美。当我们看到他们手牵着手，坐在池塘边的长椅上，我们感受到那种一辈子相濡以沫的满足和安然。一场完美的人生，正在这种宁静的氛围中悄然落幕。池塘波光粼粼，镜头慢慢拉远——我们相信，这样的一对老人，就是真的走了，也一定是去了天堂。

　　一个普通人，可以没有财富，没有声望，没有显赫的地位。但是，怀抱一生的漫长的岁月，从青春到白发，积累了一世的阅历，在变老之前，依然可以变得善良，变得美好，做一个慈祥的祖父或祖母，一个可爱可敬的蔼然长者，一缕留驻人间的阳光。否则，空活岁月，倚老卖老，只能让人望而生厌。想象一下，如果仅仅靠自然法则成为父亲、祖父，在儿孙面前，只能以"我一辈子没吃过亏"来作为炫耀，何其可怜，不仅难能收获儿孙的尊重，也对不起自己来人世一遭。

　　那个还不算太老的厉害老汉，和我一样，生活在这个城市。我想，他也很可能从报纸上看到我的这篇文章。我希望老人不要勃然动怒。我没有恶意。我只是想，当你收起那些恶声怨气，以宽容厚道的心肠走进人群；当你不再以吃亏或占便宜来作为人生的准则，像祖父对待小孙女那样，站在收款台小姑娘的面前；当你心境平和，以一双装满爱的眼睛重新看待这个世界，你完全可以在变得更老之前，像那些美好的老人一样——"老得漂亮"。

　　我也愿意这样提醒——有一天也会变老的自己。

流 水 笔 记

气　韵

　　打动我们的诗有各种各样的理由，但气韵毫无疑问是其中之一。我喜欢的诗常如自带云雾，弥漫着一种气韵，好得让你说不清。阅读这样的诗歌时，有点儿像中了邪，有情不自禁的迷醉，有不由自主的沉浸。有时静夜读一首好诗，就像海水或大风来到居所之中。有时还会有那样的感觉——就像被眼前的诗歌一把抓了起来，跟着它酒醉一样，神游四面八方。少女如果爱诗人，那是太正常了。诗人是率领文字的英雄。"前不见古人，后不见来者，念天地之悠悠，独怆然而涕下"，这样的诗人就像是住在云端和河流之上，带着特殊的能量。诗人在写出好诗那一刻已经不是他本人了。他的诗句离开了他的躯壳，以诗歌自己的气韵弥散，穿越古今。

　　好诗都自带气韵。或荡气回肠，或缠绵悱恻，总之会有一种独特的气场。这气场，对于写作者，像是身后波浪，推你前行。当年的叶芝就是被这股波浪推动，情不自禁为心仪之人写出《当你老了》。我们可以想象，他写作时的沉浸和迷醉，他首先是被自己的情感打动了。对于读者，阅读时进入的舒缓惆怅的气场，则是那个写作时刻的延续，《当你老了》，如大提琴的低诉，又如壁炉里的火光。展卷一读，我们就听到了叶芝的声音，靠近了他，被他所感动。从他那里产生的气息、体温在诗行中游走沉浮，有如沉香，让人有一种近乎陶醉的笼罩之感。

好诗还用再装腔作势吗？气韵足够让人心潮起伏。

甚至不只是诗歌。

我看到诗人莫非拍摄的一些植物照片，有时会怦然心动。他像是被那些花草召唤到身前的知心人。他们互相懂得。拍花草的摄影作品其实不少，可是，真正知道"感时花溅泪"的人，能有几个？莫非不仅拍出了花草的风貌，也拍出了它们的心事。这些有心事的花草就不仅仅是好看了——节令气候，风霜雨雪，它们在镜头前简直就要开口说话了：四季轮回中的伤怀，荣衰以外的情愫，人类红尘之侧的天真或者沧桑。这些气韵动人的花草让我知道，这世界除了我们，还有它们。而它们的照片让我相信：这是莫非另外的诗句。

气韵不会凭空而生，它是诗人对自己的奖赏。气韵一定来自独特的感受、敏感和创造力，来自诗人自身的格局和气象，来自气理从容的道行，来自才华的度数，来自一个诗人真实的质量。

诗歌不是饭碗

诗歌是一条精神的道路，在这条路上行走的快乐，只有诗人自己才能有深刻的体味。真正的诗人，一定是内心孤寂、需要倾诉的人，是唯有写出来才觉得痛快，终于写好才会坦然的人。即便是表面看来放浪形骸、狂放不羁之人，对待自己的诗歌也是规矩而本分，具有无邪的忠诚。

诗歌写作是诗人生活中最精彩的内容。我认识一个爱诗的人，他年轻时迷恋写诗，后来去国多年，为了谋生，做过多种职业。在他人眼里，诗人时代早已结束，做过多种工作的他已让生活打磨得面目全非。有一次，他在机场寻找丢失的行李。谁也不知道，刚才还风度翩翩的他，忽然失魂落魄，却原来只是为了行李中那几本写满了诗句的本子（他没好意思说出这原因）。当行李失而复得后，他打开箱子，把那些本子紧紧捧在怀里，鼻子一阵发酸。诗歌不是他的全部生活，从来没有也尤其不能成为谋生的饭碗。但诗歌写作是他生命中最有光芒的段落，是生活中的暖和清凉。他把那几本写满诗句的本子搂在怀里，那一刻，他说，他知道了自己的底细。

几乎同出一辙，诗人曲有源在一次飞行经历中遇到气流。所有乘客都陷入紧张时，他难过至极。因为在这次旅行中，他把全部诗稿都带着身边。他不担心自己的生命，可他担心那些诗歌。下飞机后，他惊魂未定地对我说："万一真有什么发生，我没什么，那些诗可怎么办呢？全完了呀！"记得当时我还取笑了他。可后来，看到老曲那真诚的目光、由衷的样子，看到他手捧诗稿的那份踏实，我眼睛有点儿潮湿了。一切已经超然物外，对于经历过大风浪的老曲，诗歌就是比生命重要。

感谢诗歌，让我们这些人，找到了安放灵魂的地方。

关于大众

有人告诉我，诗歌读者太少，让我多写贴近大众的诗。咋贴呢？我想不太明白。诗人本身就是大众中的一员，在没有进入诗歌写作中去的时候，诗人就是民间的草民，就是"众"这个字中的一个"人"。大地上的物事，含辛茹苦的百姓，人们的生存状态、生命的真相，世事沧桑，都在诗人目光所及的视野里，在柴米油盐的切身体味中。我二十年工作在作家协会，我发现，就是在这样的单位周围，也没有多少"大众"对诗歌真有兴趣。他们称呼"诗人"的时候，多是含义复杂，居高临下。当你做了被认为不合时宜的事，人们会用很宽大的语气说"诗人嘛"。很多人连说起李白都缺少敬意，远不如提起自己上司的口气。所以，不必指望所有的大众都是诗人的知音。那是不可能、也根本用不着的。

谁也不用贴。写诗是自己的事。一个诗人，该有诗人的老实，诗人的自重。在这世上，每个人都是过客，包括大众。写诗不是济世安民。与诗人名号相符的，就是诚实地倾吐自己的心声，有尊严地写作。而这种写作下的诗歌，与世间功名无关，与大众传播也无关。客观规律是，这种源头在心灵的写作其实会感动大众中的一些小众，而这些对诗歌有感应的人，他们的名字也是叫作人民。一个真诚的诗人，总会遇见一些真诚的读者。这么多年来，我发现有的读者本身就非常高级——他知道你的写作是用心的，他的阅读也是用心的。

古今中外的那些好诗人，他们生前的生活，大多是孤寂的。很多人甚至饱经了生活的刀斧之凿。他们写作，一定不是想着去贴上什么，更不会跟从方针或者方向的指引。可他们的诗歌最后变成了月光和雨水，恒久地照耀着、清洗着世世代代的人。写诗这事，千万别想得太多。写作其实就像给远方的亲人写一封信，信随风而飘走，风把它复制成了若干份。于是，一封信同时落到许多人手上。同样的内容，被许多双眼睛解读，有的，还引起了精神上的默契与共鸣。于是，天涯变成了咫尺，陌生变为亲近。还要什么"广泛的深远的影响"呢？这已经是一件奇妙并且称得上美好的事情了。

关 于 朗 诵

参加一些诗歌活动，最怕的是朗诵环节。尤其是大型的朗诵，声光效果，势如破竹。在国内，大型的诗歌朗诵会为造声势，习惯找些著名的或有点儿名气的演员。说实话，有些人一来，我就知道：坏菜了。摊上有些文化素养，又有艺术情怀的会好些；没有名气、真靠实力出场的也好些；最怕那些"德高望重"、自以为是朗诵大腕、重大场合好像非他不行的。每逢此时，他们就来了"范儿"，不管朗诵的是什么样的诗，都忍不住端个架子，按照那套固有的程序，目视前方，起承转合，抑扬顿挫，站在那好像一道泄洪的闸门，其汹涌澎湃着实震人。好像不如此就不足以淋漓酣畅；不如此就不是"直抒胸臆"。尤其是朗诵到他理解的或世俗认定的所谓"诗眼"上，必慷慨激昂，如壮士振臂，似狂人疾呼，真是形散神也散，常常让作为观众的我特别挂不住，替他们不好意思，鸡皮疙瘩一层层的。记得有一次，一首沉郁宁静的诗歌被一个"大腕"演绎得匪夷所思，最后干脆就有了令人发笑的喜剧效果，滑稽又兼具杀伤力，让很多听众"哎呀妈呀"。

写诗的人中，个别也有这样朗诵的。大凡这样朗诵自己诗歌的人，也都这样用蛮劲去写，去写那些"诗眼"大睁、炯炯有神、一惊一乍的诗歌。

那一年去波兰参加诗歌节，看到来自世界各地的诗人上台去朗诵，他们捧着自己诗歌，好像是捧着怕被碰坏的蛋，都是轻轻地诵读。就是那些无须照诗稿朗诵的人，也面容平静，没有夸张，让人很舒服。轮到我朗诵的时候，我想，反正在座的没人能听懂我的汉语，我就朗诵了李白的"床前明月光"，这样的诗歌嚣张不了，谁能在"低头思故乡"时高声大嗓？下来的时候，那些诗人或许是出于礼貌，还真夸我，说我朗诵得好。一个人还走过来，说他好像听到了沙沙的雨声

（大会选我的诗有一首是和雨有关的）。

听树才用法语朗诵过《米拉波桥》，真是好。他的声音，他的诗人气质和朗诵时的神情，让听众倏然安静了下来。苍茫的夜色，塞纳河的流水，消逝的往事与爱情，教堂悠远的钟声，都在他迷茫惆怅的声音中徐徐凸显。奇怪的是，那一瞬间，大家好像都懂得了法语。这样的朗诵对于人是一种引领，我记得那一天他赢得了由衷的赞叹和掌声。真不能想象，一个晚会型的朗诵大腕会怎么处理这首诗。本来毫无噱头，歌谣一样平缓忧伤的节奏，也许会难为住对"朗诵艺术"有习惯心得的专家。结尾一定是夸张的手势加轰炸般的声音，可惜的是，那就不是米拉波桥，而是眼瞅着就要出事的卡桑德拉大桥了。

诗歌面前，如果我们还能再谦恭一些，把声音降得低一些，不惦记着效果或者掌声，我们的声音或者我们的笔下，或许都会有更空灵动人的风貌，会更舒服和谐，对不？

2009年

跟着那三只麻雀

——关于我的长诗《死羽》

2006年底，我收到齐齐哈尔一个诗友的手机短信，友人说，他妻子最近从网上读到了我的《死羽》，感动得哭了。我和这对夫妇是好朋友，他的妻子虽是学历史的，但艺术素养好，为人极为感性。一定是这首诗中的感情成分，与她心里的东西有了某种契合。一首写于二十年前的诗歌能让我的朋友感动，让我在2006年岁末，心思也受到了一种触动。

在我近三十年的写作经历中，《死羽》是我仅有的两首长诗之一。它被评论家认为是我诗歌写作中重要的创作。在我自己，重要与否我不太知道，可它的确承载着我心灵的情结。在我写作的历史里，留有一道独特的印痕。

这首诗写作的时候，是1986年。那恰是中国诗坛最为活跃的时期，各种各样的诗歌主张，各种各样的诗人。天生不爱热闹的我，尽管不容易被潮流裹挟，但也的确有过迷茫和彷徨。而这次首长诗写作的前后，我经历了一次难忘的旅行，以及对整个旅行的回味和思索。这个过程，如同一次及时的梳理和校正，我找到了属于自己的那片天空。

我相信命运是有机缘的。我在《死羽》中写到这样一个细节：在戈壁滩上，有三只小麻雀，它们想飞过茫茫戈壁，但是它们飞不动了，于是

一粒石子旁边

并排躺着

三只小麻雀的遗体

风掀动它们朴素的羽毛

像幻化中的静物

三只小头颅

向着苍茫的远方——

这三只麻雀的故事，是我长诗的缘起，它没有任何虚构成分，它来自1986年哈尔滨一个仲春之夜——

我的女友默川和我从小一起长大。我们知心而默契，她热爱画画，我喜欢诗歌。她是学中国画的。当时，她正在为画长城的长卷准备素材。孤身一人，沿着长城采风。走进西北后，她逐渐被这块土地上厚重的积淀和磅礴大气所打动，而且不知不觉间开始对佛教文化有兴趣，画了不少宗教题材的画。那天，她刚从西北回来，风尘仆仆地来到我家。我为她泡上好茶，倾心而谈。

当我问到一路最打动她的是什么，她就讲了那三只小麻

雀的故事。

默川有那种很有质感的女中音。当她叙说这样的经历时，那种沉稳低回的声音，尤其打动心灵。我记得非常清楚，她讲完三只小麻雀的故事后，我长久都说不出话来。一种说不清楚的情愫在我心头翻腾，眼前全是那三只小麻雀的身影。我简直就让这三只精灵勾了魂。我知道，我肯定得去西北了。多少年过去了，我还清楚地记得那个仲春之夜——窗子开着，月光照进来，照在墙上那幅普希金的油画上，丁香花简直像疯了一样香。那种香，像药，不容分说地沁人心脾。醉人的花香以及月光和这个故事融合在一起，凸显了一种奇异的意境。我就觉得，那戈壁滩上三只小麻雀，已然顺着那花香飞了进来，此刻，正在我们面前隐身盘旋。那时，我还不知道，这三只小麻雀，将把我带到我的第一首长诗之中。

我和丈夫马合省几乎立刻就着手制订去西北的计划了。

就那么巧，不久就有诗友创造了一个机会，让我们去玉门参加一个活动。那时我在教书，正好赶上我的暑假。我们就开始了向西的旅程。

那时尚未有今日的全民旅游风气，也没有什么黄金周之类的热闹事情，旅行线路虽然不如今天这样便捷，但是也少了那种令人生厌的商业气息。我们带上简单的行囊，辛苦又快乐地行走在路上。从西安开始，一路向西，兰州、武威、张掖、酒泉、嘉峪关，到玉门后又前往安西、敦煌、阳关，我们一站一站地走，一处一处地看。坐火车、搭汽车、骑租来的自行车，我的脸被西北高原的太阳晒爆了皮，其吃苦耐劳精神屡获褒奖。

一路上，我吃过喷香的、碗边落满苍蝇的牛肉面，喝过苦涩的井水；我见识了这世界上最香甜的瓜果、最佩得上称为粮食的馕；我的眼睛看到了贫穷、隐忍、强悍的生命力；我看到了高洁得让人绝望的雪山、偏要向西流去的疏勒河；我看到了在干渴的土地上努力生长出来的绿色、生长艰难却甘美异常的瓜果；我认识了许多淳朴厚道的人，感受到了天底下最善良的心肠。那些目光清澈、不染尘埃的孩子；那些脸上两颊通红，让风和太阳染上胭脂的西北女子；那穷人的端庄和贵重；那生命的艰辛和从容。这块土地上淳朴的民风、久远的文化、质朴又简单的生活方式，让人如此百感交集。以后我又不止一次地去过西北，但再没有一次那样铭心刻骨的体验，像我当时在一首诗中写的那样：

忽然想吃嘴简单的饭，

忽然想穿最简朴的衣

忽然想省略一切形

生一群娃娃养一群羊

在某一次雪崩中

自然地死去

我庆幸自己能有这么一次丰富的西北之行，我知道了那么多以前我不知道的事物。我就像一个容器，装进了许多东西。我的心越走越沉，整个人也从里到外开始变得结实。沿途，我曾经把一些衣物或日用品送给了当地的穷人，但是我知道，我从他们那里拿走的更多。我感到了自己的变化，而这种变化，无论是对我的诗歌还是我的为人，都是一个好的开始。

这次旅行还有一些有趣的事情，记得当我们要到玉门时，提前通知了那里的朋友。那时的通信不算发达，好不容易通了个电话，觉得把话说清楚了。可当我们走出火车站，居然看到一个绝无仅有的精彩的接站牌：接马合省的李琦。走上前去说明后，我笑得都站不住了。接站的男孩子嗫嚅着：我说没听说过这么个省嘛！西北孩子的憨厚和可爱尽写在脸上。

在玉门，认识了诗人林染、潞潞、赵健雄、沈天鸿、郭维东、王蜀龙。认识了很多难忘的人，有的成了一生的挚友。我记得在玉门，我们在蜀龙家里开怀畅饮，为诗歌争论，为友情干杯，那种酣畅痛快是我此后再未体验过的——夜半，我们一行人从蜀龙家出来，被燃烧的酒精怂恿，在凌晨两点的大街上，手挽手站成一排，面对空荡荡的大街放声高歌——

那时的敦煌还是县城，我曾租了一辆自行车，在县城转悠。所到之处，碰上的都是友好热情的人。问到邮局，人家给指引后我走错了，结果指路的孩子跟着我跑，非得把你纠正了才行。逛集市的时候，根本不敢往两边卖瓜果的人群看，因为，每一张质朴的脸上都是憨憨的笑容。如果光看不买，就觉得对不起人家。我和潞潞就是因为受不了这样的眼神，在每个小贩那都买一些水果，结果到最后都拿不动了。

　　在西北的那些天，我总是会想起那三只小麻雀。我知道是它们把我召唤到这来的。每当看到麻雀飞过，我的目光就会情不自禁地追随。这些从没穿过花衣裳的鸟儿，就像穷人家那些好养活的孩子。在鸟群里它们出身卑微，从未进入名贵的行列，可它们生命力最顽强，与人类感情亲密，是大自然里最活泼无邪的幼儿。它们就像民间的诗人一样，靠朴素的生活滋养干净的心灵。对于当时年轻的我，那飞翔的鸟儿是引领也是昭示。我知道，就像这大西北的朴素沉静如此打动我一样，我的写作应该关注的是心灵而永远不是什么花里胡哨的东西。一个写诗的人，如果总惦记什么诗坛或者潮流的话，是一件多么滑稽的事情。那与内质无关的各种名目，与我有什么关系呢？在西北土地上的行走和思索，让我明白了，我一生不会跟从什么时髦和潮流，就像那朴素的麻雀一样，我要的是真正的飞翔。

　　那是一个我永远不会忘记的傍晚——我从骆驼上下来，站在鸣沙山上。夕阳西下，整个沙漠笼罩在绚烂的光芒里。经典的沙漠落日，正扑面而来。天哪！那一瞬间，长天与沙海苍茫辉煌，像是一片正汹涌奔腾的万顷波涛瞬间凝固，美得让人惊诧。眼前，绵延的沙海就像一匹匹金色的绸缎，光芒闪烁，那种起伏的曲线是那么优美而柔软；而远处，深色的山峰就像是谁用画笔勾勒出来的，辽远透迤，让人遐想万端——这大自然辽阔的壮美带着一种特殊的能量，扣人心弦，又有一种神圣和净化的作用。我屏住呼吸，紧握爱人的手，我们被这天地之间的大美震撼了。

那天晚上我在笔记本上写下的句子，后来出现在我的《死羽》里——

举手合十
心儿温馨成一杯净水
啊，我如梦初醒
佛祖原来也是一种意境
一刹那我看到通体血脉如树
整个肢体里
正落英缤纷

就这样，我用诗歌记叙了我的感受。那时还不知道，这些断断续续的诗就是这首长诗的胚胎。后来，用了一年的时间，我写完了这首长诗。结构上，我选择了最简洁的叙述方式，按着时间的顺序，由十一节连缀而成。我尽量让自己的语言平静、朴素，把它写得自由而舒展。

记得，诗快写完时，正巧《东北作家》创刊，主编知道我在写长诗，指明要发在创刊号上，并指定了交稿日期。当时在伊春桃山林业局有个诗歌笔会，我就把稿子带去了。那是1987年的冬天，小兴安岭白雪覆盖的群山里，静谧、皎洁，就像是进入了冬季的天堂。诗快写完了，诗歌的题目却定不下来。一天午饭后，一个朋友把从雪地上捡来的几根鸟的羽毛送给我，我信手放在诗稿上。再回到书桌前，心一动：这羽毛是来给我做诗歌的题目的吗？就这样，长诗就叫了《死羽》。抄写完它的最后一行时，是一个阳光明媚的中午。我走出房间，呼吸着雪后清洌的空气。四周群山连绵，万籁俱寂，我仰面躺在厚厚的雪地上，看蔚蓝的天空云朵在轻柔地移动。虽是深冬，却觉不出寒冷。北国冬天的阳光柔和地照在我的脸上和身上，我又想起了那三只小麻雀——

这首诗歌发表后，应当说受到不少好评。但是我自己是有很多遗憾的。我知道，我没有完全写出自己的感受，我感到了语言和心灵的距离。当年，自以为经历沧桑了，今天看来，多么年轻，甚至幼稚。如果是再往后几年，我会写得更好，可是，事情就是这样，一旦成为过去，你已经无能为力。对于我，这首诗完成了一个过渡，它成了我的一个背影。

二十年悄然过去，人生的机缘确实难以解释。我的朋友在长卷画成、画展开过、画册出过之后，忽然开悟，在一个属于她的机缘里，遇到自己的上师，从此皈依受戒，潜心修佛。想到多少年前，她从国外回来，穿着款式讲究的真丝长裙，在自己的画展上手捧鲜花；想到她自当老板，经营高档家具，劳碌操心地经营；想到我们在丁香盛开的月夜，畅谈艺术和西北——真是恍如隔世。如今，我的朋友已放下一切，常年住在寺院里，致力于弘法和修行，眉宇之间，一片素净。

而我，依旧迷恋诗歌。人不再年轻，可二十年前沙漠夕阳的光线，至今仍在我的书房弥漫。在诗歌宽大的怀抱里，我深信自己得到了护佑和爱抚。任何热闹都不会让我有所分神，我心里总有那片静谧的雪野。我选择了缓慢的进步。虽然依旧有惶惑，但变得更从容，写作也进入了自由的状态。那三只亲爱的小麻雀，它们就像我的朋友和知己，它们甚至是命运的某种象征，就像二十年前我在《死羽》中写下的那样：

　　那灰褐色的小躯体

　　在巨大的苍穹下

　　辐射出一种气蕴

　　这气蕴比世界更阔大

　　这气蕴使许多人的心事

　　静谧而沉重

　　…………

　　如果你偶然看到了它

　　未来的朋友

　　你可一定要相信，

　　那其中的一只

　　它曾是个

　　写诗的女人

关于我和我的诗

1956年的春天，北方边城哈尔滨一个普通家庭里，出生了一个女婴。这个孩子那么弱小，体重尚不足五斤，连哭声都不响亮。许多人都以为她活不下去了。可是这个家庭的所有成员，全坚信这个小女孩会长大成人。刚刚成为祖父的爷爷戴着花镜，整整查了一上午旧词典，而后他庄严宣布：我的小孙女就叫李琦了。就这样，我在获得生命这天，也获得了一个名字。

在东方，玉石是珍贵的。"琦"是美玉，喻珍奇而贵重。我是在不断的成长中体会到祖父那深深的爱意和期望的。我的祖父是个生动而充满激情的人。我出生时，一生的风雨奔波已耗尽了他当年的激情，他对这个目光清澈的小孙女满怀爱心。

"多聪明的小姑娘啊""多漂亮的孩子啊"，这是我在人之初经常听到的赞美。我的祖父不仅自己不厌其烦地赞美我，还诱导别人这样——看看这孩子！这个善良宽厚的老人德高望重，虽爱发脾气，却慷慨、大度，视助人为快乐。我就是这样在充满了爱意的环境中成长着，成为心神活泼的孩子。我对人间温情的敏感，我那些以爱为内容的诗歌，也许，就是从这里启程的吧。

我六岁那年，生活中一件重大的事情发生了。"遗像与蜡烛之间／祖父的遗体／像一只抛锚的船"（《回忆祖父葬礼》）。每天送我去幼儿园的爷爷再也听不到我的笑声了。家中一片洁白，气氛肃穆，大人们悲痛地流泪，严肃地商量着一些事情。生动慈爱的爷爷变成了一张大照片，怅怅地望着我。他，死了。我就这样懂得了死亡。死亡就是永远看不见亲爱的人了。六岁的我没有放声大哭，而是像一个大人一样，默默地流着泪。许多年后姑姑对我说，当年她看到我的样子，心都要碎了。原来孩子也懂得悲伤，"你的小脸儿像一张白纸，懂事的样子，让大人们看了太难受了"。她还不知道，我无法用语言表达一个六岁孩子的痛苦。穿梭来往神情哀痛的人们，传递给我一种不安和难过。我在六岁这年，忽然一下子懂得了忧伤。我知道再也见不到最爱我的爷爷了。我和祖父之间，好像有一条情感的秘密通道，每当我把自己的一些小秘密（比如我发现了一个蚂蚁洞）告诉他，他都会说："放心，我谁也不告诉。"现在，这个秘密通道消失了。再没有人分享我的秘密。祖父让我懂得了爱与死，懂得了依恋，他就去了另一个世界。就从那时开始，我幼小的心灵就有了一种倾诉的愿望，我就注定要成为一个写诗的人了。

十四岁我写了第一首诗，名字叫《今天我十四岁了》。

诗虽幼稚，却很自然。父亲送我一个本子，说就叫《心血集》吧，因为诗是用心血写成的。我的诗就这样悄悄地写起来了。也许是天性的原因，我一直是静静地写，写那些外表平凡的事物，写我心灵深处的感受，写我的爱，我的思索和憧憬——写作给我带来了真实的快乐，使我对生命的体悟日益加深。诗歌成了我的宗教，成了我生命中永远的太阳。

这么多年的写作中，我从未有过厌倦。我手中的笔是我最忠实的朋友。记得当年《中国文学》英文版译介了我的诗。不久，远隔重洋，我收到了由《中国文学》转来的一封美国读者的信。他说，你写的祖父让我想起了祖母，我的祖母是在我手臂上去世的。他的信深情动人，使我有种老友重逢的感觉。诗沟通了我们的心灵，使异国他乡变成了推窗可见的地方，使语言不同、风俗各异、彼此陌生的人，变成了精神上的亲人。有一年，一个齐齐哈尔的青年人，来哈尔滨办事，本已买好了归去的车票，在书店看到了我的诗集，就买下了。一看离开车还有一段时间，他就带着这本书到了松花江边。"那是一个美好的下午，身旁是松花江的流水，眼前是我喜爱的诗。"他忘记了时间和归程，沉浸在诗歌的境界里。终于误了火车。当我知道这件事后，除了有些歉疚外，受到了很深的触动。我常常能想起，松花江畔的夕阳里，有一个倾心读诗的年轻人。

如今，我已经出版了多部诗集，已经迈进了中年，可我总觉得，自己还是常常像个孩子，还常常为事物激动，眼睛还是常常装满泪水。我有时好像又回到六岁时，我跟爷爷走在去幼儿园的路上，我一会儿看蓝天，一会儿看白云，我向拉菜进城的大马问好，我缠着爷爷讲仙女的故事……

往事如风，真正永恒的，是爱，是忧伤，是充满魅力的诗歌，是我们如草木一般生长的悟性，是一代又一代人对生命的美好希望。

应当感谢那些在精神上哺育了我的古今中外的诗人们，首先要感谢我们中华民族那些优秀的诗人，我从他们那里汲取了营养。中国古代的优秀诗人们，把中国的诗歌变成了高耸的山峰。你无法在李白、李清照这样的诗人面前心高气傲。早在千百年前，他们就已经达到了你必须仰视的高度。在他们的作品中，散发着中国诗歌那种无法言传的魅力。那种意境的创造和对于语言的追求，对于我既是启蒙又是源源不断的提醒。

还应当感谢那些俄罗斯的伟大诗人们，他们是我灵魂的导师。正像我在长诗《死羽》中写到的那样：

普希金你无法知道

你眼睛如风

从异域吹来

吹开了一扇十五岁的门

你诗心若星

皎洁了一片十五岁的夜空

从普希金到阿赫玛托娃，从莱蒙托夫到茨维塔耶娃，可以说，我是读着他们的诗长大的。俄罗斯诗人们的忧郁深情，他们对土地、家园、山河的眷恋，他们对人类命运的忧虑与思索，他们个人生活的悲剧色彩，他们的泪水与伤口，他们的良知与情怀，智慧与道德，深深影响了我。1993年我去俄罗斯访问，在莫斯科、在圣彼得堡，我沿着诗人们的足迹，感应到了那些高贵的灵魂。我又一次体味了诗人的含意。在鸽子的翅膀上，孩子的微笑里，在遍地秋风中，在经常被我们忽视的一个庄严的名词——"人民"中间，都有诗人的气息。

　　作为女性诗人，我更喜欢那些女作家女诗人的作品。女人像柔软的植物，更轻盈更敏感，离艺术更近。我喜欢安静的美国女诗人狄金森，尽管由于语言的缘故，我读到的只是她诗作的中文版，但是那种微妙的情绪，那对爱情、死亡、自然的吟咏，那对于灵魂的不倦探索，使我已能从字里行间，看到了一袭白袍的女诗人。我自信自己已认识了她，我对这世界又多了一重理解与尊重。

　　我今天仍然在悄悄写作，在我的诗歌创作中追寻、体味。写作就像给遥远的地方写一封永远无尽头的信，这工作表面单调其实乐趣无穷。我觉得自己像个诚实的铁匠，叮叮当当中，任岁月飞逝。我也有忧虑、迷茫，有来自生活中种种的烦恼，但我又是多么幸运，我这一生，有诗为伴，有创作的激情，有思索的夜晚，那诗歌的太阳，始终温暖如初地照耀着我。

　　谢谢你们，我的异国读者。我无法知道你们是谁，我却想告诉你们，作为一个中国人，用优美的中文写作是多么充实。我还想说，无论这世界有多么辽阔，最辽阔的，仍是我们无边的心事……

（此文为《中国文学》英文版所作）

深邃辽远的指引

今年春节，我因为心脏不好，住进了医院。用一句话说就是：我的心在激烈地跳动。大年初一，我一边输液，一边想着医生刚对我说的话——你必须让心脏好好休息，少想、少写、少看点儿书吧，你多年轻啊。

我其实已经不年轻了，但这里是所谓的高干病房，患者都是老年人，我在这里显然是年轻了一些。

走廊寂静。一些见好的患者，都回家过年去了。我半躺在床上，望着洁白的墙壁，又思绪纷飞起来。我想，这些年，随着年纪的增长，我的许多地方，都有所改变了。有些，甚至可说是今非昔比。可唯有诗歌，我内心的激情从来没有消失。只不过，像一场爱情一样，当初的热烈变成了今日的宁静，那种钟情，没有随岁月变淡，反倒越发绵长悠远了。

说起个人生活，我似乎还没有过于坎坷复杂的经历，但是我自己知道，这些年来，我的精神之旅走过了哪些沟壑。在仅有一次的生命中，我有诗歌为伴，我能选择用词语和意象呈现自己的灵魂，我能在诗歌的灯盏下，感受生命的光亮，这多幸运。哪怕在写诗的这条路上，我其实是一个走得很慢的人。

想起那年在重庆缙云山，我们在山里迷了路，询问一个正背着箩筐的大眼睛女孩子，往北温泉的路，该怎么走？那女孩子目光清澈，她抬起一条晒得黑亮的手臂，笑盈盈地指着一条小溪说，就跟着那条水走。她自然、美好，似乎就是站在那树林深处等我们的。我说不出为什么，被她和她的话打动了。她的话竟无意间串起了我的一些零碎的想法。我在那次的四川之行中，写了很多诗。跟着那条溪水，我不仅找到了北温泉，还意外地拾捡起一些珍贵和奇妙的感觉。

其实，领我进入诗歌的，常常就是这些不经意间的指引。轻轻的一阵清风，吹进了我精神的树林，我于是听到了自己的风声。顺风而行，翩然如梦。有时，就会发现一条神秘的、通向心灵深处的小路。这种发现和感受，这种诗意的体验，有时真是很难用语言准确地形容出来。

我经常对自己失望，因为我的感受与我写出来的诗歌中间的那种距离，常让我的自信受到一次又一次的损伤。我早已过了听几句赞扬便精神焕发的时候。没有良好的创作状态时，我就不写。我习惯了对着一张白纸，想来想去，或者只是在本子上记上自己瞬间的感受。多年的写作，竟把我变成了一个珍惜纸张的人。如果写不出有意味的文字，还不如让纸就这样干净着。我把这个想法曾告诉过诗人昌耀，这个心怀高远的诗人说他也是这样。他说，不写诗的时候，就每天写毛笔字。他告诉我练习书法的感受，还答应为我写一幅字。写到这，我的心非常难过——再看不到他的字了，耳边也再不会响起那个遥远的青海的声音了。一个灵魂那么清澈精致的诗人，他离开了我们。而他离开的方式，又是那么决绝。

看到有些人那么自信，嗖嗖地写，还说是献给广大的读者或者伟大的人民，真让我敬畏。我做不到这一点。我常常是想起了一个人、一双关切的眼睛或者一些若隐若现的片段，心怦然一动，才忽然有了写诗的冲动。我就想把我的诗给那个人、那双眼睛，想让我的朋友，听到我的声音。我是一个渺小却比较真诚的人。

这些年，已经不止一次听到别人说我"创作严肃"了。这可能是因为大家觉得我写得少，也慢，是一种厚道。其实，不是我有多么严肃，我是把太多的时间，都用来想了。熟悉我的人，都知道我经常发呆。那种发呆对我是一种需要。天长日久，我成了一个想的比写的多的人，成了一个不做白日梦就难受的人。我甚至能看见自己在想象的空间里轻盈地飘来移去。

如今，我的心脏、我的神经系统，像我整个人一样，不够坚强。我不知道，这是否与我成天东想西想有关。但我知道，无论怎样，我也不会放弃这种想，因为，只有进入这种"想"，我才能进入一种精神需要的层面，进入一种无限。广大的读者或伟大的人民此时与我无关。如果那种"想"是一片迷茫的海水，只有我的灵魂，是浮出海面的小岛。

这一次，知道我有病后，沈阳的一位女诗人来信说，你来沈阳吧，就住我家。她说，她家旁边就有一个公园，我们再叫上柳沄，一起去晒太阳，好好疗养一下。

我虽然暂时去不了沈阳，却从她的信中感受到了松软而蓬松的光线，我一想到那画面就感动——三个热爱诗歌的人，在阳光下面，晒着躯体和心事，暖得从里到外要化掉一样。我们像三只羊、三条狗、三只结伴出来的小虫子一样，自然而单纯。这样一个场景，是人生多安详的一种状态。而让我们在此生如此相知和彼此呵护的，是诗歌。诗，把我们变成了真正意义上的同志。

我现在的写作自我感觉进入了一个较好的状态，我的写作如今是自由而舒展的。我越来越倾心于那种平淡朴素的语言，我选择这样的方式，是因为它适合我。就像我和色彩斑斓的时装永远互相不般配那样，站在平淡和朴素里，诗意才会款款向我走来。

这次有病，我忽然觉得自己身上有某种东西苏醒了。这种感觉很奇异。我知道，诗歌和诗歌所代表的精神，正在召唤着我。对于我，她将有更为深邃辽远的指引。

写作就是飞翔

　　当我尚是一个小孩子时，一种说不清楚从哪里来的忧伤，就常常从我心头经过。那种伤感又似乎美丽的情绪，使我隐隐有一种冲动，想把这种情绪记录下来、倾诉出来，所以，我非常钦佩那些爱写信的人。我相信，他们都是有心事的人。他们要一笔一笔，把自己的心里话，向远方的亲人倾诉出来。那些信，一定是很动人的。

　　应当说，少年时代，我已经具备了一定的想象力——看见星星，我就深信它们能在众多的孩子中间认出我；我无端地断定自己身世离奇，是个捡来的孩子；在遥远的地方，住着我的亲生父母。我夜以继日地想象着和他们失散的原因，心激动而慌乱。对远方的憧憬和对自己身世的猜疑，启发了我最初的想象力。当我后来知道自己身世平凡，果真是父母的亲生女儿后，怅惘和失落笼罩了我。我不愿意是这样的结局。

　　小学时我是个出尽风头的孩子。重点学校里的优秀学生，从二年级直接跳到四年级。上少年宫学舞蹈、练体操、演话剧，如果没有那场运动的来临，快乐的少年也许会长成另一个我。

那时，没有什么书好念了。跳级使我赶上了上山下乡的高潮。未满十五岁的我成了"五七干校"最小的知青。1971年2月，在我第一天出工的路上，就被大风刮到了沟里。营长望着男青年从沟里拎上来的我，表情复杂地说："这不是个孩子吗，怎么上这来了？"

短暂却难忘的乡村生活，丰富了我对人生最初的认识。广阔的农村，树林、天空、土地和生机盎然的春种秋收，一群充满活力的年轻人共同生活，让我对生命有了从未体味过的感受。我有了一种倾吐的愿望。我开始"创作"了。

其实在下乡前，我就开始写诗了。我的父母都是俄罗斯文化的崇拜者，这对我有间接的影响。我读一切我能找到的19世纪俄国作家、诗人的作品。我家那本《欧根·欧涅金》成了我读过的第一本诗集。许多年后，我去了皇村和彼得堡普希金纪念馆。在肃穆的秋风中，我感念着自己从俄罗斯大师精神上汲取的恩泽，回想起许多年前与诗相遇的机缘，被沉郁和伤感的情绪笼罩着。

到十七岁的时候，我的笔记本上，已写满了一本"诗"。我的伙伴（她如今是大学的美术教授），还在诗集上给我配上插图。这本幼稚的"诗集"在我的朋友圈中传阅。后来我才知道，哈尔滨师范大学中文系的一位老师，当年，因为看到我的诗，兴之所至题了一首小诗，作为前辈对一个孩子的鼓励，竟被作为罪状，被人贴了大字报。这本诗集是我青春岁月的见证，记录了我走过的道路。记得当时我们有个小圈子，都是女孩子，写诗的、画画的、学音乐的。我们定期在一起聚会，如饥似渴地交换那些来自各种渠道的书籍。大量的外国文学作品和画册，音乐家和画家的传记，我们就是在那时阅读的。这些文化圣餐，喂养了我们年轻饥渴的心灵。

一个人成为作家的原因是各式各样的，但首先，是你的心灵有倾诉的愿望。写作就像给遥远的地方写一封永远无尽头的信，这工作表面单调其实乐趣无穷。你会觉得自己像个诚实的铁匠，叮叮当当中，任岁月飞逝。写作，尤其是诗歌写作，使我变成了人群中的鸟，不是多么高高在上，而是体会到了灵魂滑翔的那种自由和快乐。在飞翔中感受风，感受这天地万物，这多好。飞得高不高那决定于诸多因素，可那种飞翔的感觉，你一旦拥有，就不会轻易交出翅膀。

在第三十届"华沙之秋"诗歌节上的发言

尊敬的女士们先生们：

如今，无论你在世界的哪个城市，只要看到那个"M"，你就知道那是麦当劳。这个走遍世界的"M"，让我们轻而易举地看到了工业化在全球的进程。

可是，诗歌不是麦当劳。诗歌从我们的心灵出发，是独特的、幽雅的、无法统一制作的。就像一场风，不可能同时刮过四面八方。请允许我来发问：诗歌，为什么非要融进全球化的进程呢？

我们写作，就像给遥远的地方一个亲近的人写封长信——倾吐的是心灵的声音，是源自生命深处的那种感动。这种过程，是个人化的、是流动的，是与全球化进程没有关联的。

我曾在一个埃及人那里买过一串项链。它是手工制作的，很独特。这项链让我看到了古老的岁月和一颗懂得美的心灵。诗歌也如此。它像那串美丽的项链，独一无二。在全球化进程中，诗歌如果一定要承担什么角色的话，那么它也许是个淡然面对一体化的梦想者，是个倔强而单纯的孩子，是个不合时宜的人。

至于说到诗歌挽救民族特质的机会，挽救一词，我觉得过重了。准确地说，诗歌能塑造民族的心灵。在中国抵御外辱、反法西斯的岁月里，有一首著名的短诗：

> 假使我们不去打仗，
> 敌人用刺刀
> 杀死了我们，
> 还要用手指着我们的骨头说：
> "看，
> 这是奴隶！"

这首诗当年确实如号角，激励了成千上万的中国人走向前线。在许多牺牲者的口袋里，人们看到了这首诗。从古到今，诗人有一个传统，那就是对自己民族的赤子之爱。尤其当民族遭受苦难的时候，诗人会用嘶哑的声音召唤着同胞。如用钢琴写诗的肖邦，他用音乐述说的爱与忠诚，今天还震荡着我们的心灵。至于说到挽救民族，我想不如说是挽救诗人自己。因为，诗人的命运与民族的命运紧连在一起。在今天，在我们面对诸多诱惑、随时能为媚俗找到借口的时候，诗歌首先挽救的，是我们有可能迷失的心。在仅有一次的生命中，诗歌，至少给了诗人们一个机会，那就是真正美好地、深邃地生活。

　　感谢诗歌。在华沙的秋天，我们在此又一次体味到诗歌的美丽和庄严。我们感受到有缕缕温暖的光线，这光线，来自亲爱的诗歌。

　　谢谢！

他 的 回 答

——为首届青海湖国际诗歌节而作

　　当遥远的青海作为背景，"人与自然和谐世界"作为此次大会诗人文论主题的时候，我有些百感交集。我知道在背离这个主题的路上，我们已经走得太远了。

　　不久前陪外地友人漫步松花江畔，我讲起童年：宽阔的大江，水面漂荡着舢板、晚霞爱抚着江面，还有那大江独有的水腥之气，河流逶迤的城市风韵——说着说着，臭水沟般的气味迎面扑来，曾经油画般美丽的松花江以猥琐尴尬的样子横陈眼前。我止步而后止语，深情的回忆简直就像谎言，我和松花江同时感到了耻辱。

　　松花江水污染的那段时光，生活一下露出了缺陷。在缺陷中是谈不上优雅和舒展的——大庆的朋友开车从百里外来给我送水和食物；不能洗澡，不能毫无顾虑地以水为净，必须面对诸多困窘和不便；难民一样反复接起外地友人询问或慰问的电话——守着一条大江喝不上水——我和全城市民一起前所未有地体验着"人与自然"的恶果。我们对自然下手太重了，不管是有心还是无意，违背自然伦理的行为都在遭受报应。哈尔滨人进入了厄运到来之前的预习。这不禁让我遥想盛唐——那个时代的诗人是幸运的。在岁月的上游，他们看到的世界尚未遍体鳞伤。尽管也感时伤世，也愁肠忧思，但他们还是生活在与自然共存荣、宜于用古典诗词表达情感的时段。他们可以宽袍大袖，举杯邀月，听黄鹂鸣翠柳，看白鹭上青天。而时至今日，就是李白，恐怕也没心思再作《梦游天姥吟留别》了，站在污染的江边，他或许会"噫吁兮！快来点活性炭吧"。

疲惫、忙碌、忧虑，疯狂地追逐利益，亚健康的人活在这样的环境里。"拔地而起""××似雨后春笋""突飞猛进"这是属于今日的辞令。一切都进行得那么快，欲望和贪心，催得人心浮气躁。两岸猿声早已变成汽笛和马达，高峡变平湖，船还能走航道，可是，鱼已经找不到回家的路了。

和谐，这个词对于我们这些在青少年时代经历苦难、对中国往事心有疤痕的人来说，是痛楚和憧憬。它勾连回忆，关乎未来，我真是怕说得越多，离它越远。

想起2004年雅典奥运会开幕式，爱琴海居然"流进"了运动场。天地水火，爱与和平，历史与艺术，古今丰富的元素那么巧妙地融合在一起。那种飘逸的单纯，静穆的崇高，把我们带到了亚当和夏娃身边。不愧是人类文明发祥地的土壤，我从眼前那些希腊人身上，看到血脉里的恬淡、自然的力量、人与世界的相谐之美。那种澄明与泰然的震撼力如波浪拍岸，存留心头的感动，至今难忘。

和谐不是热闹，不是吵嚷叫嚣，不是自以为摩登的红绸子茉莉花京剧什么的粗劣拼盘，不是物质文明的迅速生成和经济增长带来的表面强大。和谐是心灵生长的环境，是君子之风，是至美之境，是道德风范，是文化的生长和文明之花的绽放，是滚滚红尘之上的洁净理想。它是一种内向之力，是纯洁的发愿，是有牺牲的守望。遇罗克的文字，张志新的声音，其实皆是渴望和谐。我们如此倾心于诗歌，也是因为内心深藏着一份对于灵魂和谐的指望。

1998年张家港诗会，昌耀住在我和娜夜的隔壁。面容清癯的他，有一种出尘自净的气质。望着宾馆眼花缭乱的早餐，他茫然局促地对娜夜说，只想吃碗面条。我递给他水果，他小心翼翼，就像怕碰疼了它。而当大会发言，说起诗歌，他声音沉稳，目光庄重。如此敏锐深邃的智者，有时却像羞涩的孩子，那是一个诗人的和谐。这个诗人，活着时居住在辽远的青海，连呼吸的空气，都比大多数人稀薄。他没写过"人与自然和谐世界"这方面的文论，却以饱经磨难为前提，深得其中精髓。就是这个人，让很多人从他的诗行里遥想青海，也让日后越来越多踏上青海土地的人们，在蓝天白云下轻轻想起他，并因他的名字，更为看重这原本因为湖水和鸟岛著名的地方。

昌耀，一个灵魂和青海湖一样清澈幽深、诗章已经成为飞鸟翅膀的中国诗人，我想，他已悄然回答了关于人与自然、与世界如何和谐这个问题。

2007年

关于索尔仁尼琴

——回答一个记者的采访

什么是伟大的作家？看看索尔仁尼琴那张饱经沧桑的脸，看看他沉郁深邃的眼神，看看他留给我们的那些作品，就找到了最好的镜子。他是眼下这个世界上为数不多的、值得仰视的人。他是一个堪称伟大的作家。

无论是和他同时代那些声名鹊起、活得乖巧忠顺的作家相提，还是和今天诸多因写作而怀抱功名的人并论，他都是迥然不同的。

他的名字，赋予"作家"这两个字以岩石般的威严和分量。他是来自炼狱的发言者，一生颠沛流离，吞咽下巨大的苦难，却放射出思想的光芒。

他忠于自己的信仰（关键是，他有信仰），为此付出青春、名利、健康甚至自由。他的写作已与生计无关，他用生命为灵魂做证，他本身就是奇迹。

他是世界送给我们的一份厚礼。长达一百四十万字的巨著《古拉格群岛》，使他自己成为文学史上一座苍茫的山峰。他推动了社会的进步，给整个民族带来勇气、信心、承担苦难的力量和思索的深度；给我们这些以文字为生的人，带来教堂钟声那样的影响。

你问我，见没见过他？没有。这是遗憾。但是，作为一个生活在与俄罗斯接壤省份的中国人，一个从写作之初就深受俄罗斯文学滋养的人，我一厢情愿地认为：他对于我，不是陌生人。他是我精神上的一位导师。我在很多俄罗斯诗人和作家的眼神和文字里认出过他，在俄罗斯这个伟大民族的精神里感受到他。在精神塌陷的地方，那凸显出来的岩石一样质地的精神雕像，就是他。

对于这样一个作家，见没见过，不那么重要了。我也没见过珠穆朗玛峰，但是我知道，那是全世界最高的山。

是啊，我也没看见过他微笑的照片。真是，没见过。我想，这个世界把他的微笑夺走了。

你看他的表情，连他打网球的照片，都是那样严峻、凝重，就像是要冲破某种阻拦。他的那张脸，内容丰富，苦涩凝重。一看，就让人难过。那是在地狱里旅行留下的痕迹，是一生穿越痛苦的代价。你说得对，他的眼睛并不明亮。怎么可能再明亮？他看到的黑暗和丑陋太多了。终生在阴霾里穿行，他是丢失了笑容的人。一个不可复制的人。

我当然很难过。这个世上，没有他了。失去了索尔仁尼琴，无论怎么看，都是让人类悲伤的事情。我知道在这个世界上，有很多人会和我一样，此刻，把头低下来，为他默哀。他为人类尊严而写作的一生，他非凡的良知、勇气，他那如同纪念碑一样的作品，我永远不会忘记。

谢谢你为了他的去世，来做这个采访。

索尔仁尼琴必将不朽。

2008年8月

把手伸向天空，眼睛看着远方

——诗集《李琦近作选》自序

这是我近几年作品的结集，选择的均是发表过的作品。

有人说，爱回忆往事，是衰老的开始。那我一定是开始衰老了，因为我经常会回忆起往事——

少年时代，我学过舞蹈。在我眼里，舞蹈老师简直灵异而神奇。她说，把手伸起来！伸向天空的时候，要感觉到手就在长——她还指导我们在舞蹈中发现远方。她说，往远处看，眼睛里要有一个远方，非常美、非常远的远方——她在做示范的时候，很动人。

我的老师在不跳舞的时候，平凡，小个子，貌不出众。可是，一旦进入舞蹈，她就变了。所有特殊的禀赋全在她身上显现了——她有时悲伤得像一个在冷风中冻坏的鸟，有时快乐得像一朵正在开放的花。她的舞蹈语言生动、丰富。她严厉，她慈爱，她亲我们，她瞪我们。她连哄带骂引导我爱上了音乐和舞蹈。在音乐和舞蹈里，我们这些小孩子，常常觉得自己是那么不同凡响，同时又有一种说不清楚的迷离和感伤。小时候，少年宫的舞台上，我经常在演出之后若有所失：我怕一离开舞台，那种在音乐里的起舞停止后，美丽而有光芒的生活，就一下消失了。

我没有如老师期望的那样，成为一个舞蹈演员，但我最终选择了自己终生的舞蹈方式，那就是诗歌写作。这是最能让我心神安宁同时又波涛汹涌的事情。我在诗歌写作中感受到词语的魅力，体味到神韵、境界等诸多难以言说的奥秘，还能对自己有一种清洗和整理，而后汲取到一种面对滚滚红尘的能量。尽管这写作是寂寞的，但我的人生却也因此有了趣味和价值。

这几天来，在对这些诗歌整理结集的过程中，我经常会在某个不经意的瞬间，想起遥远的少年时代。我更清楚了自己是个什么样的人，也越发理解了当年的舞蹈老师。她是那种真正爱艺术的人，犹如我真正需要诗歌。老师的舞蹈和我的写作首先是悦己的，是一种自我痴迷，是心旷神怡。现实生活是一个世界，舞蹈或写作是另一个世界。我们是拥有两个世界的人。现实生活里经历的一切，会在另一重精神世界里神秘地折射出来。实际上，只有在这个虚幻的精神世界里，我们才能蓬勃而放松，手臂向天空延长，目光朝远处眺望。这才真正是"诗意地栖居"。

这些诗歌，是我这几年生活的记录。里面有经历和思考，有我心事的印痕。有一点是肯定的，那就是这些文字的真诚。诗歌写作像擦拭银器的过程，劳作中，那种慢慢闪耀出来的光泽，会温和宁静地照耀擦拭者的心灵。还有什么必要装腔作势呢？现实生活里，随着阅历，我已经逐渐变得平和，而唯有在诗歌写作中，我依旧如年轻时一样，心神飞扬，为诗歌里那种广袤和悠远激动，为写作的深度快乐陶醉。

我的舞蹈老师已经谢世了。那么生动的人最后也会悄然离开。想起她，难过里我会感到一种温暖。她把一种重要的能力传递给我了。我在心里告诉老师：如今，我是在自己的写作中，把手伸向了无限高远的天空；我是在诗歌里，看到了那个其实永不可及却如此让人向往的远方……

2008年8月4日

我们写的也是命

我喜欢杨丽萍的舞蹈。我相信她是得到神灵启示的那种舞者。她的形体和脸上全无尘埃，手好像随时在长，肢体舞动时，似乎风就藏在她的身体里。看她舞蹈，我常内心沸腾，两手却冰冷。演出《云南映象》时，除去舞姿、神态，连她吟诵歌谣低沉轻缓的声音，都让人心头一颤。这个白族女儿的忘情之舞，让我想起那些一开起来就忍不住怒放的花朵。

舞姿轻盈的杨丽萍，心灵安稳沉静。对山川万物，对自己及他人的族群，对这大地上的物事与生命，她心怀敬重又细腻敏感。在舞台上，她可以是孔雀，是树，是火焰，是女神——千变万化，表现的都是这世界的花色声息，人世沧桑的命运感，生命原始的那种感召力、震撼力——这个人，得了道，与世间万物有了灵的沟通。她拥有的已不仅仅是技艺，用她的话说是：我们跳的是命。

写作其实是一样的。套用杨丽萍的话，我们写的，其实也是命。文学是心灵的舞蹈，那些有限的、奇妙的汉字，从不同的人手里经过，形貌、味道、气息，就带了各自的烙印。操作文字也犹如跳舞，如果仅仅凭着技艺和才情，不仅单薄，也未必长久。文字之后，其实是器量、素养、智慧，还有心灵。

那些被我们由衷敬仰的大作家，人们精神上的导师，堪为人类最杰出的儿女，是读者情不自禁灵魂与之靠近的人。他们拥有盛大的才华，却不会只抒写一己情怀，满足于堆砌和铺陈。他们的笔下弥漫着整个人类的痛楚和忧伤，吐露的是遍布人间的酸甜苦辣，是我们熟悉的抑郁或麻木、美好或丑恶、崇高或卑微。对他们的阅读，延长、补充了我们的认知，让我们感到了这个世界的好和动人，感到了生而为人的那种尊严和美感。他们的作品，是唤醒也是安慰。被忽视的，被遮蔽的，被扭曲的，看得清说不出的，或者根本就没看清的种种，都在他们的作品中呈现了——这样的作家，写的就是命。

年轻时写诗，眼前各种技艺眼花缭乱时，也有过短暂的迷惑，以为"独树一帜"或许最为重要。后来明白，那"帜"不是你想树就树的。树立之前，迎风招展之前，先要有稳健结实的根基。写作者想舞姿独特，必得先具备深厚的功力、丰盈的精神内核。学会"放"之前，得先学会"收"。无论多大的抱负在上，心灵的积累最为重要。如果以为先要放浪形骸，或跟从潮流以及号令，最后还是奔皮毛而去。一时糊涂尚可，因为人都是一脚深一脚浅地前行。倘若执迷，最终就只能是不悟了。

不管是谁，面对艺术或一切神圣之物，得有单纯静穆之心。就像杨丽萍，一边舞蹈，一边养护心灵。她的从容笃定是有来路的，所以她平静地说："就像向日葵从来不担心太阳会照不到自己身上。"

2009年

韩国《诗评》杂志访谈录

读者都被李琦去年刊登在冬季刊上的诗所迷倒。如大慈悲般的语言，围绕并安慰着我们。窗外纷飞的大雪正飞向诗人李琦。诗人李琦的眼睛，可以看到那非常美丽、善良、洁净的花朵。而这双眼睛就是中国。

问：您1956年出生于哈尔滨，也是在受"文革"影响中，接受教育成长起来的。是什么原因让您能具有如此柔和的思维和语言世界呢？有特别受影响的人吗？如果没有，那是与生俱来的吗？

答：这也许与我的家庭和生长环境有关。哈尔滨是一座"华洋杂处"的城市，从文化到生活方式，受法国、俄罗斯影响很大。我祖父年轻时在俄罗斯生活过，一些习惯会受到影响并向后代传承。家里人与我周围的朋友，都是一些与世无争、喜欢阅读、比较恬淡的人。我们全家人喜欢读书，尤其爱法国文学和俄国文学。我很小的时候，家里就有一尊普希金的小铜像。我知道他是异国的诗人，看他的诗半懂不懂，却深为喜欢那种语言风格。"文化大革命"开始的时候，我刚十岁，对我们家有冲击。父亲被抓走，我幼小的心很早就懂得了忧伤。整个家庭对政治的冷淡和疏离，让我有了大量的读书机会。我偷偷地阅读从各方搜寻来的古今中外的名著。在那个时代，没人会注意一个小女孩的举动。我在那个时期的大量阅读，对我的一生起了至关重要的作用。那些书籍里呈现的文明和美好、人性的动人和自由的精神，引领提升了我。大师们的著作陪伴着我整个少年时代，雨果、罗曼·罗兰、莎士比亚、普希金、托尔斯泰、茨威格，他们都是最初给我巨大影响的人。

问：您的诗给人非常柔和、安稳的感觉。您是如何克服时代的不安，并将其融入《花瓶》这首诗当中的？

答：写诗对我来说，就是像给远方的亲人写一封信，是心灵的述说。我天生喜欢那种心神安宁的词语，好像没故意想过怎样克服时代的不安。也许是我关心自己的心灵一直大于关心所处的时代。说来惭愧，我不是个使命感很强的诗人，生活一直也是相对宁静。我想，无论时代的天空上有怎样的风云，美好事物、诗歌、善意与友情，都是恒久而宁静地存在的。对我来说，写那个花瓶很自然，花瓶在我具有精神意义，就是只装着清水，也像开满了美丽的花朵——那是我们这些平凡人对这世界安稳美好的一种内心祈望。

问：您如何评价中国诗坛的朦胧派？您认为您是否是走和他们同样的路线？我觉得读过您的诗以后，就算不故意去寻找新的形式，也能充分地想象出中国的国情和梦想。在中国现代诗人中，您最欣赏谁？能介绍一首他的一首诗吗？

答：朦胧诗影响了整个的中国诗坛，是抹不掉的诗歌记忆。朦胧诗派中的很多诗人是优秀的。至于我，我想走的还是自己的路吧。我写诗从未想过标新立异，也没有跟从潮流，只是写我自己想写的东西。现代的中国诗坛，有很多好诗人。我个人喜欢女诗人傅天琳，她是一个宝刀不老的诗人。中国大地震后，那么多人都写了地震的诗，她写的仍然是最动人的。我还喜欢她早期的一些作品，比如有一首诗叫《梦话》，虽然是很久以前写的，看上去依旧朴素清新，到现在我仍然喜欢。下面就是她的这首诗（略）。

问：听说您是从十四岁就开始写诗，还记得第一首诗吗？为什么那么小，就想到要写诗呢？有没有什么动机和目的？在您的诗中，描述幼年时期的时候就会变得明朗。能否讲述一下当时您家里的情况？

邢海珍的文章中说您在小时候学习过舞蹈，那么舞蹈对您的诗又有哪些影响呢？能否看一下当时您的照片？

答：我至今清楚地记得第一首诗的诞生，那天是我十四岁生日，父亲送给我一个笔记本做礼物，我就在那上面写下了第一首诗。题目为《今天我十四岁了》。大意是：我像一棵小小的白桦树／在时光中慢慢成长／今天，我十四岁了／逝去的日子／有快乐也有莫名的忧伤／谁能告诉我未来在哪里／我将有什么样的道路／将会碰上什么样的目光……

那时我刚读完普希金的《欧根·欧涅金》，沉浸在一种美好的忧伤中。我简直是爱上了普希金，爱上了他诗中的达吉亚娜。诗歌语言独具的魅力，让我体验了一种从未有过的激动。我甚至不太懂什么是诗歌，就有了写作的冲动。那首小诗，应当说还有一些情不自禁的模仿。

我的幼年时期应当说是幸福的。父母恋爱结婚，我是家里的第一个孩子。祖父祖母对我如掌上明珠。从幼儿园到小学，我也算是出尽了风头。小学时代因为成绩优异，从二年级直接跳到四年级，又演话剧又跳舞。没想到"文革"来临，因为跳级，我虽然才十四岁，却马上要中学毕业，要下乡去当知识青年了。

说到舞蹈，是我一生中一个重要情结。我小时候学习过舞蹈。舞蹈课上，学到的不仅是舞蹈动作，还有对于美的心领神会。我崇拜舞蹈家邓肯，感到舞蹈是能与天地万物沟通的艺术。少年时代经常参加演出，舞台上，音乐响起，灯光一亮，我就变得骄傲而美丽，舞动在一个充满想象的世界里。我的舞蹈老师告诉我，要用动作和表情说出你的快乐和忧伤，要在舞蹈中看到远方。这些，对我的写作，都有潜移默化的影响。成年后逐渐领悟舞蹈家皮娜·鲍什那句"我跳舞因为我悲伤"。舞蹈带给了我一生对于美的感悟能力。

至于当时的照片，曾经有过，年代久远，现在找不到了。

问：没有花的花瓶，在我看来是肉体的延伸。虽然其内部是空的，但是里面却分明存在某种东西。能否对此说明一下？而诗中"来历特殊"又是指什么？

答：说实话，写花瓶的时候，没有想得那么多，只是把花瓶作为一种高洁精神的象征。至于"来历特殊"，因为花瓶是一个俄罗斯人送给一位朋友的礼物，这位朋友又喜欢我的诗歌，说应该给诗人送上鲜花，现在，就把这花瓶当鲜花赠送吧。这花瓶既是友情的一种连续传递，也有朋友对诗人的敬意。现在，这位朋友已经逝世了。这花瓶更为特殊起来，常常望着它的时候，我就会想起朋友的音容笑貌。

问：我在几年之前发表《花朵中出现的年轮》的时候，也有和您相似的想法。我所说的这朵花不会从树上长出来。但您的花却停留在体内（宇宙）当中，我想知道这是为什么，请更详细地说明一下您"我心中之花"的秘密。

答：在我看来，花是美好与高贵的象征。"我心中之花"就是我心中对于善与美的追求和渴望，对这世界美好事物的珍惜。美好与高贵，无论经历怎样的磨损，也不会失去那种芬芳和尊严，这就是我心中之花的秘密。

问：韩国的高丽青瓷，就不会用来插花。我感到非常奇怪，花瓶不就是用来插上花让人看的吗？您的诗中花瓶是指带有永远含义的身体。隐姓埋名开放的花是指什么？在《白菊》中您也给我们带来了让人难以忘怀的语句。如"岁月从一来白菊开始"或者"一生一句圣洁的遗言"。只有最为自由的灵魂才能创造出这种意境，您是怎么想出这个句子的？

答：花瓶不插花的时候，它自己就是花。谁能比花瓶更懂得花呢?

"隐姓埋名地开放"也算有所指。中国从古至今,都不乏隐士与高人。他们或在乡野间,或在都市里,从不抛头露面,沉默安静地生存,德行和才华却相当出众。所谓"大隐隐于市",在茫茫人海里,总有人怀抱理想和才华,默默守护着自己的人生,像白雪和白菊一样纯洁美好。我有一位老师就是这样的。他对我影响甚深,我写"隐姓埋名地开放"时,就是想到了这些。

著名和流行,不一定都是最好的,所以,我欣赏"隐姓埋名地开放"。因为,我们谁会知道那朵最美丽的菊花、那朵最漂亮的雪花是什么名字呢?我们记住它们的美,就足够了。

"岁月从一束白菊开始",很简单,因为我有新年买花的习惯。白菊是1996年元旦我买的第一束花,所以我的1996年,是从白菊开始的。"一生一句圣洁的遗言",是因为我看到白菊凋落的花瓣,一片一片,像是花朵留下最后的话。又想到白雪也是这样,飘落下来,不久就融化了,消逝得那么快。来临就是告别,让人伤感。高炯烈先生写过"侧耳倾听""冰窗花瞳仁""从世上仓促而过返回另外一个世界"的诗句,所以,相信他与我的某些感受是相通的。

问:《纯银手镯》中也有生命的授受。手镯是圆环,在其里面有手腕,手腕上有脉搏在跳动。血液循环就像是活物一样围绕着手镯。纯银手镯是爱的舍利(骨),这是所有女性从母亲那里得到的。手镯照片能让我看一下吗?

答：手镯是首饰，在中国文化里，也是信物，是传情达意的礼物。我从婆母那里接受了一只手镯，也接过了世代相传的守望和爱。手镯是圆的，地球也是圆的。对圆满的渴望和追求，寄托在一只普通的手镯上。没有特意为手镯留下照片，抱歉。

问："真好啊，有这样的冬天"(《这是我说话最少的季节》)的诗句，您是从何得来的灵感？在您的诗中，仿佛可以看到没有被损坏的中国精神和自然的大雪，能一起得到祝福。

答：我出生在哈尔滨，自小就是雪国的女儿。洁白无垠的白雪，不仅是我熟悉的场景，也构成了我的精神世界。我的写作、阅读，我的友情、爱情，都与这茫茫大雪有所牵连。所以我认为，大雪已成为我的灵魂背景，成为一种清新凛冽的气场。我看到大雪，就好像看到尚未被玷污的世界。纯洁、美好、干净，像童话那么美好的一种境地，不就是我们的追求和渴望么？遗憾的是，全球工业化的速度，人们膨胀的欲望，已经让现在的冬天不再那么洁白美丽，被损害的事物太多，这皑皑大雪，越来越是一种象征了。

2010年

你看，那些名人

——序《钞票上的名人》

　　邻居的小男孩非常可爱。他看到父亲的钱包里有面值五块钱的美元，对上面那个面容严肃的人非常好奇。他问爸爸，这人是谁？父亲告诉他。这个人叫林肯，是一个了不起的人。小男孩又问，他住在哪里？父亲回答，他住在遥远的美国。现在，他去世很久了，但是因为他做过许多有意义的事情，人们一直纪念他。他把自由还给奴隶，让痛苦了几辈子的黑人终于由衷地微笑，在阳光下露出了他们洁白的牙齿。小男孩似懂非懂地点头：是因为他了不起，就把他印在钱上了吗？父亲告诉他：对，人们把他的头像印在钱币上，就是一种纪念。许多国家的钱币上有人像，都是人们不愿忘记那些了不起的人。小男孩的眼里出现了一种光芒，他略一沉吟，很庄严地说，我长大也要做了不起的人，我也要把自己的头像印在钱币上。

　　我们都笑了，这个平凡的傍晚，因为一个小男孩纯洁天真的发愿，变得有些意蕴了。

这是一份从钱币开始的愿望。这个对货币本身尚无具体认识的孩子当然还很幼稚，但他的话充溢了一个孩子的好奇和大胆，有一份蓬勃向上渴求。他从钞票上那个严肃的头像那里，知道了一个人的价值，而这个人以简单直接的方式，给了他一种榜样。

以钞票为纪念碑，纪念那些不同凡响的人，这是人类用自己能想到的方式，铭记自己国度里那些影响了他们精神或者生活的人。作家、科学家、政治家、社会活动家，民族英雄，国家精英——这些来自不同时代、不同国度、不同背景下的人们，在他们自己祖国的货币之上，展露各自的风采。人们为了彰显他们的公德或者业绩（或者权力、位置），把他们的居所从凡尘人间搬到钞票之上。他们的头像在每一天、每一个时刻，都沉默安静地看着这个瞬息万变的世界，看着红尘之中的人间万象。

凝神端详钞票上的名人头像，其实是非常有趣的事情。那些面庞和目光一定会流露出有关这个国家的一些细节；那些人物的选择也会流露着这个国家的精神风貌、价值判断。细心地观看过这些钱币，好像能发现一些崎岖有趣的小路，领着我们去解读、深思。主张和信仰，能力或位置，业绩或权势，铁腕或柔肠，这个国家的过去、现在、未来，它的政治、经济、文化，总会有一些线索，和钱币上的这个人有千丝万缕的联系。印在钞票上的人哪个没有波澜起伏的故事？他们是人中之人。有的身世显赫，有的权高位重，有的卓越伟大，有的不同凡响。他们站在一起，如海边的礁石群落，他们沉默在货币之上，却让我们听到了历史的海水惊涛拍岸的声响。

如今已不是"抱布贸丝"的远古，谁也不能在今天的生活中离开钞票。如果抛开它的实用价值，我们可以像读一本有趣的书那样，从认识这些钞票上的名人开始，以一种独特的方式，来认识这个丰富的世界。这是一种从钞票上开始的环球旅行，是一个角度独特的世界通史解读。

那个拥有大胆梦想的男孩子，我相信他说出梦想时是怀着憧憬的。他能大方地说出自己的梦想，让我想到当年的黑孩子奥巴马。不知奥巴马少年时代是否做过这样的梦——有一天，父亲是肯尼亚留学生的黑孩子当上了美国总统！不久前的那个竞选成功的夜晚，那么多目光湿润的人为他欢呼，连竞争对手也为他由衷地祝福。他的梦想像焰火一样，绽放得那么明亮绚烂。而站在万众欢呼中的奥巴马，许多年前，也是一个心怀梦想的孩子。

那个想把肖像印到钱币上的孩子，正怀抱梦想成长。成长本身会包括对幼稚的修正。当他知晓人生，回首往事，他会对当年的童真会心一笑。如果他真的长成一个了不起的人，那么，把肖像印上钱币，肯定不是他所追求的终极目的——正如那些钞票上的名人不会将此作为人生定位。一个了不起的人，需要磨砺和奋斗，自然已具备襟怀、眼界，而那时候，他所想到的，一定不再会是把肖像印在哪里的事情。

林莽，深深的蓝

2009新年伊始，"纪念诗歌创作四十周年——林莽诗画展"在北京举办。相隔几千里，我未能参加这个画展，只能委派女儿做特使，前去祝贺。女儿说，来看林莽伯伯画展的人真是不少，很多轻易不露面、让人尊敬的文学前辈都来了。那一天，成了诗人们的一个节日。正像我给林莽诗画展的贺词里所说：这是一个人四十年的山高水长，是纸上的万语千言——谢谢他用诗歌和绘画，抒写了这个世界的美和动人；谢谢他笔下呈现的深邃和宁静，这是送给浮华时事的一份礼物；谢谢他一以贯之的淡定和从容，让我们看到了一份追求的恒久之美。

我说的，是心里话。

青春的清冷与忧伤

秋天的白洋淀，水田之间的堤岸，风中的芦花，暗含着红衣服的风景，这些画面，是林莽生命段落早年的记录。

1973—1974年，这个时期，他画的大多都是油画。也许油画更能呈现青春的质感。那时的林莽多么年轻，从京城来到白洋淀插队。他和一群命运相近、心怀良知和激情的年轻人，面对命运的不公，带着"文革"岁月里的迷茫，带着才华和心事，逐渐形成了一个氛围独具的群体。这便是今日著名的"白洋淀诗歌群落"。林莽这个时期的画，已经凸显忧伤和惆怅。《秋日的白洋淀》《春水》等画面上，船只和人影都笼罩在薄凉的寒意里，一种黯淡的沉郁，一种压抑感。而画面旁的文字，则如电影画面外低缓的配音："冰层刚刚消融，在1973年的白洋淀，雪落在清晨的水中，刚刚下水的船上落了薄薄的一层。那些年，心中的清冷和忧伤同在，心和水一样清澈，而大地依旧是荒芜的。"这样的题跋和画上的意境，像是岁月里伸出的手指，穿过三十多年的风雨，触动了我们。

这些诗画在林莽的创作经历中，应该是重要的，因为它具备了一种特殊的价值。按照我们惯于探究"时代背景"的思路，我们该知道，当林莽创作这些画作和诗歌时，画面上的萧索、诗歌里的唯美，和那个时代普遍的嘈杂粗糙是多么大的反差！不必费力，我们就可以回想起，多数的中国人彼时正在干什么！孤独而年轻的林莽，面对疯狂的世事，背转身去，俯首思考，写诗作画，他吐露心境的方式竟是如此沉心静气。在万众一心干革命的"火红年代"，他的画面没有热烈的色彩，没有张扬和躁动，寂静、沉郁、迷茫、悲伤，那些画，那些用汉语呈现的诗句，留下了一个年轻人对世界的思索和质疑，是愤懑和失望，是抵触和反抗，他以自己看上去微弱的方式，呈现了中国特殊年代一个艺术青年的特殊质量。

当我的视线落在《小草屋》（此画创作于1974年夏）上时，熟悉和亲切油然而生。我有过短暂的知青经历。画面上的房子一下子把我领回从前，让我想起下乡看地时，白鱼泡畔的原野上我和同伴住过的那间茅草房。潦草的房子里，刚十五岁的我，尚是懵懂少年。晚上，虫吟蛙鸣。草房前，空荡荡的北方原野上，我望着满天星斗，心如大江奔涌。孤独的小草房里，曾装过多么盛大斑斓的梦想。如今面对这幅画，不由得百感交集，待看到下边的题记时，已是泪水将临了："盛夏的池塘中长满了水藻，像我们的心绪，一间草屋是寂静的，我们在那里期待着世上的好消息。"

这样的画与这样的文字，已经与诗人灵肉合一。那些画面留下了二十三岁的林莽的痕迹，也留下了一代人的轻声叹息。我想，会有很多人在望着这幅画时百感交集：我们在那样的茅草房里，期待过未来。如今，岁月流转，当我们鬓有微霜，身边儿女都已长大成人时，那青春时代的期待，那世上的好消息，我们等到了吗？

风景里的净与静

在白洋淀时代，林莽的诗和画里，就已经有了独具的干净与安静。当《远山有雨图》《水乡的记忆》等画在眼前出现时，我们看到，那种净与静，已经成为他创作上延续下来的特色。白洋淀的青年长大了，他手中的油彩，此时已经悄然变成了水墨。忧伤继续，却更为清逸和苍茫。诗人的阅历更多了，滚滚红尘里的诸般打磨，他的心事更为深邃，笔触也更丰富和成熟了。是有心还是无意？他这些国画开始有古人意蕴了。能看出他对画笔下的山川河流，树木花草，开始熟悉其形貌，领会其神韵。国画《慈航》山峰雄浑，气韵沉潜，与题诗互为印证，让人看到大自然出尘自净的气息，也看到诗人对嘈杂喧嚣的厌倦。

这个人，过滤掉现实里诸多苦涩和不平，在自己的诗画里，尽享尘世生活未能尽意的明澈和悠远。他的《有鹤的风景》《白洋淀双船图》《一场暴雨侵入了夏夜的深处》，安静的笔触里流露了微妙的、有颤动感的生命体验。这是他梦境里的江山，已不仅是目光所及，而是他用感受和诗意创造出来的瞬间。

他的心事里，有了更多的寂寞和萧凉，也有了更多的结实和辽阔。正如他的诗——《面对草滩》中所表达的：

　　　　心灵的闪光来自对什么的渴求

　　　　湖泊在黄昏的余晖中

　　　　是有一种欲望来自沉郁的岁月

　　　　一封信一首歌一个无言的请求

当我走过那些河岸和落叶堆积的小径
被一个无法实现的允诺缠绕了许多年

那影子已化为低垂头颈的天鹅
有时我梦见
在一片遥远的草滩上
那只神秘的大鸟正迎风而舞

这样的诗与这样的画，一致地心神安稳，呈现出独特的净与静。我想，这或许就是他的美学追求，是他诗与画的特点，是林莽这个人心灵的写照，是他的本质所在。

林莽的画和诗，就是他这个人。

这样的作品，让人看着看着，不想多说话。

云朵与鸢尾花

这是诗画集里最让我莞尔一笑的部分，喜欢。

你看那鸢尾花，真像蓝色的蝴蝶，不知是刚落下，还是正欲飞起，这是我最喜欢的那种蓝。在背景里那种暖黄色的映衬下，这些花丰盈，漂亮，已经开放的，正欲开放的。

一直安静内敛的林莽，到鸢尾花这里，情不自禁，绽放了。

走过了而立之年，跨过了"不惑"和"知天命"的门槛，经历过世事沧桑，求索的是艺术的真经，日益接近的，却是生活的真谛。这样一条道路，倒真是符合人生的规律。这几幅丙烯画里，让我高兴地看到，林莽的目光中出现了孩子的清澈。画了几十年，活了大半生，脚步踏进了返璞归真的意境。抖落尘埃，柔软与轻盈飞临，明澈与怡然同在。这是一种获得了解脱的画法。天上的云，像是来自一个孩子的梦。云朵像天空里正在移动的大型冰激凌，也像一团团饱满的棉花糖，敦厚浑圆，带着让人唇角含笑的甜。这些变形的云朵，它能覆盖水鸟的梦（《天上的云之一》），也可以托住鸽子的家（《天上的云之三》）。稚拙的童趣和超现实的表现，传递的是简洁与空灵，圆融和温和，这其实是林莽自性的另一种显现。怀抱温暖，一直追逐大地上美好事物的林莽，胸怀里的纯真从未消失。这样的人，能不是诗人吗？

深 深 的 蓝

多年来与林莽的交往，深知他的为人。他是那种于沉静中散发感召力的人。诗人张洪波，是最了解林莽的人之一。洪波对我说，这些年，之所以愿意为诗歌做事，就是因为受了林莽的影响。他看着林莽把对诗歌的热爱和忠诚，融入一点一滴烦琐稠密的事情之中。照应诗人，扶掖新人，为诗歌奔走，为诗友做事。这么多年，他是诗坛上令人敬重的兄长，一路走来，却从无张扬和计较。

看过诗画集后，我跟林莽说，你是深蓝色的人。这是他的诗画给我的感觉，也是他整个人给我的感觉。在我看来，他性情的基调里，虽有灰褐色的沉稳和苍茫，但更多的，则是像他笔下鸢尾花的那种蓝——有梦幻之感，浪漫深藏，同时又古旧安详。这种深深的蓝，通向天空和海洋，包裹着清逸和伤感、宁静与悠远。具体到诗人林莽那里，会让我联想起，许多年前，老北京街头，一个男孩子仰起头，看鸽子飞过蓝蓝的长天；白洋淀雾霭缭绕的村庄里，一盏煤油灯下，那个用诗和画倾吐心中蓝光的年轻人，他的身边，芦花如梦，水面苍茫……

几天前和林莽通话，眼前正放着他的诗画集。我突发奇想：如果真有时间隧道，那么，电话的那一端，就是四十年前的林莽。但我迅即纠正了这个想法，凭什么我自己在变老？再说，一味年轻，不仅有悖规律，也未见得就好。林莽四十年的诗与画，让我更相信了这个人。相信他是那种懂得追求和把守的人，相信他已经对艺术和美的真谛心领神会。他不再年轻了，但时光和智慧帮助他积蓄了更大的能量。他更有内力了。当你看到并深信自己的朋友正在向人生的高远境界迈进时，真是有一种非常美好的感觉。

我相信那个四十年前拿着水彩笔和油画笔的少年，相信他会给我们带来新的惊喜。

祝福林莽。

2009年2月　哈尔滨

傅天琳，一棵优美的诗歌之树

很多年前，某出版社编了一套女诗人的丛书。这套丛书按照统一体例，要有作者不同时期的几张照片。在编天琳那本诗选时，她提供最早的一张照片，是二十岁的。她对那张照片的题词是：少年时忙着吃苦，想起照相时，已经二十岁了。当时的责任编辑深受触动，立刻热泪盈眶。恰巧我又是那责编的妻子，知道这件事。在我和天琳久长的友情中，我总会在某个时刻忽然想起这句话。我没有对天琳说过，似乎就是从这句话开始，我对她的敬重和欣赏里，糅进了姐妹之间的那种疼惜。

20世纪80年代，我还年轻的时候，公出到重庆。当时正是暑假，我之所以愿意在酷暑之时欣然前往火炉重庆，是我想见到那里两个重量级的诗人——傅天琳、李钢。尤其是傅天琳，这个让我心仪的女诗人，她诗中的优美、聪慧，清水一样的澄澈和云朵般的灵动，以及那种缭绕弥漫的忧伤，让我在众多的诗歌文本中一见如故。我看到报刊上她的照片，她的脸庞线条柔美，微笑得那么真纯。我喜欢这样的人。她完全符合我对一个优秀女诗人形神兼备的想象。因此我对这个女子除了敬佩，也充满了好奇。在西南师大，我见到了斯文儒雅的诗评家吕进先生。因为我就住在西南师大校内，于是便得以在日落以后到他家里悠然喝茶。那真是个美好的夜晚。他们夫妇亲切温暖，宽宥地听着我尚带一些火气的世事评断，让初出茅庐的我，感到一种温暖和松弛。缭绕的茶香中，我们也自然地聊起了傅天琳。吕进老师显然如我一样，也欣赏这位缙云山走出来的女诗人。我还见到了李钢——当年的李钢多么年轻俊朗，以至于跟我同行的长者提醒我：小李，社会复杂啊，异地他乡，别让帅哥的外表打动。我告诉同伴，此李钢非凡俗人等，他就是写《蓝水兵》的那个诗人！中文系出身的长者其实还是单纯，一说诗人，立刻放心了。在20世纪80年代，诗人身上尚有光环，容易让人生出尊敬和信服，尤其是"著名的"。我告诉李钢，我想见傅天琳。李钢说她刚巧出国了。在当年的文学版图上，傅天琳和李钢，是重庆这座西南名城的重要标志，是用诗句铸就的别样城徽。没见到傅天琳，相当于"重庆"两个字我只见到了"重"或者"庆"。后来，当我乘船离开朝天门码头，晨雾中的山城在我的视线里向后退去的时候，我心怀惆怅：去了缙云山，走过了女诗人走的那些山路，却没见到她本人。真是这个夏天最大的遗憾。

人与人之间的缘分是奇妙的。我和天琳，以神交开始，得以见面时，早已像已经认识了数十年。我们彼此认同，对人对事，认识上诸多一致，精神上有难以言说的默契。天琳说我是她最亲的姐妹，这不假。多年的交往，我们已经知根知底。有趣的是，《诗刊》和《人民文学》的编辑，联络不上天琳时，都分别曾把电话打到我哈尔滨的家中，询问她的去向。而海内外的诗歌友人，如有电话打来，也几乎每次都要问问天琳的情况，或者让我转达问候，好像我是她的经纪人或者助理之类。

在北京、上海、张家港、香港、台湾、青海，这么多年过去，我忘记了我俩有过多少次的彻夜长谈。常常是，我们彼此相劝"睡一会儿吧"，刚刚躺下，其中某人又忍不住开口说话了。我敢说，中国诗人中，我是见过天琳笑容与泪水最多的人。

傅天琳是好看的女人。她眼神清澈，笑容甜美，单看外表，不大像是经历过苦难的打磨。她这一生，有过许多苦涩的心事。因为父亲是国民党的"干部"，小小年纪——还是花骨朵时期的小女孩儿，她就开始品尝了人间的辛酸。她被迫站在红色时代框定的各种标准之外，在风雨迷蒙的缙云山果园，当了十九年的果园工人。有时我想，造化弄人。这十九年的劳动岁月，纵然含辛茹苦，但是，对于天琳来说，站在草民的屋檐下，她经历了中国民间底层的风霜雨雪，双手触到了生活的粗粝和坚硬，也结识了最质朴厚道的劳动人群。她还在这个果园里，遇到了身世相近，是"国民党高干子弟"（天琳的戏言）的丈夫。从此有了自己的家庭和一双好儿女。年复一年的岁月，天琳和那些果树一样，渐渐具备了果树的韵致和风骨。华盖葱茏，是因为根深安稳；果实甘甜，是因为日精月华的吸纳和栉风沐雨的经历。

让我感到神奇的是，那些劳作，并没有把天琳变得粗糙。她在艰苦的环境里，完成了一块璞玉的磨削和历练。当她以一脸清新的风貌地出现在20世纪80年代的中国诗坛时，可以说是独具风采，迅速成名，很快赢得了那么多喜爱她的读者。这个看上去并不很高的小女子，她是站在山上长大的。她对人的善意和温情，她丰盈清新的艺术感觉，历经坎坷却依旧纯真的美好天性，她内心的羞涩和名利场上的习惯躲避，甚至她的懵懂神情和惶惑不安，我相信都连着她的果园岁月。这个从缙云山林间小路走来的诗人，自然淡定，毫无矫饰。如果她不是一个女诗人，也一定是个让人喜欢的好女人。在她身上，同时兼备着水果的芬芳和树木的坚韧，她正像自己笔下"坐果于内堂"的柠檬一样，"从不诉苦／不自贱，不逢迎，不张灯结彩／不怨天尤人。它满身劫数／一生拒绝转化为糖／一生带着殉道者的骨血和青草的芬芳"。作为中国诗坛的一颗柠檬，诗人傅天琳褪去最初的青涩后，正"娓娓道来的黄／绵绵持久的黄／拥有自己的审美和语言"。（《柠檬黄了》）

20世纪80年代，是天琳走红诗坛之时。她获全国大奖，她出国访问，她被各地诗会邀请。当荣誉的羽毛在眼前飘飞时，有一个人，是清醒而不安的。这个人，就是她自己。果园女工出身的她，认为自己得到的太多了，不应该啊！这个习惯了和静默的植物在一起的人，曾惶然地对采访她的记者说："我得到的太多了！我要在二十年后，用我的写作赎回我的惭愧。"

我不知还有哪个诗人，说过这样的话，在当红之时，有过这样的不安和惭愧。

这就是傅天琳。

十九年的果园经历，可能连她自己也未必清楚，集合了苦难与温馨的土地、经久的劳动、质朴的人群，塑造了天琳的质量。正像她在她诗中倾诉的那样——

> 最后我发现我更愿意回到果园去
>
> 回到柠檬、苹果、桃子、杏一样的人群去
>
> 沿着叶脉走一条浅显的路
>
> 反复咏叹，反复咀嚼月光和忧伤
>
> 我深深明白：这片林子是和我的青春
>
> 一起栽种，和我的幸福一道萌芽的
>
> 就是再次把血咳在你的花上
>
> 把心伤在你的树上我也愿意
>
> 曾经以为仅仅做你的诗人，太小
>
> 这是何其难得的小啊，我又是何其轻薄
>
> 果园，请再次接纳我
>
> 为我打开芬芳的城门吧
>
> 为我胸前佩戴簇新的风暴吧
>
> 我要继续蘸着露水为你写
>
> 让花朵们因我的诗加紧恋爱
>
> 让落叶因我的诗得到安慰
>
> ——《果园诗人》

如今，二十年过去了，诗坛上一波未平又起一波。傅天琳确实不再那么红了。不仅如此，不谙世事的她，还承受了一些文坛的不公和委屈。作为重庆标志性诗人的傅天琳，竟经常会被"无意地"遗忘或者干脆是遮蔽。可是，诗人傅天琳，不会趋炎附势，不会巧言令色，她的心思不在卑微之处。她依旧写诗，像她自己的诗句那样——"有一种光芒在寒冷的深处"。她凭着自己的心和悟性，遵从一个诗人的本分。过去，她给重庆带来过荣誉，今天，她给自己，带来一个诗人当得起的尊严和光芒。

曾经为荣誉心怀惭愧的她，近年来再一次用自己的诗歌，赢得诗坛的敬意和关注。她没有白白地经历果园岁月，来自果园的她，果然得到了那些果树的气韵和精髓。你以为她落叶了吗？她又发了新的芽。有目共睹，她近年来的诗越写越好，相继发表了组诗《南疆六首》《六片叶子》《果园诗人及其他》《唤醒你的羞涩》《一万亩辽阔》等等，或者得奖，或者遍受好评。到底是傅天琳！宝刀型诗人灵动清新如故，笔端下却越来开阔，越来越沉郁，思想的力度更为深邃了。她的目光还是会泪水浮动，那是为了大地震后再不能返回人间的孩子，那些"刚刚露脸的小叶子"；她的牵挂也依旧绵长，那是为那些果园老姐妹。她们"皲裂，粗糙，关节肿大""树皮一样，干脆就是，树的手"，她们就是装在天琳心里的人民。为了大地上的美和善行，为了苦难和忧虑，天琳用自己独一无二的诗句，让我们看到了她情怀里的"一万亩辽阔"，这个不再年轻的女诗人，正在轻声叩问——

谁最静

谁最从容，谁最沉稳

谁能在山水里一坐千年

谁仅凭一盏清茶嚼墨弄文

行李箱要尽量地空，尽量地轻

谁舍得把脂粉、名利、欲念统统扔掉

谁的心为石头柔软

谁的足趾生满云雾和花香

谁愿在司马悔桥主动落马

谁能在这棵五百年黄连树下，和它一样

苦着，却枝繁叶茂

谁最像唐朝诗人

——《谁最像唐朝诗人》

这就是今天的傅天琳，这就是她今日诗歌里的气象。她的气息均匀安详，她的诗风也更为淡定更为苍茫了。

天琳比我年长，按说是我的姐姐。但是，交往这么多年，我还真没叫过她一声姐姐。往常习惯被别人照顾的我，一到她面前，懂事程序就自动启动。因为，她是个迷迷糊糊的人，经常处在那种茫然无措的状态，一脸恍然大悟的表情。她最在行的就是写诗，其他基本就忽略不计了。我要是和她在一起，必须得多操一点儿心。去年，她和娜夜到黑龙江某地参加活动。活动结束后，她知道娜夜也是我的朋友，就兴致勃勃地对娜夜说，咱们去李琦那里，好好闹她两天！于是先行陶醉在好友重逢的惊喜里。这位花甲女生，兴致勃勃地给我发短信，看我一直没回，立刻孩子一样蔫头耷脑，满怀失落悻悻地与娜夜返回了。到家后恰逢我去电话，她委委屈屈地流露了失望。我当时就严正指出，错肯定不在我。我责令她说出我手机号码，一说，果然是老早的。换号时早告诉她了，人家根本就是一根筋，没记住。我记得自己当时说，天琳，以你的智力，不适合制造惊喜，看，成惊吓了吧！

这文章即将写完时，和天琳通话，她说，我昨天请果园老姐妹去吃自助餐了，可高兴了。还有一件事，我太感动了！你知道吗，果园老姐妹告诉我，农场请人把我的诗刻在木板上，就挂在那些果树上。而现在管理果园的，是有一批年轻人啊——天琳还说，她立刻就想到了台湾诗人纪弦的那首《你的名字》——

刻你的名字，
刻你的名字在树上，
刻你的名字在不凋的生命树上。

当这植物长成了参天的古木时，

啊啊，多好，多好，

你的名字也大起来——

天琳说到这，哽咽了。电话这端，我的泪水也随即浮上眼眶——眼前浮现了一派动人的景象：郁郁葱葱的果园里，那些刻着诗句的木牌，沾着水果的芳香，正在随风摇动。真好啊！这些诗歌其实是另一种果实，是从前的果园女工傅天琳用心血种下的。而那些举起这些诗句的果树，恩义厚重——它们过去见过天琳年轻的身姿，现在又在这里护佑着她的诗句。这是多么美好的一种衔接。缙云山果园，天琳的吉祥之地。那想起这个优美创意并付诸行动的人，请接受我的感谢和赞美。世事真玄妙。被重庆文坛委屈过的傅天琳，在她果园的怀抱，得到了宽厚和温暖。我不知道你们是谁，但我要捧出我的敬意和祝福。谢谢你们！替天琳，替诗人。

亲爱的天琳，我和你之间，已经不必多说。除了你的诗歌，我特别希望你健康，你快乐。生命真是太短暂了。我愿意在我活着的时候，能常见到你，我愿意常能从电话里听到你那独特柔软的"喂"，我愿意我在这人间逗留时，能读到你的诗句，看到你的笑容，知道你一切安好的音讯。我愿意和你继续互相夸奖，互相批评，全说实话。你，好好写诗，好好吃药，好好生活，你和你的家人，你的一切，都要好好的！

2009年3月　漫天大雪中的哈尔滨

恰博旗的孩子

——诗人潘洗尘印象

　　早在二十多年前，脸上尚有青涩的大学生潘洗尘就已经是诗坛名人了。有人打听他，有人拜访他。我的小校友、小师弟、又高又瘦的男孩子潘洗尘，头发立着，衣领有时也立着。他像一根火柴，走到哪都擦出光亮。20世纪的80年代，那真是诗歌的黄金时代。不安心上课的洗尘，东奔西走的《大学生诗坛》之旗手，明明"不务正业"，却因为诗歌上的名声给母校带来了荣耀。那时的老师，真是善良正派，爱才心切。从系主任到校领导，竟然都用亲切的目光看着这个出格的学生，并给予欣赏和关照（作为知恩图报的人，多少年后，洗尘没有忘记这一切）。那个撺掇一帮人"看海去"的大学生诗人潘洗尘，自己不是饮者，却让很多人痛饮了"九月初九的酒"。心怀浪漫、能量超常的他，毕业后当了记者，有了常人眼里羡慕的一份职业。可不久他就撇下了公职跃入商海，先南下而后又北上。少年成名的诗人渐渐成为商界精英，似乎已经淡出诗坛了。忽然，说时迟那时也不算太快，急转身，他一个猛子又扎了回来。商界里的潘总，变成了诗坛的焦裕禄外加孔繁森。真是应了我数年前的一个判断：鱼儿离不开水，洗尘离不了诗歌。一场场尘世的秋风，没有带走他骨子里的纯真。当年扩张感极强的毛头小伙，江湖漂泊，变成了一个逐渐向里收紧内敛的人。今天的他，诗歌越写越好，人越活越素净。一个诗歌信徒，一个故乡的赤子，一个视挚友为亲人的深情者，一个自觉自愿在诗歌里修炼的人。

我几乎读过了他近年来写下的所有诗歌。从人到诗，我真是觉得他发生了蜕变。少小离家的洗尘，在见识了花花世界之后，穿越了尘世浮华，越来越沉潜，越来越安静。他知道该抖落的是什么，该珍惜的是什么。我甚至发现，这几年，由于对简朴生活的倾心，连他的长相都发生了变化。相由心生，这或许和他选择的生活方式有关。线条简单的日子，日益安宁的内心，再加上经常见到父母双亲的放松和舒展，让他脸上的线条比从前柔和了。关注他的人会发现，这几年，洗尘虽是依旧为中国诗坛操心，办刊物，搞活动，事事关乎诗歌，但是，面对着总有热闹上演的诗坛，他选择了向回走。

向着辽阔的松嫩平原，向着有炊烟和乡音的故乡，脚步靠近的是家乡的门槛，心灵进入的是诗歌的殿堂。这样的选择让他心神安稳。质朴的生活，启发了他自然的思维。他每天长时间地凝望窗外，望着一望无际的原野，望着遥远的地平线。这种凝望其实也是一种精神姿态：沉淀的更为沉淀，上升的次第上升。渐渐地，他获得了一个诗人最重要的加持——从日常性里看到了神性，从生活中领悟了哲学。

> 秋高气爽　这是一个怎样的季节
> 所有的农作物　都在
> 伺机暴动　收割机没有履带
> 一样可以把稻穗碾掉
> 多少个日子　多少万物挣扎着
> 都抵不上这一个词的分量

这是朴素却暗含张力的诗句，简洁却紧攥着内心的情节。如同雷平阳笔下的云南一样，洗尘的笔下，出现越来越多的是辽阔雄浑的黑龙江大地。尤其是那名叫"肇源"的地方，如今已经成为诗人的心结。肇源，洗尘的故乡，位于黑龙江省西南部，有松花江、嫩江两条大江流过，是金太祖"肇基王绩"之地。这里水天苍茫，鸟飞鱼游，文化遗址密布，有积累了几千年、表面平静却极为深厚的文化底蕴。那种东北大地独有的苍凉和寥廓，那种将时空浓缩的日常生活，正在成为他今天创作的背景。尽管，他在哈尔滨度过青春时代，这里又是他公司所在地，有各路友朋或熟人。可对于这座城市，他并无多少深情。作为生于斯长于斯的"哈尔滨主义者"，我经常为此和他唇枪舌剑。但是，在我心里，他的不擅机巧，他对故乡那种近于执拗的热爱，他的唯肇源为上，都是让我欣赏并敬重的。我知道，"肇源"于他，已经不只是地理位置上的家乡。那是一种象征，一个心灵空间，一个已经具有符号意义的精神高地。诗人潘洗尘，把自己变成一颗种子，随风飞旋一阵以后，又落在黑土地的怀抱里，从此安心地生长。在这里，亲人在侧，乡音缭绕。他知道身边的一切都是可靠的。推开门窗，就能闻到土地的气息。抬起头来，就是蓝天白云。他用镜头、笔墨、眼睛和心，记录冬去春来，记录那些西红柿、黄瓜、茄子、小动物们的今生和前世。一点一滴，他安静地感悟这土地上的繁衍生息、山川风物，并用朴素沉稳的文字，徐徐写出这些事物的气息与温度，写出对季节、农事、时光、生命、死亡，这些古老恒久主题的思索和感叹。

　　这是有方向的写作。和那些没有重量的文字、浮萍一样的写作者比来，这样的写作昭示了一种意义——不再注重事物的表面，不会再为显出卓尔不群而弄出花哨和名目。这个不愿失去故乡的人，正在用自己的写作，说出根基的力量。在"整个秋天"的"每个清晨"，他"都要花上几个小时时间／注视窗前的这片稻田／直到正午的阳光　翻滚着／打在稻芒上／这时　我的心里就会有蒸汽／溢出来　正是眼前的这片稻田／教会了我／怎样与土地相处"。正是在这样的情境里，诗人潘洗尘会在内心深处"突然生出了一种奇怪的感觉／也许是1963年的那个秋天娘错生了我／我原本就应该是一棵稻穗／一株西红柿／一棵小草／或一只小狗"，单纯、自然、细微之处意味深长。《秋天悼亡曲》《我原本就应该是一棵稻穗》《盐碱地》等一系列诗都是这样的诗歌，表面上写的是时光流转，大地物事，笼罩其中的却是深沉的命运感，是冲淡之处的悠远。

"诗人的天职是还乡。"这是海德格尔说过的一句深有意味的话。当别人试图把自己的活动范围越画越大时，洗尘却有意把自己生活的圈子逐渐收拢。他在向内的生活中明心见性。他越来越不喜欢诗坛的热闹，之所以做了那么多事，是因为对诗歌的忠诚。这几年，只要办完手中的事，他是得空便回乡。好像只有默默地坐在窗前，呼吸着这偏远之地清冽的空气，他才能更好地梳理自己的生活和心绪。而随着活动空间有意地缩小，他心灵的视野却逐渐阔大。正是这些乡居岁月，让他写出了一首首好诗。情感的浓度，思索的深度，生活的简洁和精神的丰盈构成了一种错落和谐之美。我们看到一支真诚的笔在写出故乡的山河草木，写出大地的生灵和生命。他如此喟叹岁月和时间——

> 坐在去年的窗前　看过往的车辆
> 行驶在今年的秋天
> 我伸出一只手去　想摸一摸
> 被虚度的光阴

《恰博旗叙事》可以说是他献给故乡的一条哈达。恰博旗村，平凡、普通，却是一个诗人生命开始的地方。他用看上去轻缓的笔调，写这块土地上的活色生香、繁衍生息、过往与现在。他用诗歌，把那些游走在民间的普通人抱拢了起来——小学校长陈立本、王清录王二先生、风餐露宿的张连祥……他们都在洗尘的诗行里向我们走来，如见其人，如闻其声。我们甚至和诗人一样，在"在他们的衣袖上"，闻到了小城里那些祖祖辈辈"完全相同的气味儿"。这些卑微的、朴素的、野菜一样遍及人间的生命，就是我们通常所说的人民。发生在他们身上的那些个体的不幸，让诗人潘洗尘思考人类生存普遍性的悲剧。"它让我突然懂得有些东西／我们不仅需要重新记起／而且再也不应忘记。"

那些和他生命曾有过关联的女孩，出现在他的诗歌里，形成密集的意象："她们都比我只小一岁／却分别在／16岁／17岁／18岁／19岁／爱上我／她们是伙伴　且个个面容姣好／我想　那一定与松花江有关。"他的笔触碰到这些曾经花瓣一样柔软姣好的女孩，就仿佛有了轻轻的震颤。在他的眼里，被命运抛到低处、被世人用别样目光注视的姑娘"真的很美　美得就像台风过后／被暴雨洗过的石斛花／从容而又舒展"，而且"不管世人／用怎样的眼光看你／以及／你谜一样七年的南方生活／但我要告诉你　乔乔／与七年前　那个搭过我车的／不谙世事的小姑娘相比／我更喜欢现在／喜欢一定历尽了风吹雨打的你"。倒叙式的书写在这里，是这么适合表达来自心底的疼惜，以及对于生命的痛感。这些诗歌，还原了生活，流露的已不仅仅再是对异性的爱怜。深情之外，唏嘘之外，呈现了暖意、悲悯和伤怀之美。

这些关于故乡风物的诗章，让我想起了萧红的《呼兰河传》。洗尘其实也是用自己的诗，为故乡做传——长大成人，甚至算是衣锦还乡了，可忧伤的诗人，还是那个恰博旗村的孩子。他的眼睛不再清澈，却填满了忧虑和悲伤。这块土地上充满生机的物事，生命的色彩和悲凉，命运的无常和无奈，北国小城的温暖与萧索……在他的笔下清新而沉郁地展现着。而这些用心灵喂养的文字，反过来，又赐予他一种力量，让他呈现了元气充沛的气象。这些诗，就像北方大地上的庄稼一样，健康，结实，无须招摇，带着成熟后的沉静风貌。

好多次，朋友们在一起说话聊天，不经意间，我都看到了洗尘在默默发呆。散淡的忧伤在他的脸上留下痕迹。他在想什么呢？一声呼唤，回过神来的他会明亮地微笑，纯真甚至憨厚。可这笑容浮现前的瞬间，他泄露了内心的寂寞。入世、避世、伤世……诗人潘洗尘不打算再背叛自己，他越活越真实，越活越苍茫。这个多情的、写下过温柔的《女儿你的美丽是父亲眼中唯一的花朵》《告诉儿子》却迄今没有做过父亲的人，这个在白洋淀村庄里，看到小孩子就要搂过来、抱起来照相留念的人，其实并不快乐，他非常孤单。唯其如此，他"看着小小的秧苗一天天长高／就像守望自己的孩子／在这个有些过于炎热的夏天／对于院子里的每一株小草／每一只肥嫩的黄瓜／甚或是每一只青蛙或小狗／都让我觉得自己／更像一个父亲"。

洗尘的诗，可以当成他的日记来读。他的近作《我静止》应当说就是他目前的心灵独白——

我静止
静止到只有掌心还是潮湿的
我怕动
怕一动就失重

重心的重
重量的重
这些昂贵的证据
如今都被我
封存在掌心

从认识洗尘到今天，不夸张地说，我是看着他长大的。二十多年的友情，常常是，电话里他一声"姐"，我就能听出他的情绪变化。从当年风华正茂背井离乡去所谓"拼搏"，到今天褪去繁华，避开喧嚣和热闹，隐士一样置身家乡童叟之中。一个诗人走过的路，像一片收录风声的芦苇、一泓深藏秘密的湖水，一条在月光下蜿蜒、落满足迹的小路。信也罢不信也罢，洗尘，这就是你的命，一个诗人的命。

年轻的时候，我曾大段地在本子上抄录俄罗斯作家帕乌斯托夫斯基的话。多少年过去，我还是喜欢这样的话："没有什么东西，无论是啤酒瓶颈、黄莺掉落的羽毛上的一滴露水，还是街头生锈的街灯，会被一位作家所忽视；任何一个思想，最有力、最伟大的思想，都可以在这些微不足道的东西的协助下被表达出来。"我相信洗尘也会喜欢。我觉得，他正在这样做，无论是在中国最遥远偏僻的东北家乡，还是在他足迹所至的任何地方。他已经学会了，先向那些细微弱小的事物俯下身去，而后，调整呼吸，面对整个世界，沉静安然地表达。

2010年10月14日

柳沄小记

如果要是在人群里评选谁最安静，最与世无争，诗人柳沄我想一定位列其中。认识他三十年，这个人就像一块石头，心有定力，安稳平实，而且越来越惯于独处。他不善言辞，不擅交往，住在闹哄哄的沈阳城，硬是把自己偏僻遥远了起来。在一些人眼里，他甚至是孤僻和执拗的；而了解他的朋友则知道，在他眼里，有一座诗歌的雪山。他几十年来的大部分岁月，都是在对这座雪山的凝望和向它前行中度过的。

当然，他也是平常人，和我们一样，也正在流逝的时光中慢慢变老。想起最初我认识他的时候，他尚青春年少，目光清澈干净，一笑，带着少年般的羞涩。而今，"柳沄老师"已经两鬓微霜，脸上添了各种粗细不等的皱纹。如果说这数十年一成不变的，那就是圣徒一样的诗人情怀和持之以恒的写作。寂寥的岁月里，他习惯了在默默的思考和写作中汲取能量。虽交往清淡，却不影响他心神遨游，向远处眺望，往高处努力，以一种令人尊敬的坚韧，书写一个诗人成长的历史。

20世纪90年代初，我在《北方文学》当编辑。当时东三省三家文学刊物《鸭绿江》《作家》《北方文学》关系良好，每年有联谊活动。记得那年轮到我们《北方文学》做东，我们便邀请两家兄弟刊物同仁们到黑河对岸的俄罗斯布拉戈维申斯克访问。彼时正值中俄边贸热闹时期，时兴以物易物。中国的轻工业产品，在俄罗斯大受欢迎，可以换来一些物美价廉的物件。我们为客人们准备了一些东西。因为过境名额有限，我去过俄罗斯，就没去。临走我拜托同事说："柳沄是诗人，又懵懂，在中国都整不明白，出门在外，多关照一下。"

结果是，我的同事回来后对柳沄赞不绝口，说真是诗人啊，果真单纯善良。过了境，人家啥也不换，带去的包就地打开，东西都散发给孩子们了。一群漂亮的俄罗斯儿童围着他，他就冲他们傻笑。除了出神地望着异国的风物，他啥也没干。回来过海关的时候，工作人员对别人还有一些盘问，到他那，看惯了大包小裹的俄罗斯阿姨，拍了拍两手空空的他，疼爱地说了一句"好男孩儿"就让他过去了。

这就是柳沄。他在生活中几乎没有什么欲求，读书、写诗、编诗，清淡度日。唯有诗歌，那是他的命，是刻骨之爱。这么多年来，他像追求真理那样，追求着诗歌写作的境界。他不加入任何门派或者潮流，不跟从时髦，不大声说话，没有风头，却胸有数。他对诗歌的热爱，是自己心灵的事情，所以，他坚定而一意孤行。大路条条，他走自己的小路，以自己的方式抵达诗歌的秘境，心无旁骛并乐此不疲。几十年的写作，柳沄把写诗变成一种参悟生命的个人修为，写诗之于他，是一种生活，一种信仰，一种与世界对话的方式，而且几乎就是唯一的方式。

被称为柳沄代表作的《瓷器》，是我非常喜欢的一首诗，

比生命更脆弱的事物
是那些精美的瓷器
我的任何一次失手
都会使它们遭到粉碎

在此之前
瓷器吸收了太多的尖叫
坠地时又将尖叫释放出来
这是一种过程，倏忽即逝
如此，千篇一律的瓷器
谁也拯救不了谁

黄昏的太阳雄心消沉
围绕着那些瓷器
日子鸟一样乱飞
瓷器过分完美，使我残缺
如果将它们埋入地下
那么我漫长的一生

就只能是瓷器的某个瞬间

但在另一种意义里，瓷器
坚硬得一点力气也没有
它们更喜欢待在高高的古玩架上
与哲人的面孔保持一致
许多时候，我不忍回首
那样它们会走动起来
而瓷器一经走动
举步便是深渊

…………

在瓷器跌落的地方
遍地都是呻吟和牙齿

…………

　　飘逸而深邃，丰富而多义，那瓷器与柳沄自己的精神质地特别契合。从《瓷器》到他不久前创作的《山谷里的河》以及《无名小岛》《那条河》等诗歌，细读下来，就像是有一条隐秘的小路，表面看来咏物抒怀的诗句，实际上就是诗人柳沄不妥协不流俗的精神轨迹。这些年来，这个总是情不自禁书写河流和时间的诗人，他自己也像河流一样，蜿蜒倔强地前行。波浪翻滚的河面，有天光和月色的照耀，同时，也携带着雷电和风雨。

在我接触过的诗人中，有人才华横溢，有人聪慧机敏，有人放达不羁，有人低调安静，也有人自信爆棚。柳沄和谁都不一样，他的内心，有一种特别打动我的肃正之气。在他那里，诗歌是不容轻慢和亵渎的。他不会像一些潇洒的诗人谈起诗歌来那样语句滂沱，激情四射；他很少调侃，也不大和人争辩，却从不会轻易妥协；他不在乎人群里的冷场，不掩饰看不惯或不喜欢的人或事；他内敛、羞涩、自律，同时，不圆滑不世故也常让他陷入局促，有时甚至会被人认为是不通情理。有一次，在作协办公楼，他拎着暖瓶去打水，迎面走过来一位领导，人家是兄长也是作家，也很关心他，他本想说句表达内心友好和感谢的话，但是，话到嘴边，脚步自动停止了。结果是头一低，拎着空壶转身回来了。这当然让对方有些尴尬，想不误会都难。好在了解他的人，也不会和他有太多的计较。

可是，到了不需应酬世故的环境，他就会呈现出放松自然的状态。八年前，他到黑龙江参加一个诗友的作品研讨会，会议结束，我们应友人之邀，几个人结伴，去牡丹江的镜泊湖小住几天。那几日，柳沄像鱼儿入水，自如舒展。我们谈天说地，谈朋友的诗，他一首一首分析，思路清晰，见解独到。一起打牌时，他难得地呈现了性情中的幽默和调皮。那些天如世外桃源，过得悠然自在。我们坐在悄无他人的湖边，看天上流云，看湖中的水，没人说话，谁也不愿打破这美好的静谧。记得有一天黄昏，柳沄像是对我们说又像是自言自语：

"我要是天上的鸟就好了。"我们谁也没搭话，我看着夕阳下坐在石阶上抬头仰望的柳沄，他的神情是那么单纯静穆，脸上带着一种光芒。那一刻，我知道，他的心长出了翅膀，思绪正在那辽阔的云天……

和一些特别愿意参加各种活动的人相反，柳沄很少参加活动。他怕见太多的人，手足无措，原因很简单：不知道说啥。记得诗刊社组织诗人参加青春回眸的活动，《诗刊》主编也是多年来深知他的友人，通知他参加，其实就是拽他出来，让他和大家交流一下。他为朋友的用心感动，用他的话说"我知道人家的好意"，就答应了。可事到临头，他又打怵了。负责落实活动的编辑为难了，和我通话时说，柳沄老师可能来不了了。记得当时我很生气，说不用理他，该订票就定，我来负责。我把电话打到柳沄家，根本没让他说话，一顿斥责他出尔反尔不守信用不识抬举之类。一番轰炸后，他嗫嚅着说，好吧，我会好好去参加活动。当然，他听不到我放下电话后的笑声。

我有幸算作他较为亲近的朋友。有时会接到他打来的电话，说明彼时他确实是想和别人交流一下。作为编辑，他称职而出色，选诗用诗从来都是以诗歌为标准。这一点已普遍赢得了大家的赞许。他由衷地欣赏那些优秀的诗人，对那些才华横溢的诗人，对那些刚被发现"写得真好"的人，总是不吝赞美，啧啧赞叹。同时，他对于自己的写作，越来越自觉，越来越严格，总是觉得没有达到内心对自己的要求。作为一个成熟的诗人，他早已经过了需要赞美和肯定的阶段，他知道一首好诗应该具备的品质和元素。他渴望自己的诗更为陡峭丰盈，语言更具有张力，意境更为阔达。他要达到他认定的高度。写了几十年，诗人柳沄越写越有敬畏之心，越写越小心翼翼。诗歌的这座雪山，给了他信念、目标，也给了他承受磨砺的准备和耐力。

几十年的写作，在柳沄那里，变成了一个自我净化的过程。他把尘土、砂砾、他认为是芜杂和多余的东西，都逐渐在写作的过程中过滤和磨削。这种自洁的过程，让他对诗歌写作的技艺有了更为准确的把握，同时，也让他对诗歌高远境界的追求，越发自觉和持久。从他近些年的写作中能看到，他越来越多地使用平实的口语，没有雕饰和附赘，更为朴素和简洁。一个人有了真正的自信，就会更加相信本质的东西，彻底远离一切花里胡哨和云山雾罩。

他在2014年《诗刊》上发的组诗《走在山里》不是他近年来最好的诗，但是却体现了他一直以来对于现实的关注和思索。

越来越平淡的日子

越来越平淡的日子
越来越高大的建筑
它们一座紧挨着一座

同房价一起
争先恐后地耸入云端

除了这样说
我能想到的不比看到的更多
那些高得几乎
同地狱一样深的建筑
无法缩短我们与天堂的距离

相反，太高的地方
太容易让人想到坠落
想到坠落时所划出的弧线
以及随后溅起的
巨大尘埃

在怒江北街，我曾目睹
一位农民工，是怎样
从脚手架上不慎跌落下来
他绝不会想到：把楼盖得越高
自己就摔得越狠

这是有深切疼痛感的诗句，人间的忧伤，现实的塌陷，草民们的痛楚，像一根根火柴，划亮了他的思索。表面上平静的诗人，心中总是奔跑着千军万马。他所能做的，就是把这些奔腾的思绪，把他的思索，用汉字，用诗歌，准确饱满地表达。这样的诗歌，像是一把铁锹，一下一下，向生活深挖进去。

我不是评论家，不能用精准的语言去评析他的诗歌。我只是作为一个这么多年来关注他的朋友，说出我对他的感受。在诗人群落里，柳沄是安静的。但是他安静的表面下，是把栏杆拍遍，是夜不能寐，是千骑卷平冈的内在激情。他的诗有筋骨和力道。他是一个诗歌修炼者，一个在多年的写作中悟道的人，一个像瀑布那样形式与内容难能分开的人，一个从不被潮流裹挟，"沉默如金，骨中含铁"（来自评论家叶橹）的诗人。

有一年我去沈阳公出，走的时候，柳沄去车站送我。说是去送我，其实也没什么更多的话。站在宽大的沈阳北站，弟弟一样的柳沄，显得清净孤单。车子开动的瞬间，我们挥手告别。他那一瞬间的表情，永远定格在我的记忆里。在最热闹的火车站，与周围的喧嚣无关，与来往的人流无关，诗人柳沄穿着一件朴素的黑色T恤，以最安静的姿态，站在最热闹的地方。他轻轻抬起手，像是告别，又像是在呼唤，怅惘之中，又有一种超然。他的心思就像那铁轨，看上去冷静单调，却带着一种藏起来的力量，伸展向尚未可知的，烟雾迷蒙的远方。

致雷老师的信

雷老师，你好吗？

按说应该称呼"你"为"您"，给长辈写信用敬语是常识。从前我们通信时，我也是那样做的。但一想到是在跟你说一些心里话，很自然地，就想称呼为"你"。就像你活着时，我们彼此说话时那样自然。我想起当年合省有时还会说，你这老头儿！彼时，你总会开心地大笑，连说，看我的傻儿子！

现在是2013年2月，哈尔滨银装素裹，整个城市都披上了厚厚的白雪大氅。今年雪多，一场又一场。老天就像是要把什么给遮盖一样，一如你的诗句"雪/用自己的纯洁/掩盖着/地上的肮脏"。种种杂乱、不堪和破绽，在大雪的覆盖下，都一片洁白。尤其入夜，灯光和月色下的城市，皎洁晶莹，雪无声地飘落，静谧犹如童话的世界。我知道你喜欢冬天下雪的时光。你这个南方人，已经完全习惯了北方的冬天。我们曾在寒冬一起去松花江边看雪，也曾一起在冬夜去看冰灯。如果你还在，肯定用那种我们最熟悉的声音和语气赞叹：好大的雪！真漂亮！

2003～2013，多快的时光。你离开我们已经十年了。

十年，曾让我以为是漫长的时间。"十年生死两茫茫"，这是从前我们多次吟咏感慨过的诗句。我们都喜欢苏东坡。多少个夜晚，老少三个写诗的人，在一起谈论这位让人心旷神怡的大诗人。你、合省、我，常会轮流背诵苏东坡的千古辞章。他的波澜壮阔，他的洒脱放达，他的缠绵悱恻，都不由得让我们击节赞叹。这首《江城子》，我们都格外倾心。其意境的苍茫和悲怆，让我们无数次唏嘘。如今，我对这首词的理解和体味可以说更为真切入骨——人间真情，又岂止于伴侣或者血缘！那些在你生命中，曾给予你巨大温暖和能量的人，那些在人生旅途中引领过你的人，会和你的生命交融在一起。那漫长岁月里积蓄起来的深情厚谊，一如我们和雷老师这种师生之情、父子之情，已经让我早已在心灵深处，把他当成最重要的亲人。真是：不思量，自难忘。

这些年来，道里区那条最熟悉的、多少年曾是每周必去的小街，我已经整整十年没再去过。我甚至会下意识地多绕一些路，避免从那里经过。原因简单，雷老师不住在那里了。我不愿触景生情，轻易掀动往日的记忆。有一次，从与那条街交叉的另一条街路过，我情不自禁地向那个熟悉的楼口张望。连我自己都没有意识到，泪水不由自主地流了下来。同行的同事知道我的心事，她说，这么多年了，你还是不能忘记？是啊，有些人，有些事，是永远不会忘记的。雷老师，你离开后空下的那个位置，又有谁能够代替呢？

雷老师，我和你真是有缘。我的少年时代，由于学习成绩算优异，被挑选出来跳级读书。本来上学就早，从小学二年级又直升到四年级，以至于我从此在所有同学中都是年龄最小的。父母原本期待我的"早慧"，会让我早有所出息。谁会想到有一场风暴！当我中学毕业，作为年龄最小的知识青年上山下乡时，我尚未满十五岁。而我下乡的那个地方，恰恰就是当年你改造的劳改农场。当然，这一切是后来才知道的。我相信，在《往事非烟》的读者中，我必是为数极为稀少的、在你劳改过的农场劳动过、生活过的人。

我们老少两代，在不同的时空，在一块土地上留下过汗水。你在那里经过的，是非人的、苦难屈辱的岁月。而我在那里挥洒的，是懵懂茫然的青春。以我们当年所受的教育和认知，尚不知那里曾是多少人间悲剧的上演之地。那是我们"心怀五洲、放眼世界、战天斗地、大有作为"的地方。

记得当年挖地时，时不时就会挖到一些从前劳改犯的物品。有衣物碎片，也有用过的一些器具，甚至还挖出过曾草草掩埋的遗骨。年少轻狂，加上阶级斗争思想的灌输，知青们对这些"坏人"的遗存，当然不以为然，甚至会有厌恶和鄙视。我记得一个男孩子刨出过一副带着金牙的假牙，他先是吓了一跳，而后便和一群男孩子拿树枝挑起，争相笑闹，最后掷向远处。那副假牙，给一群从事枯燥体力劳动的青少年带来了一阵兴奋和热闹。没有谁去想过这假牙主人的生前悲欢。如今，经过世事，方知辛酸。当年的那些嬉闹声，对于那些活着时饱受折磨、死去也难能安宁的逝者，是多大的不敬和轻慢。那些不幸死去的人，真是入土也难安。但愿那些逝者，能够宽宥原谅那些当初吃了狼奶的孩子。

雷老师，这十年中，我常常会翻读你的《雷雯诗文集》（真是感谢七叔，作为胞弟，他做了太多的事情，包括出版这本文集）。我在我自己的诗中写过：

> 漫长的、非人的岁月
>
> 把毒素留在你的血液里
>
> 找不到谁，为这一切负责
>
> 只是说，那是一场劫难
>
> 我相信这世上有神
>
> 同时，也有神也无法顾及的事情
>
> 最好的人，在受最大的苦
>
> 一个诗人的一生，变成了
>
> 厚重苦涩的书，每当风翻动书页
>
> 都会让人看到，那些悲怆残酷的内容

在你去世前的那些年中，我们夫妇，几乎是你每一首新作最早的读者。常常，你写完诗，我们去了，你就说："看看吧，新写的。"我们一定会如实说出读后感。你或者自谦地一笑，或者哈哈大笑，或者沉思不语，或者有一些解释或说明。重读这些文字，总有一些画面在相继呈现——你小书桌前的灯光，墙上那幅拜伦的画像，你蓝色搪瓷茶杯上面的袅袅热气，窗台上盛开着的茉莉（你是最会养花的人）。甚至，从厨房炉灶上传来的、新煲好的排骨莲藕的香气，也会全息地出现。这些诗文带着当年的气息和温度，一次又一次，让我陷入回忆和冥想。

秋草黄了

天边有一行雁

不是所有的翅膀

都能追赶春天

我从柳荫下走过

柳丝

飘摇着

柳丝啊

没有重量的生命

就得受风的摇摆

这些诗的起笔之处，常常是微小的。一道彩虹，一只小鸟，一株小草，一滴水珠，一朵云，一盏灯——你总是自然的，去注视观察这些平常微小的事物，从中体味抒发一些生命的感触。因为你自己，就有草芥一样的生命体验。这些诗来自一个诗人宽阔的襟怀和柔软的心肠。一个人，经过最粗糙的人生，曾经像牲口那样活过来，而心事仍旧丰盈和柔软，在这粗糙生硬的世道，这是一种多么珍贵的高级。

窗外
一只麻雀
见到我
扑地飞了
麻雀啊
怎样才能使你知道
我没有枪

菜花黄了
儿子
把檐下的红辣椒
收藏起来吧
免得燕子归来的时候
担心是火

如果了解了诗人的身世，再看这些诗句，得多硬的心，才能不为之感动。一个在动荡岁月里受过深深伤害的人，他的笔触竟是这么柔软、温暖！那是一个诗人对世界的体恤和爱。从一只小鸟，到天下苍生，他的牵挂和疼惜，是因为他懂得疼惜和关怀，对于生命，具有多么重要的意义。

冰
在慢慢消融
江啊
冻透了的心
也能
燃烧

一片乌云
把太阳吞下去了
别惊慌
这黑暗
不会长久

这些诗句并不洪钟大吕，却轻中含重。珍珠一样的小诗里，包含的是人生的经验也是心头的期盼。看上去云淡风轻的句子，吐露的是一个诗人的风骨和良知。

雷老师，你的诗歌从来不屈从时髦，跟随潮流。你只是老老实实，用你自己的笔，记录你的内心。目光所及，大地风物，你都能从中获得感悟和诗情，你始终如啼血的杜鹃，倾吐着一个诗人对真善美的召唤和追求。你的诗，情深意切，带着明显的个人印痕，一如你的字迹一样，清雅端方，飘逸灵动。如果以花做比的话，你的诗不是那种习惯参加比赛、收获赞许与追捧、早有官方认定的牡丹，也不是因刹那间绽放而名贵骄人的昙花。你的诗更像北方偏远的原野里，那些星星点点尽情盛开的野花。它们承受了日精月华，在辽阔的天地间，带着顽强的生命力，倔强地绽放，以其独有的姿态和不染尘俗的清香，散发着打动人心的魅力。

　　雷老师，在你离去的这十年，和你相关的事情，总是让人感到这人间的温暖。你在世时，年年春天，老家亲友都会给你寄来大别山的茶。你自己探亲回去的时候，也曾去山里买茶。每次，你都会分给我一半，我也习以为常。我们都喜欢山里人家自制的茶。那些茶农厚道朴实，不会造假。你进山买茶时，见到过茶农们拮据的日子，从不和他们讨价还价。我们常常是一边喝茶，一边感叹民间的辛酸和清苦。你长别后，我心中想：从此，再喝不到大别山的茶了！哪里想到，次年春天来临，收到从武汉来的包裹，竟然又是那熟悉的清茶。七叔的话让我动容："雷老师走了，可我不想让你们喝不到大别山的茶。"一时无语凝噎。深情厚谊，又岂止是一句"谢谢"所能涵盖的。雷老师，因为你，我们和七叔又续上了缘分。我们经常联系，不久前，合省和七叔还在北京见了面。你家中最小的弟弟、你常常称之为"心高气傲的老七"，如今也是一位老人了。当我想到七叔走过蜿蜒的山路，去山里买茶，又返回城中到邮局寄茶，真是不安。我何德何能，竟能有这样的福报！

常常，我会洗净杯盏，泡上大别山的清茶。这茶包装朴素，毫无招摇，冲泡下去，却茶汤清冽，清香弥漫。我看着翠绿的芽叶在杯中舞蹈，轻轻啜饮，口有回甘。我喝着茶，眼前有如飘过蒙太奇镜头——从当年红霞街我们倾心相谈的小屋，到大别山茶农家的屋檐；从你的笑声，到七叔走在山路上的身影——想着这与茶相关的前尘往事，想着我这些年来领受的绵延恩义，真是百感交集，心事浩茫。

雷老师，你早说过，我们是你的孩子。我们也早在内心深处，把你当成父亲。如今，你长眠在大别山某处的山谷里。你的墓碑，可能是这世上最素朴的。"诗人雷雯之墓"，这就是你一生最简洁也最准确的概括。一个伤痕累累的诗人，安睡在故乡的土地里，犹如一个婴儿最初睡在母亲的怀抱中。我相信，即便安睡在家乡的土地里，你生命中依然有许多难以磨灭的记忆，是在遥远的塞外，是天高地阔的黑龙江，是你生命留下重要印痕的哈尔滨，是夏日杨柳依依、冬天白雪皑皑的松花江畔……

和你初识时，我还是幼稚的中文系女生。如今，我已经过了知天命的年龄。就如同当年你为友人写下的"天下谁人骄似我，满头白发有严师"的诗句，我与合省，也是骄傲和幸福的。天下谁人骄似我，在仅有一次的生命里，我们有过这样的师长，拥有过如此结实丰盈的师生之谊、父子之情。在世态炎凉的滚滚红尘里，这已经是多么幸运的事情。

下一个十年还会到来，生死契阔。雷老师，对于我来说，生死或者时空，都不能算作阻隔。这个世界，或许就真有我们此刻无法抵达的深处。而你，就在那里，以另外的一种形式，依旧怀有一颗安宁之心并具有了神奇的延伸之力。你和你的诗文，你始终不渝对真善美的追求，你对朗朗乾坤的期待，你的音容笑貌，永在！

您的孩子小琦

2013年2月20日～3月7日

这本书，这个人

那是20世纪80年代末，我在《北方文学》当诗歌编辑的时候，读到了一个组来稿，构思轻巧脱俗，语言如新茶般清新（最打动我的，也恰是她写茶叶的诗）。"真是有才华！"我不由得啧啧感叹。又得知作者是个年轻女孩儿，在本市，就约她一见。当未及二十岁、形貌出众的迟慧出现在我面前时，真是给了我惊艳之感。她个子高挑，亭亭玉立的身材，就像是一棵从树林里移动到房间里的白桦。中西混血儿般的五官和面庞，精致优美。一个如此漂亮的女孩儿，同时清澈、宁静，带着一种清淡的忧伤。她身上散发的气息与她的诗歌真是相得益彰。

就这样，从诗歌开始，我们渐渐成为忘年交的朋友。她，还有《北方文学》年轻的诗歌编辑刘云开——另一个同样冰清玉洁的女孩子，都是命运赐予我的礼物。她们从形到神，端庄姣好，都是让人心神清净之人。我们的友情以文学为缘起，而后，辐射到生活的四面八方。彼此心思默契，相互信任，凡事无须多余的解释。她们比我年轻，又都蕙心兰质，让我的生命里多了几许澄澈和明净。

　　记得当年，迟慧去鲁院读书，我们书来信往。从家长里短到文学观念，都直抒胸臆。彼时，还有一位人物也在北京学习，读的是电影学院。他也是我们的好友，那就是如今已经常走红地毯、声名响亮的《悬崖》编剧全勇先。小全与迟慧在青春岁月就显现出不俗的才华，又都心性纯良，很快成为气息相投的哥们儿。我们友情的特征之一，就是都能在第一时间发现彼此的短板，而后夸大变形，相互贬损并乐此不疲。我还记得当时他俩外加另一位朋友，三人曾合写一封信给我。那封信延续了互相揭发、彼此嘲弄的风格，将他们的北京生活描摹得风生水起，看得我乐不可支。假期，迟慧从北京归来，有时干脆先到我家，吃完饭，把话说够了，再拎着箱子回自己家。那时，我家都留有专门给她喝茶的杯子。记得某次我开导正在读小学的女儿，想以循循善诱的启发式谈话入手，我说，你想想，妈妈对谁最好？对谁的期望最大？孩子思索了一下，认真而肯定地回答，迟慧阿姨。弄得我的"思想教育工作"没等开始就草草收场了。

　　也许，人与人的缘分真是命中注定。与迟慧认识不久后，她就调入作协文学院，从我的作者变为了同事。当我1996年从《北方文学》编辑部调到作协文学院当院长，人家迟老师已是见证文学院创建历史的人物了。

　　就这样，我看着迟慧长大，而她则看着我变老。二十多年的时光，她在我的身边，从女孩子变成女人，谈恋爱、结婚，成为尽职尽责、疲惫忙碌的母亲。美丽虽然依旧，她的心事和目光，却日渐苍茫深邃了。

诗人迟慧，渐渐不大写诗了。我们也觉得，她的散文比她的诗歌更出色。她朴素轻盈的写作，独到的观察力，优美松弛的文笔，赢得了很多真心喜欢她的读者。

迟慧的散文，带着明显的个人印记。她是用文字，保存了自己生活的一份记忆。她写母亲，写身边亲人、写孩子成长，平易、亲切、呼之欲出，又带着独有的幽默。有时让人潸然泪下，有时让人忍俊不禁；字里行间，是善良自然，是温暖和美好，是毫无造作的生命的元气。

她的这本散文集，我一篇没落，可以说全部读过。第一辑《生命之趣》里，都是我熟悉的桥段，我可以十分负责地告诉读者：所有的细节都来自真实生活。她用幽默的笔调，记录下那些丰盈有趣的生命段落。白描的手法，朴素生动；从容的叙述中，带着自嘲和善意的调侃。婆婆、丈夫、孩子，在她的描写下栩栩如生。这是柴米油盐里的家常快乐，是温暖的人间烟火。温柔的迟慧，在她的文字中把家门打开，让我们嗅到了一个家庭的气息。每当她的笔落在儿子铁蛋身上，那种舐犊情深的母爱，让满篇文字都生出疼惜。心地纯洁、常有奇思妙想、智力超群的小铁蛋，于是跃然纸上，让我都想从那文字里，把他一把抱下来。

第二辑《生命之美》里，细心人能看出，这是一个真正"宅女"的生活笔记。眼前事，身边人。她笔下露台上的植物，雨中的花园，同事和朋友，成长中的儿子，都是她实实在在的生活内容。其中有些篇章，是她迁居南方后写下的。初到异乡，四顾茫然，孤寂的生活，让她更有时间静观大自然，将花草树木认为亲友。热爱自然的迟慧，如创作工笔画那样去观察描摹自然风物，笔触细腻，心思绵密。笔尖上是晶莹如露水的对于生命的敬意和对美好事物的疼惜。

　　第三辑《生命之伤》，最为打动我的，依旧是已经读过多遍的那篇《我当妈妈》。我向很多人推荐过这篇散文。母亲离去，是迟慧内心的隐痛。作为她最亲密的朋友，我见证了她熬过的这段岁月。每当我阅读这些文字时，就会想起当年情景。母亲辞世时，她正面临分娩，给予自己生命的母亲走了，而自身孕育的崭新生命即将诞生。生与死，远行与到来，柔弱而心思丰富的迟慧内心正在掀起怎样的波澜！记得，那是一个寒冷的冬天，我和同事们替她去送别母亲。葬礼上，想到迟慧那张苍白无助的脸庞，她美丽眼睛里的那种深深的悲伤，我们真是无比心疼。同为女人、女儿和母亲，我们知道，有些伤痛无法安慰，只能是唏嘘沉默。母亲离开后的每个清明，她都会独自去扫墓。有一次，刮大风，扫墓祭奠的人明显减少了，她依旧带着祭品，被大风包裹着，清瘦的身影踽踽独行。看到这些文字，我知道，这是她对母亲、对孩子、也是对自己的一份交代。心思敏感的迟慧，在妈妈的墓前，心中翻腾的，应该就是这篇散文里的内容。这是一个女儿写给远逝母亲的书信，是文字的祭奠，也是一个心灵经历了创痛，面对交替而来的死亡与诞生，一个年轻母亲的内心独白。

上班、读书、写作、打坐、瑜伽、家务，她的生活内容线条简洁。人际交往也只限于同事和几位知心朋友。她的作品确实没有洪钟大吕，也不汪洋恣肆。但这些娓娓道来的文字，清新、舒缓，小夜曲一般，以轻盈和真诚，打动着读者。这些来自生活中琐碎平凡的小事，来自一颗安静的心灵。人们会从她的文字中读到她的干净，她的趣味，读到那种属于她的幽默和空灵。从生命之趣到生命之美，再到生命之伤，这几乎也是她个人生活的轨迹。她与她自己的作品相互印证，浑然天成。

2013年，由于诸多原因，迟慧做出了她生命中一个重要的决定——南迁。工作调动很顺利，她离开了这座她出生、长大的城市，离开了已经深为了解并喜爱她的朋友和同事们。无论是对她，还是我们，这都是一件难过的事情。

告别的日子越来越临近，想到在我眼前长大的她就要到一个完全陌生的地方，那种伤感真是无法形容。陌生的城市，陌生的地方，陌生的人群，一切要从头开始。朋友们依依惜别，迟慧也说，离开大家，她体验了那种截肢的感觉。漫漫前路，缕缕乡愁，真不知道等待她的将是什么。我特别希望她到南方一切都不适应，而后出于无奈再调回来。所以，机场告别时，我郑重地告诉她，别有虚荣心，撑不下去就赶紧回来。你的位置包括办公桌，都先给你留着。

而她南迁后，确实有了一些变化，散淡惯了的生活出现了些许紧张的节奏，也定然缺了可以叙说心事的人。于是，曾经对出版作品兴趣不大的她，开始整理出版自己的作品。我想，也许连她自己都没有意识到，这本书的出版其实关乎乡愁。这是一种情不自禁，是宿命。她想把自己的感情和思索，做一次梳理和总结。这是深情凝重的回望，是向北方和昔日岁月的郑重告别。在这些文字里，她能重见那些消逝的时光，她能看到已经渐行渐远的青春，还有，那些文字里，是故园高远的天空，是水波荡漾的松花江，是亲朋好友的身影，是雪花飞舞，是北国独有的旷远清冽的气息……

2014年11月

肖凌和他的"真"

2018年年初，哈尔滨某个凛冽的冬夜，我们几个老友在王绘的工作室里，看绘儿用他那一把把或来历不凡，或特殊定制、独一无二的茶壶，给我们娴熟地泡茶。一道道不同的茶，用不同的壶泡出来，韵味也有了层次。壶美茶香，那种口舌之间的芬芳和浸润心田的舒服，让人感觉奢侈而放松。眼前的这几位，不夸张地说，都是彼此看着长大的。偌大一个城市，在滴水成冰的季节里，和一群有着三十多年友情的友人一起温馨地喝茶，这本身已经是人生的福分了。没有客套和寒暄，茶香里氤氲着往事的气息。我们说着过往一些有趣的细节，说到一些人和事，说到已不在这世上的友人，不禁感慨唏嘘。

就在那天晚上，说起了肖凌的这本集子。肖凌，我们之中最小的兄弟，尽管他的儿子如今都已长大成人了，在我的眼里，好像与当初认识他时，还是没有太大的变化。别人眼里那个事业成功的肖总，在我看来，依旧是当年那个长发飘逸、眼神清澈的大男孩儿，只不过，多了岁月的包浆而已。

　　说来真是缘分。我居然和肖凌的全家人都是朋友。他的父亲，我们敬爱的肖老师，是小说家，也是《北方文学》当年的主编。尽管我到《北方文学》当编辑时，肖老师已经去了《章回小说》。但是，同在一个文联大院里，同在一个文学圈，气息相投，我们这些年轻作家、编辑和肖老师都非常亲近。肖老师身上有一种他同辈人身上稀有的明亮和纯净，他像年轻人一样思维活跃，为人坦荡真诚，磁石一样，对我们这些年轻人有一种吸引力。肖老师的夫人是江南女子，温婉漂亮，家中三个孩子，继承了父母优良的基因，男孩肖凌，女孩荣荣和丹丹，或俊朗或美丽或可爱，让这个家其乐融融、自然和谐。每次去肖老师家，都是那么开心舒服，总是想走了又情不自禁地再坐一会儿。那个家像有一种魔力，让我们沉浸在一种畅快的身心愉悦之中。所以，当肖老师因病和我们永别时，我们才那么难过，有了巨大的失落。

　　当年，写诗的人总是忍不住扎堆相聚。肖凌是弟弟，也是小诗友。他和几个相近的友人常到我家去，逐渐成为常客。彼时，又高又瘦的肖凌还是个大男孩，神情里有着一种青春的迷茫和忧郁。他话不多，别人高谈阔论时，他手捧一杯咖啡，总是坐在录音机旁静静地听着盒带，沉浸在音乐的旋律里。记得吕瑛当年总开玩笑地说他，又审带呢！我们都喜欢他身上的那种洁净优雅，他的单纯，他敏锐的艺术感觉。同时，因为朋友里他最小，我们自然地把他看成一个不谙世事的少年。

后来，不知不觉中，这少年长大，恋爱了，结婚了。我还记得他婚礼那一天。两个热爱艺术的孩子成了家，有点儿不真实的感觉。婚礼上，我看到了他妻子彤彤的画作。彤彤是著名画家的女儿，一对父亲分别是作家、画家的小夫妻，两个热爱艺术并且深具天分的人，会有什么样的生活在等待他们呢？

他们居然慢慢成了事业有成的企业家！这真是一件奇妙的事情！以他们的天性，如果说分别成为职业作家、画家，或许更顺理成章。但生活有它自带的规律，他们玩起了高难动作，居然在商海中起伏，并且开辟了一片天地。除了教养、素质、见地赐予了他们能量以外，我相信，他们也一定吞咽了许多属于自己的苦涩和艰难。

多少人一进生意场，就逐渐沾上了尘埃和油腻。对于肖凌，我从来没有过这样的担心。他是诗人，是肖老师的儿子，是倾心艺术和美的人，他有内心的城池。滚滚红尘里，他把守着自己，随着年纪阅历的增长，逐渐褪去了青涩，变得成熟了。但是，他的根性一直未变，还是那么热爱诗歌，热爱艺术，一直阅读和写作。尽管，他把家安到了大庆，各种业务让他经常在国内国外奔波，但诗人肖凌，依旧保有那份难得的纯真。而且，能看出来，他更加珍惜友情了。

2005年11月，吉林化工厂爆炸，污染了松花江。哈尔滨全城停用饮用水，上了新闻头条，成了轰动全国乃至整个远东地区的大事件。

尽管家里及时存了一些水，小区里政府也很负责任地定时派来送水车，但是水管断流的那几天，还真是让人不踏实，日子过得惶惶然。我记得那几天我家电话不断，来自全国各地的关怀和慰问，既让我感到温暖，也体会到了远水解不了近渴这句话的含义。

这时，肖凌从大庆来了。他说，来哈尔滨办事，顺便来看看我。一掀车的后备厢，是码放整齐的瓶装水。那一瞬间，我鼻子一酸，说不出心中的感受。从大庆到哈尔滨，我的兄弟一路疾驰，他送来的又岂止是这些水！肖凌是永远不夸张的人，他轻描淡写，那么自然，多余的话一句没有，尤其不会让你有那种受人恩惠的压力。当你面临困境的时候，这世上有人不仅仅是在语言上关怀，而是切实地惦记着你，那种感动真是无法描述。这不受任何污染、清水一样的深情厚谊，这种兄弟对姐姐的牵挂，让你觉得世上的人情是这么美好！肖凌，我会永远记得你打开后备厢的那个时刻，你那大孩子一样的笑容，你那宝石一样贵重的真诚和温暖。

这样的肖凌，是因为，他是一个心里装着"真"的人。我知道，书法漂亮的他，为什么这么爱写那个"真"字。这个字，是他生命里一个非常重要的准则；是他从父辈那里继承而来的一道精神密码；是一眼不照乱云的深井；是一顶星月皎洁的夜空；是多少年来飘扬在他心里的一面旗帜；是他为人处世的衡量尺度。从当年那个长发披肩的少年，到今天稳重内敛的成功人士，肖凌眼睛里的那种纯粹和清澈，没有改变。他和肖老师形神相似，从当年的肖老师到今天的肖凌，父子俩都是用生命和岁月，一笔一画书写那个"真"字的人。

我爱这世上真纯美好的事物，唯其如此，我珍惜和肖凌一家人的友情，也珍惜那些老朋友。因为他们的存在，我越发感到了这世上的温暖和美。我愿意借这个机会，把真纯的祝福，给肖凌和他深爱的家人，给我那些深夜里一起喝茶的朋友。亲爱的朋友们，余生请多关照！有你们的一路陪伴，抵御了人生的多少薄凉。和你们一起走过这场人生，让我由衷欣慰。我的祝福，也在那个"真"字里。对，就是肖凌认真书写的，那个面貌多姿，由心生发的"真"。

2018年7月26日

歌王远行，世界心动

　　6月26号那天，一打开电脑，看到迈克尔·杰克逊逝世的消息，头皮一麻。真的吗？急症发作，911呼救。这些常人的事情怎么会和他有关？难道是真的？！就像一首歌的结尾那样，音符消散，戛然而止了？迈克尔·杰克逊，从此，这世上真的就再没有你了？

　　我非常难过。

　　我的周边同事，都是比我年轻的人。对于这骤然离开的天王歌星，显然没有我这样的情感波动。我也不愿把这些个人化的心事，动辄向谁诉说。

　　连续几天，心绪不宁。我翻出保留下来的那些盒带和碟片。（搬家数次，盒带成纸箱扔掉，还是舍不得扔掉当年最喜欢的）先是看到中唱总公司上海公司1988年版的《BAD》。封面上的杰克逊，是他所有形象中我最为喜欢的———一袭黑衣，金属袖扣闪亮，黑鬈发，黑眼圈，面庞纯洁英俊，眼神反叛，英气逼人。鼻子一阵发酸，这么大岁数了，不愿和谁再说起这些。我给在北京的女儿打了电话。我说，你能理解妈妈，连我自己都没料到，杰克逊死了我这么难过。到底是我的女儿，她说，其实她也很难过。

杰克逊是占据我重要记忆的一个人。他是我青春时代的一个符号，是遥不可及却和我的生命有所牵连的人。

20世纪80年代，我在一所体育学院当中文教师。刚出校门的我，比学生大不了几岁，甚至比那些功成名就来镀金的学生还要小一些。哈尔滨是时髦之城，体育院校自身具备的活力，又特别容易使之成为接受新鲜事物的所在。年轻人本身具备的反叛激情和彼时正当红的杰克逊一拍即合。我记得当时学生宿舍里随处可见他的肖像。学生中有些运动员，经常出国比赛或训练，带回了他演出的录影带，我们就兴致勃勃地传看并模仿。那时真是把能搞到的他的演唱会录影看了无数遍。学校里有现成的场馆和现成的艺术体操、舞蹈教师，总有人不厌其烦地示范和讲解杰克逊那些奇妙舞蹈的动作要领。好像那时校园的每个角落，都响着杰克逊的歌声，都有人着迷地练习着那若有魔力的太空舞（我们当时称为"抽筋儿舞"）。为了让自己跳得正宗，我仗着自己还有点儿小时候练过舞蹈的底子，当学校里跳舞最好的学生到我家来玩时，就忍不住"不耻下问"地一遍遍学习。学生肯定是不好意思说我笨，但真是给人家累得够呛。当年时兴的校园舞会，是释放青春激情的地方。也是我们这些住校青年教师消磨时光的地方。常常是，舞会开始，跳"三步四步"时，气氛还平稳正常，待到音响里杰克逊的音符一滑落，就像一根火柴擦过，燃点顷刻到来。这时，年纪稍长些、刚才还"三步四步"矜持的老教师们就自觉地悄然退场了。我们则开始在几个领舞者的带领下，一起"抽筋儿"。那真是舞会的华彩部分——大家一会儿机械舞，一会儿太空漫步。男孩子们穿着黑夹克，手上戴着护腕，还有那种露出手指的手套，模仿着杰克逊的神情和动作。尤其是，没有任何口令，某个段落一到，彼此就心领神会，步调一致地或左右移动，或开始向后退着跳。因水平高低，舞姿各有千秋，但集体着魔般的情景，青春的摇晃和尖叫，生命力的迸发，真让人上瘾——我和一些那时的学生至今保持亦师亦友的良好关系，与我们共同经历了一些事情（包括喜欢杰克逊），有一些共同的精神密码，是深有关联的。

因为我们夫妇都写诗，我家当年还是一小撮诗人聚会的"窝点"。常有喝得东倒西歪的诗人相互搀扶着半夜来访。那时人际关系相对单纯，一句"我是写诗的"就是路条和身份证。当时来得最多的，是加起来才四十几岁的阿橹和肖凌。他俩都瘦高俊朗，热爱诗歌如信仰上帝（阿橹后来竟能沦为杀人犯，连伤几命，让我至今感到困惑和难过）。肖凌家教优良，艺术天赋好，对音乐的感受力尤其丰富细腻。知道我的喜好，当时并没有多少钱的肖凌，曾买来杰克逊和莱昂内尔·里奇的盒带送我做礼物。他到我家来常常是不多说话，两条长腿直奔到当年的双卡录音机前，歪着一头长发的脑袋，一盘一盘地专心听带。他一边听，偶尔还自言自语地评价。我们都叫他"审带的"。

记得我和肖凌、阿橹一起讨论过杰克逊。我们都喜欢他歌声里的纯净和激情（肖凌对于杰克逊，当时已经深为迷恋）。娱乐界歌星在歌声里不倦地关心地球和人类，对我精神和灵魂的震撼，杰克逊是唯一的。黄昏时分，光线柔和，我三楼的家中，窗前一棵老树枝叶婆娑。杰克逊独特的声线，使房间里弥漫着奇异的气氛。这歌声有时柔美灵动，像个没长大的女孩儿，如泣如诉，听得让人心疼；有时高亢激愤，带着利器般的尖锐和颤抖的神经质，让人坐也不是站也不是。听他的歌，特别像中了蛊，血液的流向好像都改变了。那感觉一言半语还真是难以概括。

我还记得最初看他录影带的情景，我真是被惊着了！用奇思妙想来形容，简直就是侮辱了他！如此惊世骇俗的视觉奇景，让我一时半会儿竟缓不过神来！那种经验之外的想象力，对我是巨大的冲击。准确地说，看得我一惊一乍，甚至有些毛骨悚然。他怎么想出来的！那些异想天开的制作是怎么完成的！那真是流行音乐的巅峰之作。杰克逊的每一个细胞都与众不同，他就不是这个世界的人！这是一个只能仰视不能抵达的天才。我忘了彼时歌王和我年龄相仿，也不关心他脸上的改造工程和正在逐渐由黑变白。我只知道，这个世界上有这么一个特异之人，用他的歌声和舞姿，用他对于美几近绝境的追求，丰富了我的青春时代。他在遥远的美国，关照了我的内心生活。

这些都成为往事了，随着歌王变成更大的传奇，我们的生活也日渐滑向平淡和正常。阿橹被判极刑离世，肖凌如今已是举止沉稳、声名赫然的董事长。而我，则鬓有微霜，已然迈进天凉好个秋的生命段落了。很久不听杰克逊了。他作为一个符号，已逐渐沉淀在心念之中。每每听到关于他的负面新闻，心里都不舒服。我早已在这个世界还他清白之前，认定他的干净。我记得他这么深，是因为和他相关的那些日子，是那么丰饶而值得回味，他是熟稔而陌生的朋友。他的歌声和舞步美丽过我的生命，他的光芒照耀过我的岁月。

现在流行说自闭，天神一样的巨星杰克逊其实才是真正的自闭者。他面向世界，关上了自己的门。这个五岁起就被迫出来卖艺的孩子，从小失去了童年，失去了安全感。父亲的粗暴，种族的歧视，无处不在的陷阱，身边太多的野心、算计、欺骗和背叛——这些生活河流里最险恶的暗礁和险滩，竟无一遗漏地撞击着他的生命之船。这个看上去绚烂至极、以歌唱为生的人，吞咽下了太多的苦楚和辛酸。我看到面对著名的奥普拉"你是不是一个处男"的提问时，他还可以声音轻柔、羞涩却不失优雅地回答"我是一个绅士"。但是，更多的时候，作为公众人物，他无法巧妙或从容地回应。云端之处的心思无法完成和滚滚红尘的对接。他的才华，他谜一样的生活，他的奢侈和华丽，他的肤色和面容，他的孤僻和怪异，他一次次经历的诉讼和难堪，让他成了全世界最大的话题。世界的不负责任，让纯真的他没有隐私，没有退路，茫茫人海，孤独求败。

杰克逊一生痴迷舞台，因为只有在舞台的灯光下，他才是骄傲的王子，是绚烂与光明的统领。歌舞之中，他能让自己释放出无边的能量，具有笼罩一切的迷幻气场。他的每场演唱会都有种让人中毒一般的魔力。上万人如醉如痴，总有激动得晕倒的歌迷被抬出去。而这舞台之神的感觉，能帮助他暂时忘却舞台下的冰冷和黑暗。可演出总是要结束的。舞台之下，发生在他身上的任何小事——他与孩子的亲昵，他不断变形好像就要融化的脸，连他的内衣、他吃过什么、他用过的垃圾，都逃不过别人的追踪和分析，他成了整个世界的消费品。他的生活在没结束时就已经支离破碎了。

现在，那颗负担过重的心脏不再跳动了。谁能想到他也五十岁了！这个骨子里还没长大或者干脆就拒绝生长的孩子，这个被世俗的邪性挤压得身心畸形的歌王，在弥留之际，以呼救的方式，和这个世界做最后的诀别。五岁登台，五十岁谢幕，这真像是一则寓言。

当我从视频上看到他那座著名的梦幻乐园，看到了那兀自旋转的木马，心中一阵酸楚。大孩子杰克逊花巨资为自己修建城堡，不过是想用倒退的舞步，退回到那个被高价卖掉的童年。心思一直停留在孩童时代的歌王，想坐在旋转马车上，拾捡起自己破碎的童年之梦。他真是个孩子，居然想打捞起失落的生命段落，而后一边尽情地玩乐，一边无邪地大笑，把自己变成万花筒里的一部分，美得耀眼动人。这是多么让人心酸的企图，当然小心易碎。天真的杰克逊，又一次把梦想放错了地方。这个心机深重、怀有太多窥探热情的世俗世界，永远是滥人无数。那些习惯于查点钞票或指指点点的手，能托住你瓷器一样娇贵的美梦吗？

在因为娈童案受审时，他是那么无助和无奈，他声音轻柔地说："耶稣说过要爱孩子们，并且像孩子那样年轻、天真，如孩子般纯洁、正直。他是在对其使徒说这些的。耶稣的信徒争论他们之中谁是最伟大的。耶稣说只要你们中间谁像孩子一样本真，就是最伟大的。耶稣总是被孩子环绕。我是在这样的熏陶下长大的，我秉持这样的信仰，并那样行事，模仿(耶稣)那样的行为。"

看到这里的时候，我流下了眼泪。纯洁和明亮，就像一块洁白的台布，哪怕是一根最小的脏手指，戳在上面，也会留下难看的污渍。

我又一次想起20世纪80年代那所体育学院的年轻师生们。我们当时迷恋自己心中的偶像，那么羡慕他！其实，和偶像相比，某些意义上，我们这些草民倒可以说是幸运的。我们可以稀松平常地生活，缺少光彩但不乏自由；我们不用包裹着自己，墨镜遮脸，戴着面具出行，因为没有谁非要认出我们；我们可以在街头小馆开怀畅饮，也可以在公园的长椅上静坐一天，没有巨额财产，不必担心有谁惦记盘算；我们可以儿女绕膝，家长里短，在失去了偶像的世界里，继续看着世上的各种热闹……

迈克尔·杰克逊不要我们了。他不用再整容了，不用再证明自己的清白了，也不用再应付各种各样的算计和诉讼、解释皮肤的颜色和手术的部位了。再没有各式各样心思叵测的询问了，再没有龌龊和不堪的缠绕了。现在，全世界的歌迷在为他流泪，公认他为世界历史上最成功的艺术家！他一生为世界和平、为人类、为天下的孩子唱得最多，做得最多，他一个人支持了世界上三十九个慈善救助基金会，保持着个人慈善吉尼斯世界纪录。而这个最有慈悲心肠的天才，也承受了最大的委屈和糟蹋。

网上说当年告他的那个孩子，终于良心发现道出了实情。一场为了钱的诬告。一切都太晚了！为了捏造的娈童案，最为羞怯敏感的他，完美主义者杰克逊，在全世界的电视转播中，一遍遍出庭受审，无辜又无奈，颜面尽失。那颗高贵敏感的心，为了一个假象，饱受最真实的摧残和屈辱。谎言是澄清了，可被痛苦熬煎、被伤害扭曲的一代天王，早被来势凶猛的恶意彻底地摧毁了！

恐惧和寂寞，忧伤和抑郁，落幕了。

我们，这些受过他艺术滋养的人，帮不上他；他用童心和歌声抚摩的这个世界，对不住他。我想，我至少要对他说一声谢谢。亲爱的杰克逊，因为你的存在，让我确信，这世界确实有天使来临。悲哀的是，满面尘垢的人们，天使就在身边，却往往认不出来。

爱他的人、喜欢他的人，都希望他去的地方真的叫作天堂。可我还是忍不住说出自己心头的担忧：如果真是差不多的人都去了天堂，那岂不是这个世俗世界的整体上移？那被伤害至深、孤寂忧伤已经透入骨髓的他，真的就有了安全感，真的就不再寂寞了吗？

不知道。

黑孩子杰克逊，他来到这个世界的时候，曾拥有世上最深的肤色。五十年后，当他带着忧伤和遗憾、带着手术刀多次留下的痕迹离开的时候，他的脸，已经白得像一块要去包扎伤口的纱布，像一支默默流泪的蜡烛，像一张褪尽字迹的薄纸，像一片伤心游走的白云……

迈克尔·杰克逊，安慰过我们的天使，愿你安魂。

2009年8月

《阿凡达》之后

看完电影《阿凡达》，我和丈夫是最后从影院出来的。因为坐在最后一排无人干扰，就不愿站起来太早。在一个美好梦境里多逗留一会儿，也是对心灵的些许安慰。

自从某次看电影丈夫被身后人把手机掏走后，我们观影就开始选择最后一排。那一次看的是《风声》，银幕上下，案情一起铺展。丈夫觉得有人动了他一下，他以为是我，看了一眼，我正全神贯注，他就以为是自己的错觉。哪知错觉没错，一只娴熟的手，彼时正把他的手机从衣袋里拽出。手机上留有诸多联络号码，另有些许珍贵信息，所以让丈夫好几天心情沮丧。

这一次，看了《阿凡达》。发现散场后不愿走的，还真是不止我们两个人。从电影院出来，宛如重返人间。我看看路人，看看橱窗中自己的影子，不知为什么，特别自卑。我忍不住说，真想像纳美人那样活，还想像他们那样，长出一根长尾巴。丈夫没有像他一贯的那样嘲笑我，而是接着说了一句：我也想。

两个没有长出尾巴、平凡的地球人，两个心有忧虑，连看电影都想着防盗的普通草民，在寒冷的冬夜，心里荡漾着一种难以说清的情愫。在这个熟悉也已经习惯的地球上，我忽然有了一种很羞愧、很抱歉、很不好意思的感觉。万达影院衡山店的门前，结冰的路面那么滑，痰渍、废纸——这人间的路，真是不太好走。

即便是跟身边如此亲近的人，有些话也不能全然说出。万般感受，有时也只是到语言为止。看电影的时候，我几次噙住眼泪。与其说是眼前的电影感动了我，倒不如说是勾起了前尘往事。我想起了童年时代，我曾是个想象力比较丰富的孩子。我做过很多美丽奇异的梦，而其中的梦境，有些就与这潘多拉星球上的世界很相像。我梦见过自己住在树上，家中大象、小白兔随便出入。我还梦见过自己的坐骑是一只大鸟，我与它亲密无间，彼此说话全能听懂。悲哀的是，当年，我向家人描述那些梦境时，得到的是善意的嘲弄和隐隐的担忧。我的父母甚至告诫我：不要太不务实，梦，毕竟是梦。一个人，最好别老往那些没边儿的事上去想。

所以，当我看到潘多拉星球美轮美奂的景物，看到纳美女儿那双清澈纯净、水果糖一样的眼睛，我就一下想起来了当年的梦境——我和我丢失已久的梦邂逅了。那个叫詹姆斯·卡梅隆的人，他一定也曾是个爱做梦的孩子，同时，他创造性地收集、制造了一个更完美的梦境。他真是让人尊重。

悬浮的山峦，婆娑动人的大树，五彩斑斓的植物，能力卓绝的动物，蓝色皮肤、身高体健的纳美人，在自己的家园简朴祥和地生活着。他们善良正直，恪守古老的准则。他们尊重自然与生命，深信所有的能量都是从天地万物间借来的。所以，当他们为生存猎杀动物时，会虔诚地为之祈祷，让死去动物的灵性和力量进入自己的躯体，成为纳美人不断拾取的新的能量。

他们有美不胜收的家园。在这个家园里，神灵的爱抚下，当地的土著与万物心灵相通；他们有召唤精神的灵魂树，灵魂树下。庄严静穆的祈祷仪式，让人魂魄安宁；他们有圣母爱娃，爱娃的慈悲和善意庇护着整个潘多拉星球，所有的生灵都因此感受到温暖。

我看着看着，忘了自己在看电影。

尤其是，当我看到那些轻盈透明，像水母一样柔软、蒲公英一样飘拂的灵树的种子。当这些种子带着神意聚集并包裹着地球来的杰克时，我纵情地流下了泪水。神灵是多么宽厚明达，纳美人又是多么友善纯洁。那一刻的宁静、善与美的弥漫，让我感同身受。所以，当杰克带着心上的姑娘骑在大鸟身上，尽情蹁跹的时候，我好像也乘风而起，有了那种迎风翱翔的感觉。

来自地球的杰克，他的诚意终于被纳美人接受。当纳美人承认他为部落成员时，那些一双双次第搭在他背上的手，好像也搭在了我的背上。这是一个心手相连的承诺和连接，巨大的秩序感和温暖的安全感，从杰克的肩头，传递到银幕下我的身上。当"我"成为"我们"时，是一个多么巨大的能量场。我甚至觉得这电影有些地方，对从一贯用地球人立场思考事物的我们，是一种有力的提醒和向高处行进的指引。

我忽然想起了那句著名的歌谣："天上没有玉皇，地上没有龙王……喝令三山五岳开道，我来了！"这种不可一世的磅礴气概，在纳美人端方祥和的生存原则下，多么蛮横可笑。那种目无一切的霸道，到底是从哪里来的呢？！

在人类文明的进化中，许多消逝的事物，是温暖而美好的。而那些看上去气吞山河的崭新理念或举动，来临之初，就带着贪欲下的粗暴和阴冷。

在此之前，我并不多喜欢科幻片。尤其是那种胡诌八扯的所谓科幻片，看不出精神内核，只是眼花缭乱。那是浅薄、喧嚣、没有底气的夸张和缺少节制的为所欲为。

可《阿凡达》不一样。它是一场美梦，一种立场。它说了一些我们早该明白的道理；让我们对自然、对文化差异，开始一场郑重的思索；让我们有了地球以外的体验和视角，在梦想中抵达一个更大的梦想。这是一个有味道的电影，是詹姆斯·卡梅隆领着我们，对生命的致敬。

当我和丈夫走在回家的路上，开始有雪花飘落。路灯的映照下，这些飘逸的雪花闪烁着银色的光芒。我想起了那些美丽的、在树林里飘浮的灵树的种子。这真是个灵异之夜。在远离潘多拉星球的地方，这酷似灵树种子的雪花，正缓缓地，传递着一种信息……

2010年冬天

诗歌写作像擦拭银器的过程

我曾在《李琦近作选》的自序里写过："诗歌写作像擦拭银器的过程，劳作中，那种慢慢闪耀出来的光泽，会温和宁静地照耀擦拭者的心灵。"这是我真实体会的文艺版表达。我觉得在这场人生里，做得最好的一件事，就是找到了一种倾吐心事的方式——诗歌写作。

回首往事，我此生读的第一本诗集是普希金的《欧根·奥涅金》。那时我十三岁。我到现在也忘不了当时那种感觉，激动得坐立不安。我有了一个少女从未经历过的种种复杂情感——忧伤里混杂着兴奋、难过中掺兑着美好。我为达吉亚娜一遍遍流下泪水，为诗歌语言呈现的意境心驰神往。诗歌是这么动人，仿佛是一个不动声色的奇迹。写诗的人，如此不凡，简直就是神！那本书开启了我对诗歌创作的向往，也揭开了我浮想联翩岁月的序幕。我觉得未来的一切从此都必须和诗歌有关。否则，还有什么意思。

果然，我得到了命运的加持，我的一生，被诗歌的月光照耀着。

应该说，是对那些大诗人、大作家如饥似渴的阅读，完成了我的文化启蒙。尤其是白银时代那些俄罗斯诗人。他们的庄严、雍容、盛大、贵重，天鹅一般的精神姿态，成为我价值观、人生信念里一块重要的地基。我对于灵魂、自由、正义、艺术、美、爱、苦难这些神圣字眼的理解，有相当大的比重来自俄罗斯艺术家的赐予。他们就像一群青铜雕像，经年矗立在我心灵的广场。从1977年开始发表作品，一首一首的诗，连接起来，其实就是我的人生历程。写作是古老而又带有隐秘色彩的叙说方式，是和心灵相关的一种生命仪态，是精神史的记录。我不记得换过多少支笔，却已然从青年诗人变成中年诗人甚至准老年诗人了。真是时光如箭、岁月如梭。写作中感受到的那种快乐，让我相信1984年诺贝尔文学奖获得者、捷克诗人雅·赛佛尔特说过的那句话："使一个人幸福，有时并不需要很多东西。"

在生活中，我是一个笨人。年轻时热爱体育，自认为协调性不错。而今却特别爱摔跟头，动辄就会撞得青紫一片。前年大地回春时，我平地脚踏空，腿部韧带受伤，卧床一月。本来皮肉受苦，还要忍受家人"你怎么做到的？在哈尔滨最后一块冰上滑倒"之嘲弄；今年，在作协组织重走长征路到贵州赤水时，又摔坏了胳膊，以至于几乎生活不能自理，吊着绷带，强忍疼痛，被同伴戏称为"受伤女红军"。我女儿说，你如果不写诗，就这状态得遭受多少轻蔑啊。可能，唯有在我的诗歌里，我才能完成精神上的健步如飞。一拿起笔，或者一坐在电脑前，那些云雾般的灵感，那些经历过的事情，那些我走过的山河土地，我见过的草木生灵，就自动涌向了我的笔尖。像是被什么簇拥着，又像是被什么托举着。我把自己变成了河流、风声、光线。我还能把自己变宽、变远，变得苍茫、变得波澜起伏。我写出了我认识的事物，反过来这些事物又给了我新的能量。我写忧伤和期待，写天下的美和爱，写我的心事，写我的能力所能感悟和思索的一切。写诗好像有一种治疗功效，能化解很多生活的忧虑和烦恼，同时又具有清洗和整理的作用，让我在平凡、琐屑的现实世界之外，有了一个自给自足的世界，发现或者说创造了一个又一个丰饶寥廓的远方。

"我对于文学的前途是有信心的，因为我知道世界上存在着只有文学才能以其特殊的手段给予我们的感受。"这是卡尔维诺的话。我深以为然。所有热爱文学的人都会相信。因为，文学抚慰了我们的心灵。它带给我们的感受，无可替代。写作，是这世上动人的事情之一。

在我电脑桌前的墙上，是一张阿赫玛托娃的画像。每当我抬起头来，都能看到她的目光。在这样一个时刻，我特别想对她说：亲爱的阿赫玛托娃，在你的注视下写作，我有一种幸福感。作为后来者和学生，有一点我和你一样，那就是，对于诗歌的热爱和忠诚，从来没有过改变。

2010年10月

与李琦聊诗

——鲁迅文学奖获奖者李琦访谈

《星星》：从你的第一首诗发表到现在，三十多年过去了，关于诗歌与人生，你感受最深的是什么？

逝者如斯夫。孔子的感叹真是精准。三十多年不过犹如一幕戏换了几个场景。这被叫作人生的岁月，我觉得有太多时光是虚度了的。好在有诗歌，让我这一辈子还不至于那么扫兴。

人都是向死而生的，只不过通往死亡的路径不同。诗歌写作，确定了我人生的一种走向。这个走向是适合我的。艺术创作，包括与艺术相关的一些行当，我觉得都有助于开启心灵的神性。而诗歌和音乐尤其如此。几十年来与诗歌相伴，柴米油盐之上，心没有变得愚钝。是诗歌提纯了我的生活，让我得以过滤来自世俗生活的烦恼。一首首的诗歌，就是我自己的一片片羽毛，带着我独自飞翔。写诗让我体味到了心灵的那种神秘性，享受到了一种真实的快乐。

在《我与地坛》里，史铁生写道："有些事情只适合收藏……它们不能变成语言，它们无法变成语言，一旦变成语言就不再是它们了。它们是一片朦胧的温馨与寂寥，是一片成熟的希望与绝望，它们的领地只有两处：心与坟墓。"这是一个得道的作家，他的感悟在多数人之上。经年的诗歌写作，让我对语言有了敬畏。我把不能写出的深藏起来，让我的心成为一片收藏的领地。年复一年，如史铁生所说，一片朦胧温馨与寂寥。

《星星》：据说，你在幼儿园时，老师就认定你有"文学天赋"，你如何理解天赋对一个诗人的意义，以及你认为一个人该怎么发展和运用自己的天赋？

我十八岁成年时，我妈妈交给我一个纸袋，可以称之为我的个人文物吧。这里面有我出生那天的日历，幼儿园的毕业证书，从小学时代开始的一些学期鉴定、嘉奖证书和一些物件（可惜我小学刚毕业，"文革"就开始了）。我从那张幼儿园的毕业证书上，看到当年老师对我的评价：有想象力，有文学天赋。

人碰到好老师是幸运，所幸我从幼儿园到大学，都碰到了好老师。那时幼儿园的孩子不算太多，老师都是一些有爱心、有操守的人，她们熟悉每个孩子的脾气秉性。一位老师对我妈妈说，这孩子记忆力好，一听故事就入神，表达也清楚，想象力丰富，将来没准儿能当一个作家呢。我妈说起这事就感叹唏嘘。我曾经代表幼儿园毕业班的全体小朋友，在毕业仪式上发言。老师说，你想说什么就写什么，写你最想说的话。那个发言稿是我用拼音写的，我念着念着就哭了，老师也流眼泪了，还抱着亲了我。我是在长大成人之后，才逐渐体会到，是她们，把这世上一些最美好的东西，在我年幼之时，就传递了给我。

我从小就比一般孩子敏感，尤其善于胡思乱想。六岁时祖父去世，从北京来奔丧的姑姑，看到我脸色苍白、默默流泪，心中疼惜。她问我，你是想爷爷吧？我告诉她，不是，我其实就是悲伤。她当时有些震动，觉得这不是一个六岁孩子说的话。我长大后她才说，很长一段时间她惦记我，怕我太敏感出问题："你后来写诗，我想，这就对了，你和我们不一样。"

天赋对一个诗人，我认为几乎是有决定意义的。至于发展和运用，天赋有如一粒种子，得有合适的土壤，才有机会破土发芽、散枝开叶。天赋是前提，需要机缘，尤其需要类似一意孤行那般的努力，需要持之以恒，这样，才会有水到渠成的可能。

《星星》：想问问你的血型和星座，你以为这些东西与你的性格和诗歌风格有没有关系？

我是AB型，是白羊座。

白羊座是个有激情爱冲动的星座。我少年时代深具这个星座的特点。我比一般小女孩儿勇敢。我的一些鉴定里，有一条曾非常鲜明："有正义感，敢与不良现象做斗争。"我的中学老师当年曾有一个著名断言，她说这孩子身上有特殊的东西，要么会很出色，要么会很出格。我做事基本上属于勇往直前，有时会不计后果。当年刚学会游泳，就和几个男生横渡松花江的二道江。滑冰、骑车、划船，都是在令人瞠目结舌的情况下学会的。我父母说，我的少女时代，经常让他们提着心。怕我在松花江淹死，怕我离家出走（因为我总认为自己是要来的孩子，家在远方）。而我的外表，却又常让外人认为：挺文静的。

成年之后，经历了一些世事，白羊座的特点不那么明显了，AB型的特质却逐渐显现。我不愿和更多人交往，自我纠结，不喜欢扎堆，远离热闹，被别人误解也不会去解释。我不是孤僻的人，却也不会轻易和谁推心置腹。现在，年纪大了，顾虑丛生，前后左右想得更多。锐气渐失，世故增多。越来越像是一个和蔼可亲却无趣的中年妇女了。

至于这些东西与我的性格和诗歌风格是否有关，还真没细想过。事物总会有一些内在的规律和神秘的联系。星座的特点在一些人身上是相当之准，我也不会有大的例外。只是，这方面我只略知皮毛，说不大清楚而已。

《星星》：从早年开始，俄罗斯诗人对你的影响甚深，你认为俄罗斯诗人最重要的品质是什么？你怎样看待后来的欧美现代派诗歌？

俄罗斯诗人，尤其是白银时代的（包括俄罗斯作家），对我的灵魂起到了至关重要的作用。我要是一棵树，年轮里肯定有来自他们的印痕。这些人的作品陪伴了我整个青春时代。我对于正义、良知、美好、尊严、艺术这些词语的理解，几乎都和他们相关。这些人杰，大多经历了生活和精神的双重痛苦，但他们毫无卑微与谄媚，那种心灵的高洁雍容，对人间道义的担当，对于真理的追问，作品中呈现的贵重苍茫之气，对我有种巨大的感召力和笼罩感。我是情不自禁地追随他们的身影。他们最重要的品质就是精神的高贵和独立。时至今日，随处可见轻佻与粗鄙、浮躁与功利，他们更是如远方雪山一般，于静默皎洁之中，让我仰望和感念。

至于欧美诗歌，让我开阔了眼界。欧美诗人，包括欧美的小说家观察世界的方式、感知世界的经验，非常个人化的表达方式，让我对写作的空间感和丰富性有了新的认知。因为读到了它们，甚至影响了我今天写作的速度。因为，这些作品的出现，让我知道了停顿的重要，知道了什么是山外之山。

《星星》：你写诗也写散文，在写作这两种不同的文体时有什么感受？

写诗是我永远不会轻慢对待的事情。写散文也不轻慢，但的确可以更随意舒展一些。

我写诗歌写了改，改了写，有时一首诗写很长时间；写散文则经常是一气呵成。

写诗像刺绣，写散文如缝纫。大抵如此吧。

《星星》：诗人当然会阅读各种各样的书，请谈谈诗歌以外你最喜欢读的书，这些书对诗歌创作有何影响？

阅读占取了我一生大量时间，读书真是人生一乐。

我看书很杂。我今天的生存状态，和阅读深有关联，家人和同事笑话我，外出几天也像搬家，得带好几本书，像挺有学问的。其实这是个人癖好，我也说不准为什么，有些书读不过来也带着，带着就心安。古往今来大师的著作自不必说，我也喜欢读那些见地独到，有关地理、自然、生态的书（于坚、雷平阳、李元胜、沈苇这些当代诗人笔下关于自然、动植物、风物相关的文字，我也很喜欢）。艺术家的札记、人物传记，好的音乐笔记、旅行笔记，与美食相关的书，总之有趣的，有丰饶生命气息和生动文笔的，都喜欢。这些书未必直接对创作构成影响，却会开启智慧，如香气弥漫，让我的写作有了今天的气息和面貌。

《星星》：作为鲁迅文学奖获得者，你认为获奖对你意味着什么？

意味着再不能得了。这事高兴了一下，也就过去了

我记得获奖时接到过几个电话和短信，那些来自友人由衷的喜悦，让我觉得挺温暖。对于写作者，获奖是种偏得，让人心里存住了一份感念。拈花一笑，依旧山高水长。我已经不再年轻了，对自己的写作包括局限心中有数。我知道对我来说，重要的是什么。

临济禅师有一句话很有意味："在水上行走并不是奇迹，在路上行走才是一件奇妙的事。"

我欢喜的是，我还在这条路上行走。

发表于《星星》2012年第6期

永远的萧红

2009年，当我所在的黑龙江文学院更名为萧红文学院时，望着牌匾上崭新的五个字，真是百感交集。作为萧红文学院的首任院长，作为一个热爱萧红作品多年的读者，我这一生，与这位黑土地上最为卓尔不群的女作家，应该说是深有缘分了。

把粉丝这样时髦的词，用在喜欢萧红的读者身上，有点儿轻佻了。想当年，二十出头的我，从老师家的书房里第一次读到《呼兰河传》《生死场》时，几乎是一下子就被打动了。那时，尚无今日的萧红热，萧红的文学意义也没有如今天这般被更深更广泛地认识。但是，这如喃喃自语般的文笔多么与众不同！在她清新灵动的叙说里，我甚至闻到了那属于中国东北的种种气息——原野与河水的气息，炊烟与茅草的气息，夏日雨后万物清新与冬夜柴火暖意醉人的气息——20世纪20年代东北小城岁月的黯淡，芸芸众生萧凉的生活，在她的文字里呼之欲出。作为黑土地上最优秀的女作家，她饱尝痛苦，却以其柔韧持久的艺术生命力超拔于那个时代。这个苦命的、大气的北方女儿，笔下没有闲愁和闺怨，也从未把创作当成个人情感的宣泄。她说得多好：作家不是属于某个阶级的，作家是属于人类的。她的作品样貌独具，正如鲁迅先生评价的那样："北方人民的对于生的坚强，对于死的挣扎，却往往已经力透纸背。"

再看她的照片，心中一动。这是一张让人不能轻易忘怀的脸。不是说多么美丽，而是寂寞和忧郁。她留下的照片中，几乎都是没有笑容的。她经历了什么？眼睛的深处，有一种沉积的悲凉。她在照片上，望着这复杂薄凉的人间，也望着我们这些隔世的读者……

随着对她作品、身世的不断解读，对她的尊重和喜欢也日渐加深。阅读她和阅读一般的作家感觉不同。她是文学前辈，却总是像一个不谙世事的孩子；她活得辛苦，短短一生，有很多时候，需要咬紧牙关；她有弱点，却富有一种吸引人的魔力；她表面平静的文笔里，蕴含着苍劲的思想；她像是无意地，用轻包裹着重。这个追求真理、渴望自由、永远年轻的长辈乡亲，是一个在精神上和我们亲近的人。正如写出《从异乡到异乡·萧红传》的叶君所说，这个天才的女作家，更像一个让人牵挂的姐姐，让人替她不公，替她难过，怀念她……

作家群体里，我或许是去萧红故居最多的人。数十年来，每逢萧红的诞辰、祭日、作家班学员参观，一些文学活动、纪念活动外，我还要陪着外地来哈的朋友一次次去呼兰。年年岁岁，每次都是因了萧红。而印象最深的，则是那些关于祭日的记忆。

萧红生在端午，柳绿花红中开始了人间旅程，而她于异乡凄然辞世时，则是故乡最冷的时候。她的忌日是1月22日。彼时正值冰天雪地的农历腊月。那种从里到外的寒冷，相映她命途多舛的一生，像是含了一种暗示。

记得有一年，我和几个朋友去祭奠萧红，零下二十九摄氏度，我冻伤了脚。当时脚已经麻木，没有冷和痛的感觉。回来后，数日不退的灼伤感，一遍遍的治疗，让我切身地体会到了那些与萧红有关的疼痛。

颠沛与流离，战争与苦难，污辱与损害，疾病与逃亡。她短暂的生命历程中，几乎没有什么快乐的时光。国土被蚕食，爱情被损害。被伤害，被辜负，被抛弃。这个才华出众的北国女儿，一直用柔弱的身躯抵御着饥饿、寒冷、背弃、病魔、战火。她从故乡出发，越走越远。最后，在远离家乡的香港，年仅三十一岁的萧红在弥留之际，已不能说话了。生命气若游丝，她依旧用尽最后的力气留下绝笔："我将与蓝天碧水永处，留得那半部'红楼'给别人写了""半生尽遭白眼冷遇……身先死，不甘，不甘"。

这是怎样的绝望和刚烈！我常常是想起这几句话就难过。写下这样遗言的人，一定已经心碎。寥寥数语，道尽了一生的苦楚与疼痛、挣扎与无奈。要强的萧红，野花和清风般的萧红，在命运的嶙峋陡峭里，旧伤痕上又添新伤痕，最终也未能归于安详。这一切，多么让人心疼！以至于，每到祭奠她的时候，连天都悲伤得这么彻骨寒凉。

从哈尔滨出发，去呼兰的路上，总能看到喜鹊。这民间有吉祥寓意的鸟，站在冬天失去树叶的枝头，像一尊尊肃穆的神灵。喜鹊带路，去一个苦命女子的故乡，让人更添伤怀之感。寒冷之中，向呼兰而去的道路，好像设定了一个让人难过的程序。平时里经常在一起说笑的朋友们，此刻都默不作声。

望着窗外空旷的原野，那种常见的北方风物里，我总是能依稀看见一个瘦弱女孩子疾行的身影——那是年轻的萧红。我们走的路，正是她当年从家乡跑出来的路。不同的时空下，我们正在这条路上与那个还叫张迺莹的少女交错。

心比天高的萧红，从故乡小城跑出来，怀揣着对远方的梦想和憧憬，去外面的世界闯荡。当她如树叶飘浮在命运的秋风里，当她走过一个又一个远方，经历了那么多伤害和坎坷时，她对故乡有过怎样的回望和怀想？再没有回过故里的萧红，一定没有想到，此生最后，她只是将一缕青丝，留给了故乡的墓园。

车子在风雪里前行，车窗外是苍茫寥廓的原野。失去了叶子的树木枝干料峭，让人联想起萧红那单纯倔强的性格。她喝呼兰河的水长大，作品里那种苍凉动人，那种视野的疏朗开阔，那清新朴素的气息，都和这里有着难以割舍的精神渊源。这是给了她灵感的土地，是她的根系所在。她就是从这里汲取了最初的能量，而后面对命运诡秘的风浪。

更名为萧红文学院后，我们组织了一次冠名为"萧红文学之旅"的活动。我特意聘请了萧红研究专家章海宁先生为文学导游。两天时间里，作家们沿着萧红当年在黑龙江的生活足迹，一一踏访。从呼兰河畔到萧红故居；从她读书的小学到葬有她青丝的西岗公园；从她被软禁的福昌号到流浪的中央大街；从困居并遇到萧军的东兴顺旅馆到最后离开哈尔滨的商市街25号——沿着萧红当年的印迹，我们完成了一次动人的文学之旅。章海宁先生翔实生动的资料、深沉细致的叙述，如同情景再现。讲到动情之处，海宁声音哽咽，作家们感叹唏嘘。萧红艰辛而不平凡的一生，对爱情的信任和失落，对文学宗教般的情怀，对人类永恒之爱的抒写，让很多作家流下了感动的泪水。

2010年夏天，同样以"萧红文学之旅"命名的文学活动，来自台湾作家团。他们从万里之遥奔赴而来，为呼兰河，为萧红。是《呼兰河传》和萧红，让他们知道了中国北方的土地上，有个叫作呼兰的地方。那里有明亮的天空、美丽的后花园、慈祥的老祖父，以及老榆树下一个孩子寂寞的童年。他们从萧红那里，感受到了长卷般丰饶的东北民俗风情，粗重的气息，幽深的心事，血性和力量，绵延不绝的爱恨情仇，生存的忧伤与疼痛……

那是夏日的黄昏。呼兰河在寂静安宁地流淌。远道而来的台湾作家，身披夕阳，静坐在呼兰河畔，遥想沉思。那一刻，这些来自海峡那边的人们，与萧红进行着隔世的交流。肃穆的景象，庄重的仪式感，让我的同事怦然心动。河水是有灵性的，它会记住那个为它写出翅膀的呼兰的女儿，也会记住这些来自四面八方、因着萧红而对这片土地目光虔敬的人们。

萧红出生在1911年6月1日，如果她活着，已然是一位百岁老人了。可是，谁能把萧红和白发苍苍的老妪联系起来呢？她在韶华之年倏然转身，给我们留下了惆怅、惋惜，同时，也留下了一个青春轻盈的背影。她永远与衰老无关，与年纪带来的资历、位置无关。她不会坐在显要的位置上，以历尽沧桑或所谓德高望重的权威或长者身份，谆谆告诫晚生与后辈。世人记住的萧红，是她风神独具的文字，是她哀婉清澈的眼神，是她让人叹息的命运，是她如月色花香般弥散的才华，是她的年轻，甚至带着某种任性的纯真。对一个作家来说，这样的背影，或许更让人动容。

我记得萧红百年时，我们去祭扫的情景——呼兰西岗公园，天蓝雪白。青丝冢前，我们到来之前，已经有人默默献上了花圈。六十九年的风，没有吹散萧红的名声。她不仅没有被人们淡忘，相反，透过岁月的尘雾，身影越来越清晰。萧红小学的孩子们，在墓前朗诵怀念的诗篇。那清澈的童声在凛冽的北风里，有种直抵人心的动人。

我和来祭奠的朋友们神情庄重。敬献花篮后，我们每人手执一枝菊花，依次献到萧红纪念碑前。那菊花，是我和我的同事精心挑选的。买花的时候，花店的女店主还体恤地问，是家里有事了？对，是有大事。那些菊花或黄或白，在白雪铺就的墓园里，带着肃然与清寂。娇嫩的鲜花在这冬的凛冽里，自然马上就冻住了。冻僵的花朵像定型的舞姿，反倒呈现了一种让人揪心的痛楚之美。这冰冻之花，更让人感怀萧红的命运。鲜花依次排开，如一行素雅的诗句，寄托着绵延的情思。

百岁的萧红，在陶瓷照片上，依然那么年轻恬淡。她用一双大眼睛，超然地看着这纷纭变幻的人间，看着故乡土地上的繁衍生息，看着以文字与她谋面的后来人。她以不在之在，影响着、打动着世代与她心灵默契的人们。

永远的萧红，就像我们在来路上看到的那些喜鹊，朴素而纯真，勇敢地穿越岁月，飞过家乡父老的房檐，飞过四季，经久地，精灵一般飞翔。

2013年岁末

苍茫回眸时

　　20世纪80年代收到《诗刊》"青春诗会"的邀请，彼时孩子正小，我又在学校教书，诸事缠身，只能婉拒。我还记得，王燕生老师特意来电话，说你晚来两天也无妨，我们路上等你。我终于未能成行。如今孩子早已长大，等到"青春回眸"时，当年殷殷召唤我的师长，已到另一个世界了。"回眸"期间，与诸诗人感叹唏嘘："时间"从不抛头露面，我们却都从彼此身上看到它的真容。

　　我想，诗人写作，大概会有两种姿态：一种是沉浸在自己写作中冥想和独处的时间较长。因无暇回身，有时可能是背对诗坛的；还有一种，在均匀的写作速度中，抬起头来，远观或者近望，有能力和热情，组织或参与一些诗歌活动，对诗坛有自己的理解和判断。

　　我大致是趋于前者的。尤其近两年来，说离群索居也不算为过。我放慢了写作的速度，也几乎没参与什么诗歌活动。平时连电话也懒得打。两年来，我的阅读大于写作，生活大于写作。有所行旅，也多是一些人迹较少的偏远之地。

重读经典（不仅是诗歌），对自己有了重新梳理和清洗的过程。真正的大师就是不同凡响。年轻时阅读，面对好作品，赞叹常会脱口而出。其实有很多地方，没有读出意味。随着年纪和阅历，当初那些不以为然的闲笔或幽微之处，包括语调、节奏，会给我以说不出话来的震动。阅读好作品的魅力，不是让人到处炫耀，或更为奋发地想多写什么，而是让人如瞻仰名胜，有一种巨大的精神满足，不得不屏息沉思，生出自卑和谨慎。而阅读山河，去那些人烟清净开阔的地方行走，读大自然的经卷，也让人安神敛气，从万物那里获得一种清新的能量。不知别人，在我，就是如此。

我要诚实地说，我没怎么多关注今日诗坛，好像也顾不上。自己不是诗坛的什么人物，也不是有眼光的批评家。加上性格所致，除三两好友，和诗人往来也少。日常生活里，有太多需要操心的事。从食物卫生到生存环境的每况愈下，诸多的忧虑烦恼，让我不得不多关注柴米油盐的生活层面。

当然，我也有对诗坛的一知半解，会经常收到一些诗集和诗歌读物，不知是否看花了眼，常常心生悲凉。能让眼前一亮的诗句，确实不多。包括我自己，想写出一首满意的诗歌，不那么容易。我发现平素喜欢的几个诗人，水准未降。他（她）们有节制的写作态度，我也欣赏。写得少，发得也不多，也没有能力老出书，所以惊喜来得比较缓慢。而面目差不多的诗歌，确实提不起劲。同时让我对自己的写作也有了警觉。

一些诗人，写作之外，想方设法为诗歌做事，以一己之力办诗刊，举办诗歌活动，参与公共事务，关注时代与民生。对这样的人，我是心生尊敬的。

　　当然，也看到一些肤浅和热闹。看到一些无聊无趣的诗歌，再配上一些不知所云的评论。那些云山雾罩什么都敢说的文字，有的可能与情面、时令或诸多元素有关，但尺度的把握在自己啊，起码的诚实不该丢掉。为什么要那么干呢？文人不该对文字冒犯，让语言以灰烬的形式出现，让看的人都不好意思。阐释诗歌可以深奥，却没必要曲意逢迎或故弄玄虚。诗歌不是花招和圈套。要是对诗歌的敬意都没有，生生破坏了汉语的尊严，那写作的必要也不存在了。

　　回眸有一种惆怅。年轻时以为年长会明白的事情，至今仍旧困惑。只是随着岁月，人变得平静了。一如既往的是：我依旧热爱诗歌，数十年初衷未改；我期望诗坛优雅而多元，就像我一直期望：我生存的地方清明而自由。

厨房物语

这是3月中旬一个星期天，起床后已经接近中午。我在厨房准备午餐，客厅里，丈夫沉默地看着电视。日本地震后，家中电视只看关于地震实况的播报。地震引发海啸继而核漏泄那些让人惊愕的画面，满目疮痍后人们的悲惨和无助，加重了人生的空虚之感。灾难面前，日本人那种隐忍克制，大难临头，依旧尊老爱幼、不失尊严的风范，那种咬紧牙关、默流泪水、承受命运的样子，无法不让人动容。

人活着是多不容易！我听到了丈夫的低声慨叹，同时，瞥见了他眼里潮湿的目光。

此刻，初春的阳光从窗外洒照进来。刚刚洗好的菠菜、小水萝卜，带着晶莹的水珠。红彤彤的小水萝卜饱满圆润，绿油油的菠菜青翠欲滴，放在刚刚洗好的一些水果旁边，赤橙黄绿，简直就是油画上的静物。柔和的光线为它们镀上一层了薄薄的光泽，它们漂亮得不像果蔬倒像艺术品，让人心中一动。

亲人在侧，安享平静。这一时刻，不过是家常版本的普通一页，可在这随时埋伏着灾害和苦难的滚滚凡尘，尤其对于那些在胆战心惊中苦熬的人们，这家常版本的安宁舒服，岂不就是幸福时光。

在灾难来临那一刻，那些远在日本的家庭，许多主妇可能正如我一样，腰系围裙，正在厨房忙碌。她们可能听着音乐，想着有趣的事情，轻快地哼着歌曲，或者，默默地想着心事。热爱厨房的女人，都是心中装有明天的人。她们哪里会想到，那间厨房连同自己的生活，瞬间就会被掀翻甚至被海浪卷走，而山崩地裂这个词一旦真的现出面目，就是夺命而来！

一阵心痛。我几乎是用一种感激的目光，打量着我的厨房。我从没这么认真地看过我的厨房，原来，它的每个角落都这么丰富而有韵味，这简直就是一个小小的王国！

橘黄的橱柜明亮，温暖。橱柜里，那最漂亮的几只茶杯和几只饭碗正是来自日本，图案淡雅，做工精致；那些装调料的瓶瓶罐罐，好像关闭着一些活跃的小精灵，它们随时准备跃跃欲试；煎炒烹炸的锅碗瓢盆；几条好看的围裙；贴着女儿照片的冰箱；铮明瓦亮各种用途的刀具——这一切，让我的日子滋味丰福，同时，悄然记录了时光打磨下一个家庭的面貌和气息。

我可以在这里心平气和地煮红豆汤，榨豆浆；可以把一棵憨厚朴素的大白菜分别变成几种菜肴；可以一边看书，一边守着一锅文火慢炖的海带汤。这一切貌似平凡却事关重大，它们就是我的苍茫岁月。

我看了看装米的口袋，这五常的"稻花香"，不愧为米中魁首。此刻，米饭的香气正在令人迷醉地弥漫。想到世界一些角落，至今还有人默默排队领取口粮。而我，在不算短暂的人生里，虽屡屡有沮丧、失望、各种局限，却没有经历离伤别恨，饥饿寒冷。我可以放心地在厨房忙碌，而后看至亲之人细嚼慢咽，给养生命；我可以消停在自己家中，看身边人，想心上事，对诸多精神上的迷惘和困惑探索与思考。如此，真该感恩惜福了。此刻，对这厨房的珍惜，已然生出对生命的敬重。那已经蒙尘、让我一拖再拖，懒得去擦的蒸锅和水壶，我今天就把你们擦洗干净。我要把厨房打扫一新，这是我领受生活恩惠的地方。一日三餐的重复和琐碎里，却原来也暗藏了这么多细密的要义和道理。

　　朋友电话过来，说在日本读书的孩子已经买好机票，马上就要回来了。她知道我一直惦记着这个孩子。"你就放心吧。"她说。

　　放下电话，以为会有些轻松，但难过依然，还是不放心。天下的母亲，心中的疼痛是一样的。那些受了惊吓的孩子，还有那些被地震和海啸带走的人们，多让人揪心！天降不幸，这是人类的共难。不能奋勇前去救助，至少可以虔敬地为远方祈祷。愿生者坚强，愿逝者安魂，愿芸芸众生，离苦得乐。

　　我的厨房，在这3月的一天，竟成了我清洗心境，添补悟性的课堂。我希望能够在余生中，依旧做自己喜欢的事情，依旧有读书写作冥想的时光。同时，我会再无怨言地出入厨房，为亲人或友朋，洗净杯盏，端上他们喜爱的饮料或食物。温柔的光线下，一边说些无边无际的话题，一边共享人生的恒久和平淡。如此，就是逐渐老眼昏花、腰弯背驼、皱纹丛生，就是辛苦操劳、日日重复，这颗心，也会知足而清净。

2011年3月

面见秦岭

二十多年前，我几乎每周都会有一封至两封信，日夜兼程地穿过秦岭，投递到汉中某地。那是个以番号为代表的军营，有两个人在期盼着我的来信。一个是我的妹妹，一个是我的男友。彼时她与他都在军中服役，企盼远方来信成为重要的生活内容。后来，两人先后回至我的身边——妹妹还是妹妹，男友则变成了丈夫。陕西或者秦岭，就这样成为我们共有的一段回忆。

第一次面见秦岭，是乘火车走宝成铁路去成都。那时，我还很年轻，处在凡事只知皮毛的阶段。对秦岭的了解仅限于从书本上学过的那点儿常识——中国南北方的自然地理分界线，长江流域和黄河流域的分水岭。我尚不知道这座山对于中国文化的意义和影响，更不知它曾怎样联结着华夏历史上的绝代风华。车过秦岭时，我的眼睛舍不得从窗外挪开。古道西风，气象苍茫。我看到许多从未见过的景象。大山巍峨，百姓清贫。我看到了小兽一样在山间奔跑的孩子，看到了如从旧画里走出的老人——他竟穿着缀满补丁的土布长衫！那种衣服，我只是在电影或戏剧里面见过。深山老人的衣着和神情，都古旧迷茫，和我们这列从远方而来的列车，和我的一知半解以及兴致勃勃，如同隔着时光隧道。恍然中我觉得自己一脚迈进了从前。那一瞬间，我触到了秦岭一个神秘的按钮。这大山的皱褶之处，还有多少深藏不露的秘密和未知的事物？应该说，是那次经过秦岭的经验，让我对秦岭有了探究的兴趣。后来，我又有过深入秦岭的短暂旅行。所见所闻，均甚为震撼。

在地理学家眼中，秦岭是中国版图上最重要、最奇特、最复杂的山脉。它来历遥远，出身不凡。之所以姓秦名岭，相传是春秋战国时秦国的领地，同时又是当时秦国最高的山峰。周、秦、汉、唐，长安城十三朝帝都的气派和繁华，都曾靠在秦岭那花岗岩的脊背上。别说在中国，就是放在世界，还有哪座山，能够如此被指名道姓地赞叹，被名人雅士诗词吟咏。这浩然秦岭，一边生长奇花异草、珍禽猛兽，一边掩映着古今各路英雄豪杰的履历和传奇。在中华民族心灵的情结里，它一路逶迤，百转千回，有时让人倒抽一口冷气，有时让人感慨唏嘘。

不久前的5月，我去西安参加诗歌节。盛名之下的活动，其拖泥带水让人失望。可老友相逢，依旧喜悦难掩。来自长白山脚下的某诗人和某著名主编，说既已来西安，相当于迈进了秦岭朝北的前庭，就孩子似的惦念秦岭。于是我们共同的朋友、善解人意的地主穆涛就带着我们几人，奔秦岭腹地宁陕县而去。此行目的简单，去看秦岭。车子刚开，关于秦岭的回忆便扑面而来。这座在每个人思绪里矗立的大山，先行在我们各自的心念中蜿蜒。尽管它虎踞龙盘已逾千年，此时，却有点儿像是让我们一行人给想出来的。

当传说中的秦岭，那座著名的"分界线"出现在眼前的时候，竟是那么安静素朴。说云蒸霞蔚？说巍峨耸立？都是，又远远不够。最准确的感觉竟是理屈词穷。这声望高耸的山峰，像是一位道行深厚的长者，风度卓然，毫无肤浅之象。而所有的赞美和感叹，在这苍翠的连绵起伏的群山里，变成了一片巨大的静默。这就是名山秦岭的气韵，天降大美，移步即景，壮丽得叫人简直有些措手不及。

一瞬间，不知是山的声响，还是我在耳鸣。反正我发现，面对美，人会有一种生理反应。安静，止语，动作放慢，一切轻巧的赞誉，此刻都有矫揉造作之嫌。

过隧道，走山路，车子在秦岭中穿行，却无任何崎岖之感。经过的那些村镇，房舍田地，井井有条，院落人家，处处洁净。这些坐落在秦岭之中的民房，色彩清净素淡，有的白墙青瓦，有的翘角飞檐，与关中民居明显不同，竟是一派江南韵味。这些流露着细腻和精致的建筑、细节之处的毫不苟且，本身已是注解和说明。无疑，这里居住的都是要强的人、正经过日子的人。想到我去过的一些地方，那些尘土飞扬的村镇，那些潦草邋遢的民居和又脏又乱的公共设施，秦岭之南的民风和习俗，让我们忍不住唏嘘赞叹。说这里是中华民族的龙脉，看来一点儿不为过。哪怕仅仅是匆匆过客，也让我对这样的地方、这样房舍里的人家，生出敬重和好感。这姓秦的大山，就是不同寻常。一座山丰厚的内涵，就在这如指缝一样的村镇里，悄然显露了出来。

迎接我们的是宁陕县的县长刘云。他中文系出身，面善，文人情怀。谈吐中的胸襟和视野，笑起来满脸清朗的样子，鲁迅文学院学习过的履历，让我们一见如故。他的接待可谓行云流水，顺畅又诗意盎然。先领我们到清澈的河水之畔，让山风和水汽荡涤旅途的疲劳，再领我们围坐在农家庭院，享用地道的陕南午餐——黑米酒、豆腐、腊肉、山野菜——这是食物和胃肠的知心会谈，那么熨帖而富有特色。真是令人心旷神怡，尤其是当他说，走，带你们去山上，去养护基地看朱鹮！

我是知道朱鹮的。作为珍稀物种，这天性贵重的鸟儿，无法做到自轻自贱。它更喜欢从前的世界，所以当居住的环境日益恶化时，它不仅不再抛头露面，而且懒于挣扎着为生活打拼，干脆准备了最后的撤离。到了20世纪70年代，无论是在中国，还是在日本、俄罗斯、朝鲜，这些它从前活动的地方，它基本已消失得杳无踪迹了。人们只能是在照片上、在日本人的和服上，见到这美丽的精灵。

作为一个关心秦岭的人，那一年，当我从新闻中知道，人们在秦岭又发现了朱鹮时，特别高兴。真正的惊鸿一瞥，我把这看成是秦岭的吉兆。

当朱鹮出现在我的视线里时，那瞬间的感觉真是奇妙：我看到了秦岭最美的色相——这山林里的鸟儿如此典雅端庄，大方而又矜持。它长喙，胭脂面颊，浑身的羽毛呈贝壳那样的珠光之白。两翅、腹部及尾部，又夹带着柔和的朱红。已经很美，还嫌不够，它们锦上偏要添花，颈后还披着下垂的柳叶形羽毛，形成一个华贵美丽的羽冠。无论体态还是神情，这鸟儿都皇后一样雍容。在宁静的山林，与这等绝美的鸟儿相遇，这是一种缘分。屏声静气中，我看见一只朱鹮正在把略带弯曲的长嘴插入背上的羽毛中。山风吹动它头上的羽冠，柔美的羽毛在微风中微微颤动，真是风流飘逸。一瞬间，我不知为什么，竟匪夷所思地联想到栊翠庵里的妙玉了。

上山的时候，已觉得有些疲劳了。而望着朱鹮的那个时刻，滞重的时光一下变得云朵般柔软。这世界还有这种这稀世珍禽，真是造物主的情有独钟。素衣红颜，朱鹮是鸟类里的名伶。身世不凡又孤高寂寥，不染尘埃，宁愿与嘈杂裂帛。它们一动不动时，像是画在树梢上的静物；而展翅飞翔，则尾羽如扇，翅膀下呈现一片醉人的桃红，修长的脖颈和细腿舒展成一线，其从容不迫的美姿，不愧为秦岭仙子。它让这安泰寂寥的大山，添了空灵和不同凡响。

它在叫。这是我第一次听到朱鹮的叫声。不是那种啁啾，而是率性的嘎嘎而鸣，甚至和乌鸦的叫声有某种接近。它不是鸟类里的播音员，而是像大人物说话带着口音。静心细听，粗犷之声里，其实带着薄薄的凉意。

枝头上，一对朱鹮正在卿卿我我。它们肯定是一对情侣。负责养护朱鹮的人告诉我们，朱鹮深情敦厚，一旦结亲，彼此恩爱忠诚，安守本分，毫无虚浮之心。没有琴棋书画，却真是花前月下。养育儿女期间，朱鹮夫妻交替外出取食，到达一定时间，无论觅食与否，必回到巢穴，彼此亲热一番，鸣叫抒情而后，另一只再外出觅食。一旦遭遇丧偶，未亡人便只身飘零，不娶不嫁，直到孤独怅然而死。

它们还是最好的父母。宁陕保护站的人观察到：一对朱鹮夫妻孵化了三只宝宝，其一因为体弱不幸去世。父母非常伤心，不舍遗弃，每天用身体温暖已死去的爱儿，直至十天后，才绝望而无奈地将其抛出巢外。

这动人的朱鹮，简直就是住在秦岭里的童话！它们在教堂里宣过誓吗？在此之前，我早已一次次感到生命的虚无。而这一刻，带着静穆之气的小小朱鹮，竟美好得让我心乱，纯粹得让人鼻酸。有朱鹮飞过的山谷，这般迷人，让人顿生贪生之感……

离开的时候，我们几乎每人都拾捡了一根朱鹮落下的羽毛。这柔和的、带着淡淡绯红的羽毛，如今就插在我的笔筒里。那朱鹮是鸟类，可心性与情愫，已算得上是某种意义上的师尊。我愿意自己的文字，经过朱鹮之羽的摩挲，沾上它那不凡的气韵。

在秦岭的那一夜，一反往日的辗转反侧，我睡得很沉。

月光像浓稠的米汤，汩汩滋润了我的梦境。宽大的床上，恍然觉得自己也蜷缩成一只朱鹮，夜卧枝头的巢穴之上。这秦岭深处，氧气之足，让人如晕似醉。在中国南北分界的地方，我的梦安稳踏实，有了一种被安慰的舒展，也有了一种被引领的觉悟。

离开的那天早晨，天气晴好。这秦岭南麓的翠峦叠嶂中，白云袅袅。想到这里至今繁衍生息着如金丝猴、熊猫、羚羊、大鲵等珍贵的野生动物，想到自古以来，这里便是中国古代隐士聚集的地方。千年烟云散去又聚拢，这草木葱茏的空气里，我觉得依旧凝聚着一种高蹈奇异的气场。

真是一次难忘的旅行。人还未走，念想已经生根。连我们的车好像也不想走，车胎兀自就坏了。换车胎的时候，我们得以坐在城关镇一位香菇养殖户的院子里，悠然看远近山景，说谈宁陕的现在和未来。女主人和我见过的黄土高坡上的陕北女子确实风貌不同，一头披肩直发，眉目清秀，素淡羞涩。她正在吃饭，米饭，油菜，腊肉炒菌，连饭食也颇具陕南特点。她给我们每人倒上一杯茶，客气，礼貌，声音轻缓，并不多言。温婉的笑容和门前的翠竹，又一次让我相信，这南北分界，真不是一句空话。居住于此的人们，兼有北方的质朴和南方的细致。这秦岭，真是一座内容丰富的大书，而我们，不过是刚刚掀起它的封面。

离开时所有人都意犹未尽，这也正是告别的最佳时段。时间短暂，印象久远。这竟像一句广告词了。再见，秦岭。云雾缭绕的山峰，童话般的朱鹮，甘醇美味的黑米酒，香溢唇齿的宁陕豆腐，清新得让人感激的空气，刘云县长对这片土地的深情，路边人家温和的女子，宁陕境内洁净的房舍庭院，门前的修竹，杯里的清茶，还有那胖墩墩带着一堆儿女从容觅食的花母鸡，以及那干脆算是家中人口的小黄狗，这些元素合起来，就是我对宁陕温厚绵长的回忆，就是2009年5月，一个外乡人带走的秦岭的味道和气息。

2009年

绫罗绸缎的罗

——同里浮记

在北方，由于疆域辽阔，山河雄浑，特别适合遥望、眺望，而江南，山清水秀，小桥流水，庭回廊绕，更适宜于仔细地观看，凝视。

近几年来，随着年纪的增长，我对一些古镇渐生了兴致。或许是喧嚣热闹的都市，容易让人心浮气躁，那些历史悠远、来路长久的古镇，纵然也尘埃满地，有现世的活色生香，但细枝末节间，毕竟还有一些残存的古意弥散，甚至在生活方式上，也有不经意间的历史遗存。拜访一座古镇，如同面见高人，心量会放宽，会收获清寂阔达。记得在贵州某镇，我们一行人在小巷里，路遇一位头戴礼帽，身穿长衫，步态怡然的老人。老人神情静穆，像是从民国初年走来，全然不在意我们好奇的目光，也不介意人们与他合影留念。他说，他住在小地方，却去过许多大地方，中国人、外国人，都愿意和他照相。我们问他要个地址，而后寄照片。老人洒脱地说，不必了，你们高兴就好。说完飘然而去。

此番深秋，与一众诗人来到同里。千年古镇，名人多、古建筑多、水多、桥多，故事和传说自然多。这里真是一个适合文人们相聚把谈的地方。老酒清茶，话题无边无际。

　　其实我更喜欢独自一人，在陌生之地随心所欲地闲逛。常常，意外的收获和丰富的感受、包括难忘的相逢，都来自不经意间。所以，到达同里放下行李后，我就一个人出来，开始了小镇上的游历。最初，我还用笔记下所到之处的街名，后来，索性乱转。反正小镇不大，我就是想把自己走丢了，也不大可能。

　　我来到了河边，那便是被多少人写过的三桥！记得第一次来同里时，我还曾在三座桥上走来走去。此时，河面上游船桨橹轻摇，岸边黑瓦白墙，酒肆茶楼。如果不是有太多如我一样的游人，这真是一幅宁静的水墨画。一位正在河边择菜的老婆婆，张开缺牙的嘴，朝我友善地微笑。我走上前去和她搭讪。她问我是哪里的人，我说，哈尔滨。老人做出吃惊的表情，尽量用我能听明白的话问，你们那里特别冷吧？我笑了，告诉她，我们习惯了那种冷，就像她习惯这里一样。老人洗完菜，站起身，笑了。能看出来，她的笑容里带着一点儿对我的同情。告别后，我没走几步，她又叫住了我。从一只小篮里，抓出了几只还带着温热的红色菱角，说是刚煮出来的。我谢了她，说不要。她以为我不认识这东西，就示范我怎样在中间掰开，用手一挤，吃到果肉。我告诉她，北方也有菱角，不过个头小，是黑色的。她一副很是吃惊的样子，而后用恳切的语调告诉我说，还是这个好，抗癌哟！那笃定的神情，在她斑驳陈旧的老宅前，在小桥流水身边，真是格外温馨动人。

次日下午，参观游览。诗人们像一把棋子，一会儿就散落在小镇的各个角落。本来，我是和雷抒雁、陈仲义、舒婷夫妇走在一起，转着转着散了，转成了和黄礼孩以及另外陪同我们的一个女孩前后同行。那女孩是典型的江南女子，学昆曲的，举手投足娴静文雅；礼孩则像个大孩子，神情恬淡安然，与这古镇小巷的下午，特别相配。我们有一搭无一搭地说着话，体会着小镇的悠然安适。忽然，我瞥到街旁店铺有一条围巾，飘逸轻盈，深蓝和玫红相间，柔柔地挂在那里，像是《红楼梦》里飘出的物件。本来已经走过这家店铺，可心里一动，有点儿放不下，又转了回去。女店主看出了我的心思，夸我说，你真有眼力，多漂亮啊！这就是绫罗绸缎的罗呀！女人啊，就是该用这些东西啊。

多么地道的介绍！尽管是招徕生意，但是，微笑、内行、柔软的江南普通话，再加上女子眉眼间的得体友善，让人舒服。我不知为什么，一下子想到了《陌上桑》里的罗敷。古时女子，连采桑之时都身着丝绸，何等风雅。这里是丝绸之乡，这绫罗绸缎，和《如梦令》《声声慢》《菩萨蛮》《念奴娇》这些词牌，和丝竹管弦、琴棋书画、轻吟浅唱，和小镇慢下来的生活节奏都深有关联。我没有还价，不愿让计较破坏当时的好心情。那条围巾，连同女店主的微笑、那天下午同里农历十月的明净，将随我一起，回到我苍茫硬朗的北方。

那天晚上，诗人们有的大醉，有的在河边喝茶，我们几人本想找个地方吃一碗面，走来走去，走回了度假村。意犹未尽，我们就坐在湖边的木椅上。夜色薄凉，望着湖水，一位兄长讲起了一件动人的往事。诗人的回忆，让我们沉浸在一种温润的感动中。那些经过岁月过滤而长存在心的，大抵都是这样纯美又伤怀的事情。人生之好，其实也就在这点滴之中。正如普希金的诗句："一切都会成为过去。"眼前也正在成为过去。看朋友变老，看自己变老，看眼前世界，逝者如斯……

　　同里时光，如一枚宝石戒指，小巧却闪烁光芒。在于我，同里就是那小桥流水边，老婆婆捧出的几枚红菱角，绵软嫩糯，带着江南水乡的情致；就是那湖边的不眠之夜，清风徐来，一片藏起诗人声音和目光的涟漪；就是那柔美轻盈的围巾，经纬之中，招展魅力与风情，是那绫罗绸缎的罗。

　　还有一点，也有必要提及：在同里，吃了一碗面，品相朴素，却醇鲜味美，又带有一缕不俗的药香。一问，叫奥灶面，据说也颇有来历。我于是自编传说：天上某仙女，厌倦了琼楼玉宇，下得凡来，遇见苏州籍清秀书生或质朴农夫，同吃一碗奥灶面，尝到人间味道。从此，仙女变娘子，长相厮守，再不回去。奥灶面，好面！

2010年岁尾

扬州笔记

　　去扬州，在旅游业发达的今天，已算是寻常。可回转身来写扬州，就是属于有些胆大的事了。扬州城大门的钥匙，就是一串千古流芳的诗句。被历朝历代最好的文人吟咏过的城市，早已有了曾经沧海的气度。迈进这座城，谁能轻易张狂造次？多少文人墨客，高来高去，他们的衣衫恍然飘动在古旧的巷子里。绚烂的文笔，飞扬的才华，写出了一方水土的筋骨、气象，描画了一座城池面颊上的光泽、眼神里的深情。在扬州城住的那几天，我的想象力大增。证据之一，就是我居然幻想过：那"烟花三月下扬州"如果来自我的笔下该有多好！以一句诗而为天下人铭记，人家，那才真叫著名诗人！

　　李白、苏轼都是何等的人物！可就是想象力浩荡纵横的他们，也无法料到：千年以后，一帮文人可以在一天之内，从四面八方乘飞机或者火车，几个时辰便抵达扬州。"腰缠十万贯，骑鹤下扬州"。如今，十万贯变成了一张卡，鹤变成了铁鸟。这个迅疾的过程，用两个字概括，就是"时代"。

在扬州，眼睛享福了。看了风光旖旎、让人心波荡漾的瘦西湖；看了曲折幽深、布局巧妙，同样引人入胜却各有风姿的个园和何园；看了门脸并不招摇、其历史却可追溯到清道光十年、以桂花头油鸭蛋粉香了扬州名声的"中华老字号"谢馥春；看了汪曾祺先生文脉悠远的故乡高邮；看了杜十娘沉怒百宝箱的瓜州古渡——看了又看。看了许多唯有扬州才有的老风景，也看了面目崭新的报业大厦和新扬州的风貌。名胜与名声之前，自然让人感叹唏嘘。但同时受触动的，还有一些细枝末节。比如，一张干豆腐，在北方的餐桌上，经常与蘸酱菜为伴，成摞地端上桌来，而后人们随意拎起一张，豪放地摊开，抹上酱，卷上菜，铿铿地咬起来。而在这里，一张薄薄的豆皮，却被沉静地切成比头发丝略粗的细丝，沸水中浸烫，清水里漂洗，而后柔软白净地煨在鸡汤里，又有火腿、虾仁、青笋、豌豆等如嫔妃般簇拥。食欲之前，倒让人先有了敬意。又或者，素洁的盘子上，端坐一只福相的包子。包子上斜插着吸管，因为，鲜美的汤汁适合小口啜饮，又避免烫伤唇舌。这就是扬州人的周到细致。某次，我无意间经过餐厅厨房，看到那些大厨紧张而有序地忙碌，其神情有如在做一件严肃的大事情。这就是扬州，哪怕一生只擅长做干丝，也经年累月恪尽职守。一刀一刀地切，一步一步地做。眼角爬上了皱纹，鬓边生出了白发。即便是一顿早餐，也毫无苟且。老派的扬州师傅，会让那些四面八方的客人，用靠近胃肠的那颗心，记住扬州。

陪同我们的当地友人总是抱歉地说，比起周边城市，我们发展得还不够快。我每次都脱口而出，千万别图那个快！是啊，目光所及之处，那种只图快甚至有些发飙的败笔还少吗？我的家乡哈尔滨，随着"日新月异"的速度，从失去特点到越发失去特点，如同五官只剩下眉毛，曾经的风貌几近荡然无存。从前的满城丁香，漂亮的老房子（包括一些极具文化价值的建筑），松花江上漂荡的舢板，都褪成回忆了。和时间相关的事物消失了，钢筋水泥的树林，再没有那种岁月累积呈现的沧桑与美感。在这种环境下，人难能生出礼赞之心，连心事都会缺少庄重或者飘逸，逐渐变得生硬和简陋了。我的老父亲经常怅然地说，这还是哈尔滨吗？然而，潮流面前，利益面前，人微言轻的我们，更像一群不自量力的螳螂。而那所谓时代的车轮，究竟是不是都总在滚滚向前，又有谁能说得清呢？

在离哈尔滨数千里之遥的扬州，当我在夜色中悠然漫步时，竟一下嗅到少年时代那种熟悉的气息——河水的味道。有水的城市，江山如画有了一种可能。而有历史的地方，古旧，悠远，皱褶之处都有故事，就如同一个来路不凡的人。那几日，在城中散步、买东西、问路、参观，没见过高声大气的人。无论是报社总编、文化官员，还是街边小店的生意人、纪念馆的解说员，都有一种不疾不徐的从容。一种缓缓的节奏，让这里保留了古城的一种风度。不见慌张，有理性的、不仅仅图快捷的发展理念，让今天的扬州城，尚能弥漫一种欧洲小城的气韵。尤其让我喜欢的是，比起今日中国随处可见的那种张扬、暴发户式的"富丽堂皇"，在扬州城的许多角落之间，那种藏起来的美，更让人心动——青石板铺就的幽深小巷；夕阳下的雕花木门；围坐圆桌悠悠来吃早茶的一家老小；手抚肥猫、边听戏边养神的老人；恢宏典雅、连细节都很讲究，处处对联、其中有句"歇即菩提"的江南名刹高旻寺——这一切让时光慢了下来。是啊，这个世界，真是没什么必要那么着急。这是个见过大世面的城市，从环境到人的心态，都有一种舒缓安泰，一种温和自在。在到处是滚滚红尘急欲贪求的今天，这已是多么可贵！

一个官员，如果此生能在扬州城运筹帷幄，真是一种福报。这是出没过大文人的城市。历经岁月而流传下来的那些经典作品，有如深井之水，平静地尽显文学的幽深之美，同时滋养着城市的底蕴。我真希望管理这座城市的人，是睿智的、心中有远方的人。希望他们疼惜这座有来历的城市，懂得风雅对一座城市的意义。他们居住的地方，就是唐诗宋词里的锦绣辞章啊。

我想，我要是说了算，扬州城头，就高塑李白及其众诗人宽袍大袖的群像。因为诗歌的光芒，真正照亮了这座城市。他们中有的人，就是这古老城市曾经的居民。他们的声音，至今仍在世间此起彼伏。而那些尽写扬州的绸缎般的文字，其实就是扬州斑斓的披肩，同时，也是替扬州向世人召唤指引的手势。

2011年5月，在李白写下《黄鹤楼送孟浩然之广陵》一千多年之后，我站在扬州古运河边上，对"永远"一词，有了一种略带酸楚的体悟：永远，是缓慢的积存，是后来者能感受到前人的呼吸，是放浪形骸都不越底线的生存状态，是对前人的敬意和对后人的馈赠，是时隔千年突然和一个古人心灵相通的刹那。心中有永远的人，前行时也会庄重地回头，做事不会没轻没重心黑手狠。我们的古人，是深为懂得并敬畏永远的。而我们，事关永远，已是越来越不擅长的事情。虽会随口说出，而心里想的，则是十年八年，甚至还没到这个数字。

那一夜月光皎洁，我觉得那些古代诗人的舟船就在不远处。我甚至都能闻到那船上飘来的酒香，依稀听到他们抑扬顿挫的吟诵之声。只是，隔着千年的雨雾迷蒙，外加一个当代城市无法避免的烟尘气体以及其他，一切都变得苍茫了。

2011年6月

梅州的女子

2012年的12月初，哈尔滨已是北风如刀。这一天早早起来，因为要连续飞行，担心某航段航班有延误，我早晨6点就从家出发，去赶早班的飞机。先飞到广州，歇息一阵，再转飞梅州。八千里路，从北而南，看舷窗下大地从白到黄再到绿。衣服一件件脱下，待到达气温舒适的梅州时，已是暮色苍茫了。

梅州几日，匆忙而充实。对于我这来自北方之北的哈尔滨人，温婉滋润的南国风貌，虽入冬却依旧树绿花红的自然生态，本该留下强烈的印象。可是，归来之后，回味此番梅州之行，印象最深的，倒非风物，而是那些难忘的客家女子，群像一般浮现的梅州女性。

在梅州几天，凡我所接触的当地女子，都给我留下了良好的印象。与我们有过接触的文联工作人员，年轻的女大学生，唱山歌剧的女演员，女记者，女服务员，几乎都有一种特质：安静、朴素、贤淑、淡然。她们身上，像是有某种共同的神秘基因。这些看上去清秀、小巧、轻声细语的梅州女人，轻轻地微笑，轻轻地走路，就像山坡上那些叫不上名的花朵，带着自己的清香，静悄悄地开放。

入住"客天下"后，那些女服务员从身边经过时，每个人都会礼貌地微笑问好。我知道，这大抵是宾馆自己的企业文化。但是，那种由衷的微笑，那种悄然传递出来的友好和善意，真是给人一种春风拂面的感觉。她们都很质朴，话不多，但有问必答，礼貌周到。清扫房间的服务员，看到我床头的药盒，特意走过来说，你要是不舒服，有什么需要帮助的，就告诉我。

会后参观，开电瓶车的女孩子和我一路聊天。碰巧那天降温，天下着小雨，湿冷袭人。我看那女孩子穿得有点儿少，本来就单薄的身体，在风里就像一片瑟瑟的小树叶。我就搂住她说，你看我这体型，你靠着我，一会儿就能暖和了。

她笑了，真的依偎着我，还露出了感激之情。真是单纯的孩子，很快就和我亲近起来了。车上车下，她和我唠起了家常。她说她家在乡下，父亲有了外遇，后来干脆抛弃了家人，出去过了。自己功课不好，没上大学。原先总惦记到外面打工，看看外面的世界。现在不想走远了，要帮助妈妈养家，就找了这样一份工作。"我身体很好的，我能干，我得帮妈妈养家，也把奶奶养好。"

我问她，父亲为什么不养奶奶？那是他的责任。她睁大清澈的眼睛说，奶奶是有正义感的！她不能过不三不四的日子

（这是她的原话）。那个女人，她不认！再说，我们客家人讲孝顺，我和妈妈都不能不管奶奶。

这个尚有些稚气的女孩子，萍水相逢，就那么轻易地信任我。她的纯真自然打动了我。父母离异、家境清苦，都没在她那留下什么阴影。"人怎么都是活，我不怕吃苦！"这个客家小姑娘，早已从妈妈和奶奶那里，传承了善良正直和贤惠。她眉清目秀，率真坦诚的叙说中，带着几分英气，真是让人疼爱。我把话题岔开，向她打听梅州的风土人情。她简要介绍后忽然告诉我，这里的腌面很好吃，你吃了吗？见我点头，她笑着说"我吃了这么多年，都没有吃够"。就是从那天开始，在宾馆，我每天早餐都吃一碗腌面。吃面的时候，那女孩纯真帅气的脸庞就浮现在脑海。我就觉得，这个早晨，在离我不远的一个地方，那个要强可爱的女孩子，也在吃着一碗腌面。这样想着，就暗自有了一种愉悦。

在梅州，一个报社的女孩子采访了我。采访结束后，她要把整理过的记录给我看看。通常这种报纸的即兴采访，都是过场而已，再加上行程匆忙，我就说，我相信你，你就做主吧。回到家打开邮箱，发现记者姑娘已然发来了采访稿。她还是郑重地希望我能过目，而后再发表。这个只见过一面的女记者，居然如此认真。显然，她对自己的工作、对采访对象习惯了毫无苟且。这种细节上求真务实的品性，这种工作的诚意和职业的操守，让我对年轻的女记者，生出了一份尊重。

在梅州嘉应学院，我和另外几位作家应邀举办了一场文学讲座。大学生们对眼前的作家热情而好奇，对这样的文学活动显然也有很大兴趣。无论是听讲座还是互动环节，他们都礼貌、热情、友好。我坐在上面，目光一扫，发现整个礼堂的女孩子，没有一个是化妆的（我在其他大学，确实看到过浓妆而来的）。她们安静地坐在下面，全是素面朝天。那种属于年轻女孩儿才有的洁净和光芒，那种南方山水养育的少女风貌，让这个礼堂弥漫着一种动人的氛围。我说出了这种感受，女孩子们有的羞涩地笑了，有的会意地点头。青春就在她们的身形和容貌上，她们没有必要去涂脂抹粉，去刻意装扮。这些清清淡淡的女孩子，在讲座之后围拢了过来，友好地表达自己的热情。当主持的老师提示我该离开的时候，一个女孩子拉着我的手，塞给我一张纸条，我在回去的路上，展开了这张纸条。那上面是清秀的字迹：老师，我永远也不会忘记这个美好的夜晚……

梅州，从容舒缓的梅州，安静内敛的梅州，那些年龄不同、身份各异的女子们，分别像那些我叫不上名字的南国植物，柔曼丰饶，给这座小城带来别样清雅的气息。

一代代的梅州女人，她们的身后是几千年客家女人的身影。漫长的迁徙岁月里，有过肝肠寸断的别离，有过满腹辛酸的心事。希望和憧憬，悲凉和忧伤，贤淑和刚强。她们跟着男人们背井离乡，披星戴月，一步一步南行。柔弱的肩头和父兄一起，挑起生活的担子。和男人一样含辛茹苦，同时还要繁衍和生育。在亲人和孩子身边，她们操劳着，期盼着，不事声张，能吞能咽。她们用女性的柔韧和美好，给男人们宽慰和爱抚，给儿孙编织着未来之梦，给苦涩的岁月带来光亮和温情。经历过世事艰辛，她们心怀梦想，同时学会了克制和隐忍；走过千山万水，她们诚实地遵守生活的秩序，对那些超越古老道德标准的事情，不敢轻易触碰。

天长日久，客家女人那缓缓积攒起来的勇气和智慧，转化成一种特殊的能量，也形成了一种神奇的精神密码。这能量和密码，又在漫长的岁月里，一代一代丰富着传递着。在梅州，我在那些客家女子的身上，包括那些女演员时而激越、时而婉转的唱腔里，都不同程度地感受到了这些。

作为客家之都，今天的梅州正在发展中积累气象和名声。这是一座有故事的城市。尽管来去匆匆，我仍是在这里留下过足迹。我祝福这座城市，也愿意在这座城市的土地上，永远弥散着那属于梅州女子独特的气韵——那气韵经过岁月的沉淀，芬芳清冽，让人回味悠长。

沉香二郎镇

　　那一年去贵州，拜访茅台镇，茅台酒厂盛情款待。几位善饮的作家朋友酒酣耳热，连呼过瘾。厚道的贵州朋友说，好酒离不了好水。这赤水河是美酒河，像有仙气，在贵州，成全了茅台酒，在四川，成全了郎酒。朋友手指下游，说下面就是郎酒。如同美女在谈论另一位美女，英雄说起另一个英雄，惺惺相惜。结识好人与见识好酒，都是人生一乐。当时一众喝飘了的就说，哪一日定去拜访郎酒！

　　这一日果真就来了。2013年深秋，山重水复到古蔺二郎镇，同行者又是几位知心诗友，岂不快哉！

　　对于来自北国边城的我来说，去二郎镇的山路上，有种梦幻感。亚热带柔软、丰饶的植被，叫不上名来的花草树木，雨水充沛、云雾缭绕的深山峡谷，让人印象深刻。随着车窗外暮色渐变浓稠，山河越发迷蒙。一种飘然和朦胧，让我觉得车子正在驶向古代的村庄。苍茫中就像有一个声音，低沉厚重地吐出一声："慢——"一切都慢了下来，逶迤的山岭就像电影中的镜头那样，缓缓地，层次感极强地出现在眼前。左边是赤水河，右边层峦叠嶂。一种寂静浑然的大美，为郎酒的出现徐徐拉开帷幕。

这就是郎酒的家乡啊！如果说此前关于郎酒的一切都属于道听途说，当车进二郎镇，酒香扑鼻而来时，我趋于迟钝的感官大梦初醒般兴奋起来。我的鼻子首先抵达了二郎镇，它要是能说话，那一刻必会啧啧赞叹。而我的皮肤，像涂了一层蜜脂那么润泽舒服。赤水河畔沐风而立，呼吸着酒香弥漫的空气，我看见了郎酒的眼角眉梢，就站在故事和传说的身旁。

酒是成了精的水。它也是需要身份的。人家郎酒，出身遥远的深山。如同武林高手，是有来路的。

那来路，首先源自赤水河。这条河从云南出发，像没有心机的少年，敞亮地从此打马经过。巧了！它经过的地方偏巧就有这独特的气候、雄奇的山林。流水面见白垩纪岩层沙石，清澈面见深邃，欢快遇到沉稳。冥冥之中，就有了机缘巧合。如同最好的双人舞者，默契的舞姿里早已是我中有你，你中有我。这一切，都为酿出美酒提供了最好的条件。

作为神仙老子，有些话不能明说，要看世人的机缘与悟性。早在汉代，二郎滩一带的"枸酱酒"就被钦定为贡酒；到了北宋，这里的"凤曲法酒"已是美名传颂。人活在世，无论哪朝哪代，都有喜怒哀乐，都需要酒的慰藉。1898年，有个人心头一动，开始了自己的酿造人生，这个人叫邓惠川。他没有想到，他由酿造开始发家。从1903年惠山糟房"回沙郎酒"问世，到2013年，恰是一百年。百年的沧桑，百年的馥郁，郎酒已然成了大气候！

在二郎镇，在郎酒厂，见到了郎酒人。他们的汗水，踏实的精神，心事和气息，包括说话的音调，遥远之地的许多细节，都缺一不可地、一点一滴地积攒到郎酒里，酿就了醇香和烈性。端午制曲、重阳投粮。用好水，用诚意，用古法，用大力气，用世代传下来的诀窍，不偷懒不取巧。他们信这样才是做酒的正道。让好酒身世清白，代代如此。他们也许并没有意识到，天长日久，平凡的累积里孕育了一种哲学的意味，这中间已然有了一种道，已接近一种宗教体验。做酒之道，说到底，也是为人之道。

郎酒的诗人李明政先生，做事安稳细心，让我们此行有了很多意外的收获。那一天，他带我们去了一方去处——天宝洞。

迈进天宝洞那一刻，怦然心动。"得天独厚"这个词，原来就是为这里准备的！

好水酿出了好酒，已然是可遇而不可求，偏偏锦上还要添花。造物主之慷慨大度，明摆着属于偏心！就在这造出郎酒的地方，大自然好像无意地，留出了一个天然形成的山洞——这简直就是上帝的酒窖。美酒酿成，进入纯自然的天宝洞，随着日出月落，洞藏、老化、生香。千年气息在这里收拢、过滤、萦绕、飘散，于是获得得天独厚的酱香，这大自然的加持，成为郎酒无可复制的神来之笔。

这多像一个独立的省份或者王国，只不过居民是一些不走动不言语的酒坛。一眼望去,那酒坛的阵势让人震撼。它们容貌敦厚,笃定静默,却是做大事情的样子。纸醉金迷,荣华富贵,这些词和这些朴拙的酒坛一比是多么轻啊。它们经年累月地站在这里,在氤氲的雾气中,以持重之态度过洞中岁月,就像一群修行者,一点儿一点儿,经历沧桑,积攒着内力和风骨。

外面的世界,或喧嚣热闹,或花里胡哨,与这里无关。

那些酒坛的外面和盖子上,已悄然生出了茸茸酒苔。我望着它们,竟一下子想起了祖母。北方天冷,祖母活着时总是深秋后就戴着一顶黑绒线帽,以至于那帽子就像是她的一个符号。祖母是这世上我最爱的人。我竟是在这异乡的藏酒洞中想起了她。一种巨大的感动让我泪水盈眶,我把头靠在酒坛上,就像是又感觉到了她怀抱的气息。我的祖母,她生前也是喜欢浅酌几杯的。

一位国家级品酒师,带我们来到一坛酒前。这是酝酿了四十多年的基酒,是酒中之酒,真正的陈酿。俯身坛口,一股幽深醇厚的香气,直入丹田。酒是有魂魄的。想到这气息来自它所经历的岁月,让人不由得肃然起敬。

一瞬间,诗人们都神情庄重。端起酒杯,在品酒师专业的指点下,我们果然有了不凡的体验:美酒从唇齿缓缓经过,每一步都留下了印痕。绵软的酱香在口腔弥散,又稠稠地经过舌头、喉咙,小碎步到达肺腑,转而又烟花一样,向身体的四面八方弥散,那感觉,真是迷人。

望着酒坛,我突然领悟到了"封闭"一词的语义和重要。此时此地，封闭是一种具有意义的行为。它是沉淀和积累，是蓄势待发，是含而不露，是打开前的收拢，是含苞待放那个含苞的过程。"封闭"与"开放"之间有如此微妙的联系。这极为重要的心得竟是在这藏酒之洞中获得的。世间事物，如此神秘玄妙。天下事，事事相关。藏酒的地方，也藏着一些写作、为人的隐喻。美酒诞生地，我拾取了一份格外珍贵的点化。

如果2013年老天赐我以沉醉的指标，那么让这几日用光了。在二郎镇，在泸州，那几个夜晚如今想来特别不真实。郎酒厂，长江上，我们把酒论古今，心潮逐浪高。在知道郎酒的身世后，越加敬惜杯中之酒。几个写诗的，重庆人、古蔺人、江西人、云南人、黑龙江人，从天南地北来赴郎酒之约。我们知道，能在郎酒出生地痛饮，这样的时刻一生中不会太多。不用劝，彼此自然地成为心境醇香的饮者。夜空在上，美酒在手，好友在侧，每个人都进入了微醺状态。忘掉了许多事，就像没有了忧愁。

从没有畅饮过的人生，必会有所缺憾。手捧郎酒，说起身边事，念起心上人。看着眼前的诗人朋友，真有地老天荒之感。除了年轻些的平阳、明政，我和另外两位相识的时候，彼此还都年轻。一起经历了人间的风雨，年华老去，味道却开始醇厚。与诗人老友在一起痛饮，真痛快！天琳，立云，还有你——随口吟出"门前一弯赤河水，我当五湖四海看"的才子雷平阳，还有你——去过边关，见过、写过"最美的脸"的郎酒人李明政，将进酒，杯莫停！此刻，伸手就能扯着李杜的衣襟，抬头就会看见苏东坡的明月。夜未央，郎酒变成了隐形的坐骑，驮着我们，飞越了二郎镇，飞越了酒肆的屋檐，飞越了古代诗人们买舟前行的长江，遨游在寥廓悠远的时空中。这滚滚红尘里，诗酒相伴，心事茫茫，既有百般惆怅，也有万缕沉香……

2013年深秋

这一片茫茫深红里

要去盘锦了。近几年来，总惦记去看看盘锦，看看那著名的红海滩，也去感受一下我所钦佩的一个当代女志士度过生命最后岁月的地方。一夜奔驰，当我走出盘锦站，坐上接我的车，当车子行驶在宽阔漂亮的盘锦大路上，一边吹着海风，一边听开车的旅游局小伙子聊起盘锦的变化和他对前程的憧憬，尤其是，当那无数次从画册上、电视上看到的红海滩，油画一样次第出现在我的眼前时，我觉得，前面所有的奔波和疲劳都是值得的。

辽阔的天幕下，大地上一抹一抹的红，像裁成各种形状的旗帜，隆重地出现了。红海滩，在此之前始终是个传说。此刻，当它如此气派而有质感地呈现，因为真，反倒像假的了。阳光下，一片一片深浅不同的红色之上，闪动着动人的光斑，用目不暇接来形容我当时的情景，再准确不过了。

当地的朋友们告诉我们，这红海滩其实就是在海边滩涂上成片生长的碱蓬草。这种草不过是一种可以在盐碱土质上存活的草，单看上去，貌不出众，那小腰细得一掐就要折断，微不足道的样子。可如同人多力量大的道理一样，草多了也同样势不可当。一棵棵一蓬蓬一片片生长的碱蓬草，排兵布阵，年复一年地生生死死，最后干脆铺天盖地，势如野火，汪洋恣肆地铺向天际，美得无法无天了！

真可谓是天下奇观。尤其是，不仅仅有红海滩，这里，还是世界上著名的湿地。芦苇摇荡，草绿水清，除了碱蓬草一路红色铺向天涯，还有让人心醉神秘的芦苇荡，有一片片层次分明的浅绿深绿，有渐变的淡黄和赭色，有随风荡漾的芦花，有望不到头的青纱帐，有众鸟高飞，有果园和葡萄架——大自然不再低调了，它来了兴致，干脆在此亮出了华美夺目的文身。

我站在空旷的海边，群鸟就在身边盘旋飞舞。有那么一刻，生出恍惚感，觉得自己回到了从前——我没经历过的从前。天地万物，静谧辽阔，那想必就是世界从前的样子。清新湿润的空气，安抚肌肤的海风，从肩头飞过的鸟，包括身边友人友爱亲善的神情，这一切，都不大像是发生在现实时空下的事情啊。现在的世界太热闹太粗陋了，常常让人不好意思。今夕何夕？我在那一瞬间鼻子有些发酸。大自然的美好中，总有一种特殊的能量。那是无言中的大善，是潜在的道行，是安慰和教诲。这能激起人的一种崇高感，能扩大平凡人的心量。同时，在这一切之上，又有某种难以解释的神秘。微风中，就像是传来阵阵若有若无的耳语，让人在那一瞬间，真切地感受到天地与人之间，确有某种相通的频率。

面对着红海滩，那些彼此递上名片的动作、介绍和寒暄都显得多余了。名声或者各种光环，在这一片茫茫的深红里，显得如此虚无。无须说出来历，带着自己的心事在这里默默地伫立，心急的人，心慌的人，心渴的人，心弱的人，多站一会儿，都会有所收益。人与大自然那种不成比例的比例，个体的卑微和渺小，面对无限时，那种被巨大的空旷所召唤的感觉，都会让人获得某种点化，心胸豁然开朗，丰富或者提升对人世间事物的认识。我不止一次在壮美的大自然面前有所开悟。为看风景而来，却如拜见师尊。转身离去的时候，还是那个人，却在悄然之中完成了对自己的某些修正，像一篇剔除了错别字的文章，明显地，变得神清气爽。

2014年，辽宁盘锦，我站在红海滩身边。在那一刻，我觉得我和眼前的一切有了一种默契和沟通。我向眼前的海滩会心一笑，我此刻的一些感应，红海滩，你懂的。

我相信我来得正是时候。生活里看上去一些偶然的事情，其实都可能来自命运的巧妙布局。想到年轻时，在东海、黄海、南海、渤海之滨，我分别都有过几张手臂张开的照片。我是海燕吗？也不能说那时年少轻狂。那种欣喜和欢快、那种轻松无忧的心绪、动辄就欲腾空的样子，和如今年华老去、热情渐退、不知不觉间降临的沉郁、常常无话可说的状态，都是真实的。我再做不出那种展翅翱翔的样子了。我手臂太沉，我后背酸痛，我的膝盖和踝骨都受过伤，飞不起来啦。当我"稳重"地站在一片壮美的红海滩前，面对着静谧和寥廓，我的心除了踏实平静之外，还有一种怅惘和萧凉。

这是我喜欢的那种红——这是酡红与绛紫的融合，沉稳安详，不带一点儿张扬。这是有故事的红，是葡萄变成葡萄酒、一点儿一点儿洇染心境的那种红。

望着这些原本柔弱的草，那一瞬间，我竟想起了昌耀。这个圣徒一样苦命而杰出的诗人，我在来的路上一直读着关于他的一些文字。他真是像这眼前的碱蓬草一样，看上去，并不强大，甚至有一种弱。但是，经历了一番命运海水的盐卤，风霜过后，咸涩过后，他被自己的心血所滋养，最后，孤独地抵达了奇崛旷远的境界，呈现了醉人之红……

我还想起了张志新。事实上，她是我一出盘锦车站就想起的第一个人。张志新，一个让人曾心如刀绞的名字。她在盘锦干校劳动过，也是在盘锦被捕的。在那个特殊的时代，这个坚贞的女人因为追随真理，蒙受了奇冤，经历了非人的折磨。在盘锦的监狱里，她度过了让万千中国人至今唏嘘痛楚的岁月。据说，诗人雷抒雁创作《小草在歌唱》时，就是因为看到了一片野草，野草上的鲜血，才灵感迸发，一下子找到诗的形象。草一样柔美的张志新，生得动人。"当风暴袭来的时候"，当众多的"七尺汉子／伟岸得像松林一样"，选择了退缩与沉默之时，却是她，"冲在前边／挺起柔嫩的肩膀——"她将野草的坚强和韧性发挥到极致。这是盘锦不该忘却的人。她给这块土地留下了风骨和气韵。一个美丽的女子，蒙难之时，正值风华正茂。她出生在音乐之家，爱艺术，酷爱小提琴。她活着时，那双漂亮的眼睛一定无数次凝望过这海天辽阔的景色。那时，她有过怎样的百感交集？她对自己的那场人生，有过怎样的遥望和遐想？黯淡的时代，一个杰出的女人，以生命为代价，像一簇红色凄美的碱蓬草，为人间留下一帧怆然独立的剪影。

红海滩，不动声色的一片殷红之中，包藏了多少悲欢离合，记录了多少世事沧桑，蕴含着多少细密的隐喻。它苍茫逶迤，竟与我生命的许多章节如此自然地衔接。一些前尘往事，一些难以忘怀的人和事，就这样从四面八方奔涌而来……

我甚至觉得眼前这片苍苍的红海滩，就是从我纷繁浩茫的心思里长出去的。它们长到了我的身体以外，带着记忆和遥想，带着凉意，向着寥廓和幽深之处，茫茫然，无边无际……

2014年

廊桥小记

在温州下了飞机，车子开往泰顺去的一路上，我望着窗外景致，心想，真是异乡啊。

首先进入眼帘的是那些树木。它们不认识我，我也不认识它们。在北方我的家乡，我能轻松地叫出那些树的名字：杨树、柳树、榆树、丁香就不用说了，它们遍布在哈尔滨的大街小巷，和广大市民一样，凡心未泯地活着。就是再向北，走进大小兴安岭，在我的黑龙江土地上，我也依旧能叫出许多树的名字：红松、白桦、水曲柳、云杉、樟子松、黄菠萝、胡桃楸……

可到了这里，满眼陌生了。眼前的这些树，我只是在书中，在荧幕上，在南方作家的笔下，见过它们。它们的芳名是：香樟树、红豆杉、小叶榕，乌桕——它们树影婆娑，姿色丰美，摇曳在南国的秋风里。想到我离家时，哈尔滨已是树木凋零，满城落叶。很快，严寒就会掠走所有的叶子。那些只剩下树枝的树如烈士雕像一样，在北方的风雪中料峭挺立。天寒地冻时，它们没有容貌，只剩下风骨和魂魄。而这里，气候温和湿润，同样是深秋，同样是树，却处处郁郁葱葱，枝繁叶茂，有的树还开着热烈的花。望着这些生得漂亮的树，我真是替我们北方的树感到委屈。没有办法，这就是命运。

看到廊桥了。

在泰顺的几日，天天见廊桥，天天有心得。

廊桥就是有廊屋的桥。使泰顺闻名天下的，就是这一座一座古意盎然的廊桥。

望着这些廊桥，让人对这块土地肃然起敬。泰顺人的祖先才是真正"以人为本"。他们觉得人活在世上，现世与子孙皆须安稳。不用什么交通局反复讨论，先人们认为：在相隔一定里程的大路边上，就应该建造供人歇脚的风雨亭，正所谓"长亭外，古道边，芳草碧连天"。而南方多水，需要桥梁，在桥上建造屋檐，既能保护木质桥梁免受侵蚀，又能同时起到风雨亭的作用。实用而又风雅，美观又善解人意。古人之心，磊落温厚，能力智慧加上操守，数百年过去，那些廊桥的卓越和不凡，赢得了举世的礼赞。今天许多人奔着廊桥来到泰顺，人们要摄影留念的名胜，在古人那里，不过是当年的便民措施。它们就在百姓的日常生活中，来自体恤和关怀，来自平常心和创造力，来自洁净的心念和顾及后代的长远打算。

我想起了就在不久前，哈尔滨因为一座桥的垮塌引起举国注意。那是一座用现代材料造的大桥，看上去很有气势。可是它居然因为"车子超载"就趴了，塌得丢人现眼。作为哈尔滨人，当外地朋友询问这事时，我都不好意思多说！

而眼前，泰顺的廊桥，让人百感交集。美景亦如美人，有时候只需看上那么一眼，就会心为所动。这廊桥，样貌古旧却深藏风华。数百年之久，桥上桥下，时空流转，山风月色，尽揽怀抱。多少朝代风云际会，一代代的达官贵人、书生美女、布衣百姓，无情事，有心人，都在它的注视下——来了，走了。生了，灭了。这些廊桥，看着婴儿成为祖父祖母，看着树苗变成参天大树，看活色生香，看万物轮回，看着泰顺的子民劳碌与逍遥。对于眼前的世界，它最有心得却一言不发，笃定淡然。古老的桥，桥下的河水，河岸上身姿摇曳的树，吹动树的风，和那爱抚着眼前这一切的老天空，以及在这里繁衍生息的人们，它们缺一不可，有动有静，互为注释，在这里经久上演着清明上河图。太阳底下，日复一日，每一天却依旧新鲜。

那一天，我在一座廊桥下，看到两个老妇人，一个老些，一个更老些。她们每人面前一个小竹篮，一边剥笋子，一边用我一句也听不懂的方言在说笑。其中更老些的那位，瘦小，无牙，却穿着一件宽大的花格衣衫。那明显是捡儿孙辈的衣服，年轻花哨的衣服罩在迟暮岁月的老妪身上，竟有那么一点儿可爱的天真。那个地方角度好，我本想站在那拍儿张廊桥的照片。她们显然看出了我是外乡人，抬起头友好地朝我笑了一下，欲挪身给我腾地方。我连忙摆手。两张祥和的面庞，在温煦的阳光下，在这样的古桥边，让我心生惭愧。我如果不立刻离开，对安坐家门的她们，就是一种冒犯和粗鲁。凡事不该强求，良辰美景，心里记住就好了，又何须多事呢！

　　泰顺真是个好地方。同行者有人慨叹，这么美的地方，早先竟不知道，来晚了。我不这样觉得。当我自己慢慢变旧的时候，来看这历经沧桑的廊桥，更有一种默契和感应，也更能领受裨益。人与世间事物一样，不必总是意气风发。你看这廊桥，如此平和笃定，底蕴和气魄都深藏在沉默里。也在市井烟火中，却有清风日日除尘。廊桥之美，美在看淡人间苦乐，美在结实而沉稳，美在吐纳自如，美在岁月赐予的阅历和风度。

　　也许，正是因为有这样的地方，中国才叫作中国，家乡才是家乡。正是这样的地方，古旧、并不耀眼，有前尘往事，有时光的纹络，有爱和护佑，才能让人生出根基，勾连起乡愁、诗意、牵挂和眷恋，激发出想好好活下去的念想、回报恩情的赤子心愿，以及追随古人惠及子孙的信念与行动。

　　　　　　　　　　　　　　　　　　　　2015年

曲 靖 三 记

　　我记得曾在前年的一个访谈里，说到过云南对于我的吸引。"大西南，是我心仪之地。那里的高山峻岭与河流，有一种吸引我的神秘和深邃。我书写这些地方时，好像总能获得一种特殊的能量。"我也说不清楚，到底缘于什么样的原因，云南在我心里的版图上，占有特殊的位置。云南距离我居住的哈尔滨，有万里之遥，但是，我总是愿意尽可能地多去云南。而每次回来，心怀里都会弥漫着一种类似于乡愁那样的惆怅。

　　2016年春天，我又一次奔赴了云南，这次的曲靖行走，感觉尤为强烈。回来后，我常常会翻开云南之行的小记事本，看着那上面的地名——罗平、师宗、陆良、沾益、会泽——看着那上面的一些零星感受，看着我随手记下的菌子山、凤凰谷、大海草山、娜姑镇白雾村——真是像极了旅游卫视那句著名的广告词：身未动，心已远。我坐在自家的小书房里，向窗外望去，那是一座遮挡视线、让人相当厌烦的大楼，可此刻，我硬是让目光穿过这座楼，再一次飞回曲靖的山水之中。

忆 罗 平

今年3月，难忘的曲靖之行，是从罗平开始的。

未去之前，尽管已经在电视、网络、摄影杂志上，领略过那天下驰名的油菜花，知道了罗平作为全国三十一个油菜籽生产基地县之一，已经享有"滇东油库"之美誉，可是，当我们一行人真的面对这声势浩大的金色之春，亲眼看见漫山遍野的油菜花高低起伏，通灵一般在风中摇曳的身姿，仍然有种倒吸一口气的震撼！天哪！我的天哪！

这是花朵的千军万马，这是娇美俏丽组成的博大和壮阔，这是柔弱汇集起来的洒脱和豪放。放眼望去，整个罗平的山野、村舍、道路、河流，无不与油菜花海交相辉映。3月的罗平，披着金黄色的大斗篷，让人心醉神迷。

一群已经不再年轻的作家，迅速地被眼前油菜花的壮美感染。大家就像是同时回到了七岁，大呼小叫，来回奔跑。没办法，我们见到了春天的大世面！看了这边又想看那边，眼睛不够用了！"真美啊！"平时以文字为生的我们，此刻却找不出更多话语来表达赞叹。真美！眼前的美，是大自然对罗平人的厚爱，也是罗平人对自己家乡尽力用心的大手笔。

真美！这是我们由衷而发的赞叹，也是我们对生活的向往和追求。一切相得益彰。美是有力量的。它会让人目光纯净，会让人荡涤尘埃。美好的事物，美好的场景，容易激发起人的崇高感和洁净感，对人有一种提升。在这样的地方，大家迅速地褪去了平日里所谓的持重和矜持，变成了笑容单纯的孩子。一群人在花海之中，尽情地展露天性。油菜花沉默无语，却像一群披着金色衣衫的老师，无声地讲解着美对人生的意义。是啊，在油菜花前凝神的你，想起了什么？是逝去的年华？是从前的爱情？蓝天白云下，我们暂别了生活中的一些琐碎和烦恼，欣赏着大自然的杰作，感受着春天的浓情蜜意。这美好的、带着大西南独有韵味的罗平之春，让人沉浸在向善向美的情愫中，情不自禁地在嘴角浮起微笑，想让自己的生活能跟这份山水相称起来。是啊，人该越变越好，像眼前这花海一样漂亮。生命只有一次，要在这世上做一个与美好事物相衬的人。

罗平生态环境保护得很好，应该算是广袤国土上的一块璞玉。这里有独特的地貌奇观，有蜿蜒前行的多依河，有腰肢袅娜、亭亭如盖的树木，有风情独具的布依族村寨。淳厚素朴的风情，唱着古老歌谣的水车，图案清新的蜡染布，凝聚着民间智慧的工艺品，这里有太多值得记忆的事物。而最令我难忘的，还是这印象强烈的油菜花。它们在阳光下、月色里、薄雾中，尽情地展示所能达到的极致之美。以至于，让我在离开云南之后，只要想到罗平，鼻子就仿佛嗅到一种清香，就看到了两个用成千上万朵油菜花组成的大字，茸茸的、金黄色的——罗平。

杜鹃花的个性

到师宗县了，我们要去看菌子山。

我是杜鹃花爱好者。关于杜鹃，虽然只知道皮毛，却一直喜欢。少年时代，先是被杜鹃花的传说打动。祖母告诉我，在遥远的古代，山林里有一种名叫杜鹃的鸟。这鸟满腹心事，它日夜哀鸣，滴滴咯血染红了山上的花朵，杜鹃花因而得名。这个带着悲凉味道的传说，打动了少年时代的我。从此，我便钟情于这因为伤心而漂亮的花朵。我在很多地方，专程去看望过各种各样的杜鹃花。一位喜欢摄影的朋友，还专门把他在大兴安岭达尔滨湖拍摄的杜鹃花送给我，很长一段时间，壮观的北国杜鹃花就在我办公室的墙上怒放。

我的家乡黑龙江，大小兴安岭，包括一些无名的山坡，都有野生杜鹃花。每年春天，草木还没有从冬眠中苏醒。勇敢的杜鹃花，就迫不及待了。在北方，我们称呼它们为达子香。它们是最有个性的花朵，像偏爱高难动作的运动员一样，很多花就生长在悬崖峭壁上。初春时分，叶子还没绿，淡紫色的花朵，已经忍不住开放了。它们多数长在山谷上，一丛丛，一片片，顶着料峭的寒风，在冰雪尚未消融的早春，清清嗓子，唱出了第一首春天的赞歌。林区的朋友知道我喜欢达子香，有时来哈尔滨办事，会顺便给我带来一束。朋友常常是拿旧报纸一卷，把这"皮实"的花带给我。这些看上去不起眼，干干巴巴的达子香，插在清水里一两天，纤细的、暗褐色的枝条很快就舒展起来，它们先开出紫色的花朵，而后再不慌不忙地长出绿叶，那份清新和秀丽，给我朴素的家带来山野的盎然之气。

这回，要看到云南的杜鹃花了！云南杜鹃花世界闻名，堪称一流，菌子山又是云南最大的杜鹃花自然群落，这里的万顷杜鹃花艳惊天下，说是国宝级别也不为过。想到自己能在云南在师宗看到心仪很久的杜鹃花，怎么能不兴奋呢！

但是，就像小时候听老人讲故事一样，一到褃节上，话锋一转，心就提了上来。"但是"，这个词又一次显示了它不容分说的威力。当我们终于行进在菌子山上时，"但是"出现了。眼见为实，除了向阳的暖坡上，偶有几枝漂亮的杜鹃花先行盛开，大多数的杜鹃花还正处在含苞未放的状态。

因为今年天气的原因，因为春寒，因为……

不管因为什么，反正，杜鹃花没开。我们是按照惯常的花期来的，可人家杜鹃花不是。人算不如天算，我们来早了。

看来万事万物，没有一成不变的。你看，今年，春天不过是慢了几步，花期就顺势延后了。大自然的秘密和奥妙，漫山遍野的花草树木知道，杜鹃花知道。而我们，不像它们知道的那么确切。满山的杜鹃花不用和谁说：很抱歉，今年开得晚了。它们就是这山谷的居民，是菌子山众多植物里的一群漂亮姑娘。对于阳光、月华、雨水、风声，它们有自己的感应系统和理解能力。这是它们的家园，它们的地盘，它们生命的栖息地。各种树木花草、枝头的鸟儿、盘旋的飞蝶、无处不在的昆虫和树下的蚂蚁，是杜鹃花家族的远房亲戚或各路友人。它们看上去有点儿任性，其实是深谙时令的规矩。它们心中有谱，知道用怎样的形式，向孕育自己的一切表达感恩和赞美。春天的帷幕正徐徐启动，杜鹃花们抑制住内心的激动，正在后台精心准备。华丽而盛大的演出正在筹划之中，一年一度的怒放大典，即将启动。

菌子山中，杜鹃花满树开放的壮观虽然没有见到，可这大山中幽静的景色，处处动人。古木，奇石，一步一景。到处是我不认识的花草树木，到处是让人眼前一亮的惊喜。那嶙峋伟岸的山崖，让惯于联想的我们，心游八荒。师宗当地的朋友，像说起自家事情一样，娓娓介绍着这里的风土人情。从树的习性到花草的名字，从山林的往事到未来的筹划，哪些植物是药材，哪座庙宇有故事。这些土生土长的师宗人，早已与这菌子山融为一体。我素来敬重热爱家乡的人。山风浩荡，心情舒畅，身边走着对家乡有拳拳之心的人，纵使是没见到杜鹃花开放，我依旧已经从这行走的经历中，获得了巨大的身心满足。

我甚至觉得，这也是一种点拨。看望杜鹃花的过程，有一些意料之外的收获。在大自然的法则面前，人类最恰当体面的表现，就是首先要尊重和理解。期盼和愿望，那是一厢情愿的事情。开放，是花朵们的宿命，是隆重庄严的事情，是水到渠成，是万事俱备。杜鹃花不仅美丽，而且严肃守序，不懂弄虚作假，郑重地经历轮回。该开放时，即便是在北国凛冽的风霜里，它也傲雪开放；而时机未到，任你是谁，任你焦急盼望，任你遍山寻觅，杜鹃花就是样有个性，对不起，没到时候呢！

我想象着，再过几天，一场春雨过后，满山的杜鹃花将在春光里怒放。它们姹紫嫣红，灿若云霞；它们要以百媚千娇的丰饶之美，来回报天上的阳光和地上的养分；它们会以自己的风姿和馨香，给大山带来姿色，给更多的人带来惊喜和欢欣。杜鹃之美，会给菌子山带来最惊艳的春光，会抚慰无数的目光和心灵。想到这，心里升起的是一种深深的欣慰和满足。

菌子山，谢谢你让我又知晓了一些道理。告别之时，我回头凝望，也暗自悄然地在这里留下了一个念想：你有个性，我也执拗，亲爱的杜鹃花，我们说好了，再见！

大 海 草 山

2016年，我经历过最舒畅的一次采访——是3月，在会泽大海草山。

当年轻的记者举起麦克问我在大海草山的感觉时，竟有一种梦幻般的不真实感。彼时，湛蓝的天空上白云正在飘动；我的身后，群山起伏，羊群在悠闲地吃草；而距我几米的前方，几个同伴正蹲在牧人的小炉子旁，蘸着辣子和盐，吃着香喷喷的烤土豆。在一派静谧和单纯里，在大地的经卷之中，我还能有什么感觉呢！我这一生，能有多少这样安静美好的时光？这大海草山珍贵的瞬间，永恒地定格在我的回忆之中了。

大海草山，其实就是像大海一样浩瀚的高山草甸。山峦在此蜿蜒起伏，草场广阔无垠，空气里有远离尘埃的澄明和清冽。这里，没有装腔作势的任何建筑，没有那种一看就假的凉亭，没有喧闹的游客中心，没有现编的什么仙女的传说，没有任何让你想到"景点"一词的地方。这里除了山和草，莽莽苍苍，几乎什么也没有。

在中国，可能已经没有多少地方，像这里一样充满了生命那种原始的气息。四顾苍茫，让人想到陈子昂"前不见古人，后不见来者。念天地之悠悠，独怆然而涕下"的千古诗句。这是那种让你想到祖先开天辟地的地方。群山之上，一种敬畏之感油然升起。这里的那种空，那种苍茫辽远，就像是让人一脚迈进了另一个世界——那是我们平素生活的背面，是通常我们渴望前去的那个"远方"。那种大空旷、大静谧、古老神秘的气息，像有一种巨大的能量场，一下子，罩住了我们。

在罗平金黄的油菜花面前，在菌子山千回百转的石板路上，都容易浮想联翩……

而此刻，当我坐在大海草山的草地上，望着连绵如海浪的群山，望着比远方还远的地方，脑子居然进入了一种清空的状态，好像什么都不再想了。人，一点点地变空了，这种什么都不想的感觉太奇妙了。我觉得自己的身躯正在缩小，逐渐松弛得像一个旧布袋子，就在这大海草山的草地上，软塌塌地、慢慢地感受着大自然的空气、阳光和风……

我的那些作家朋友，也是这样，他们站着或者坐着，好像都进入了一种失语状态。谁和谁也没交谈。是啊，还有什么可说的呢！大家各怀着自己的心事，望着各自的远方，遥望或是冥想。

春天的大海草山，海拔很高，风还很凉，牧羊人裹着一件黑色的棉衣，静静地坐在草地上，对我们这群外来者，淡然相对，没有表示出任何好奇。这里，除了山，就是草，谈不上有什么独特的风景。可这也许正是它最为动人的地方。水千条山万座走过之后，这空旷古朴苍茫的地方，更容易让人进入一种内化的过程，情不自禁地，和自己的心灵对话。当你在一个如此辽阔的背景下，骤然发现并走进了自己内心的那条羊肠小路时，那种感觉，真是语言难以形容出来的安稳和踏实。

我们就那样，坐了很久……

还是当地的朋友，让我心思放空之后，再一次被激动填满，那是我听到了关于这里真实的故事。

二战期间，为保证战争物资的运送，美国陈纳德将军的"飞虎队"在开辟了著名的"驼峰航线"后，又开辟了由昆明—会泽—重庆这一国内唯一主航线。战事紧张，狼烟四起。飞虎队临危受命，为的是把急需的军用物资送到重庆大后方，为的是遏制野蛮的侵略。驼峰航线险象环生，陡峭山峰的海拔高度接近当时飞机爬升的高度限制，而且沿途的山脉神秘莫测，经常云遮雾罩，所以飞行相当危险。据战后美国官方的数据：美国空军在"驼峰航线"上一共损失飞机468架，平均每月达13架；牺牲和失踪飞行员和机组人员共计1579人。"在天气晴朗时，我们完全可以沿着战友坠机碎片的反光飞行，我们给这条撒满战友飞机残骸的山谷取了个金属般冰冷的名字，'铝谷'。"这是美国《时代》周刊对"驼峰航线"的描述。

这是残酷的记忆。1944年3月24日，一架飞机就坠毁于大海草山的主峰牯牛寨。这架编号为C-46-4717的大型运输机，据考证，就是"飞虎队"空运总队滇东北坠机里尚未找到坠机确切地点的二十架飞机中的一架。而这段历史，由于掩藏在遥远神秘、海拔四千多米的牯牛寨之上，长期以来，鲜为人知。

我曾经在云南一些纪念馆里，见到过当年"飞虎队"那些飞行员的照片。他们年轻俊朗、英姿勃勃地站在照片上。我还记得，其中有几个小伙子帅气，漂亮，笑容那么单纯！他们不是不知道，自己从事的是多么危险的工作。他们中很多人，就牺牲在风险丛生的驼峰航线上。而那照片上的某人，就有可能葬身在牯牛寨之上。一个年轻的飞行员，从生动的存在，变成孤独的遗骸。而当年在美国本土等待他归去的家人，他的母亲，他爱的姑娘，可能永远都不知道，亲爱的人葬身何处。异国他乡的崇山峻岭，高耸入云的峰巅之上，静穆和深情，藏起了一个美国军人最后的梦想。

风烟散去。隔着七十二年的时空，这是又一个阳春三月。人们已经不再谈论当年的战乱、惨烈和牺牲。空气清新的大海草山上，一个当地年轻的彝族女子，风尘仆仆，背上背着一个孩子，身边站着一个孩子，她正在为我们这些外来者烤着土豆。她瘦小沉默，满面风霜，衣着陈旧黯淡。两个孩子和她自己，手、脸都被大风吹得有些皴裂。那两个孩子，仰起不太干净的小脸，像小动物那样，眼睛晶亮地打量着我们。看上去这个女子家境并不富裕，她可能就是牧羊人的妻子。但她神情坦然平静，显然，和平的岁月里，虽然也是含辛茹苦，她过的却是知足认命的日子。

我顺着当地友人的手指遥望，高高的牯牛寨，云雾缭绕，空寂莫测。我知道死去的人不会活转过来，但我相信，就在这群山之巅，有肉眼看不见的人类精神的高峰。战争、和平、仁爱、牺牲、灵魂——这些词不再仅仅是词语，它们以浮雕一样的画面在我面前呈现。"天似穹庐，笼盖四野。天苍苍，野茫茫，风吹草低见牛羊。"这大海草山，历来以草、花、云、雾、雪、光、水、峰等旖旎风光著称于世，同时，它也是悲壮历史的存念，是聚集浩然正气的所在，是异国飞行员留下宝贵生命的地方。何其辽阔寂静的墓地！这梦幻般的高山草场，如此偏远，如此遥不可及，见证了人类的野心、侵略，见证了保家卫国的慷慨士气、跨越国际的大义援助，以及正义一定战胜邪恶的信念、为使命视死如归的高贵情操。起伏的山峦和草场啊，你表面的平静和沉默里，是巨大的昭示和无边的隐喻！

2016年3月，在会泽，大海草山。大海一样的山峦和草原，我记住了那有形的波浪和无形的涛声。

2016年

梓潼小记

2017年初春，我有机会去四川梓潼。在首都机场，邂逅将一同前往的诗人寇宗鄂。

宗鄂兄是梓潼人，他像天下所有游子一样，说到自己的家乡，就忍不住动情。他说此去会多住些天，想为家乡做一点儿事情。他告诉我，一定要去参拜文昌帝君。他认真地说，要去！那是咱们自己的神啊！

文人来祭拜文昌帝君，庄严肃穆中还有一种自己人的亲切。这是读书人的神，是学子们的神，是中国最有声望的文官，是华夏大地分管我们的仙人。普天之下，几乎凡有中国人、凡有读书人的地方，就有文昌帝君的庙宇和香火。"北孔子，南文昌"，独具特色的中华文昌文化，在炎黄子孙的心中，具有特殊的分量。

这个原本生活在民间、有名有姓，叫作张亚子的人，从人到神，一代一代，以精神巡游人间。老百姓信他，他的能量和声望口口相传，赢得世代的尊崇。在文昌大庙，我亲眼见到络绎不绝的朝拜者——虔诚进香的人，默默祈祷的人，许愿还愿的人——作为神仙，文昌帝君真是辛苦，他每天看到的，是各种虔敬或忧虑的善男信女，是一幅幅带着俗世气息的人间长卷。当神不容易，神有多操心！

今年的祭祀大典格外隆重。香火缭绕的七曲山大庙，就是闻名天下的"文昌祖庭"。仪式开始，古风悠然的音乐声中，人们身披黄色绶带，凝神肃立。随着司仪庄重的主持，嘉宾代表们分批次上前祭拜，净手上香，祈愿家兴业旺、国强民安。而每一通祭拜，大家都要在司仪的口令下，一遍一遍深深鞠躬。

这是我有生以来鞠躬次数最多的一天。

肃立鞠躬，这古老的礼仪，本身就是穿越千年的祖先遗产。当我们弯腰致敬时，这不断起伏的动作本身，就蕴含了意味。只要心诚，谦卑之感自然来临。圣贤面前，山河面前，这鞠躬之礼就是千言万语，就是最为得体合适的表达。

四十名海峡两岸的学生，沿祭祀通道缓缓上前。孩子们神情庄重，向文昌帝君恭献书卷后，抑扬顿挫地齐声朗诵被誉为"善书三圣经"之一的《文昌帝君阴骘文》名句，"救人之难，济人之急，悯人之孤，容人之过，广行阴骘，上格苍穹"——古老苍劲的汉语，在莘莘学子年轻清澈的诵读中，弥散出一种动人的魅力。这样的内容与形式，让人感动。那一瞬间我很羡慕这些朗读的孩子，他们以这样的方式，接触了以"宏德崇文、明礼修身"为要义的文昌文化，这文化里蕴含的清明和良善、仁爱与宽厚，对德行的规范，对修身的强调，怎么能不让人感慨万千。

我想到了我的少年时代。我们这代人，最纯洁的年纪里迎面撞上了最特殊的岁月……青少年时代，我没参加过任何一个和祭祀有关、具有肃穆仪式感的典礼。先天的欠缺带来的不仅是个体生命质量的降低，而是整整一代人（甚至不止一代人）的简陋。随着年岁增长，当我们有能力进入反思和追问的时候，美好韶华已黯然逝去。此刻，透过岁月，我看到了少年时代的自己，替她深为难过——离我最近的那个诵读的少女，她眉清目秀，光洁的额角在阳光下渗出了细密的汗水。一个孩子全神贯注的神情是可爱的。如果时光倒流，我愿意变成她，在初春的阳光中，大方地朗读着古老的教诲，半懂不懂中，体会做人的道理，任清风拂面，任阳光照耀。

我在深深地鞠躬，向这座中国最古老的县城，向那有三千多年历史的古蜀道，向见证了岁月沧桑、腰身苍劲的千年古柏。

梓潼置县近两千三百年。这里曾是古蜀道所经之地。气韵飞扬的《蜀道难》，就包括这里的山水烟云。让人惋惜的是，梓潼段的古蜀道今已所剩无多。让我们感谢李白吧！他用惊心动魄的诗人之笔，为我们留下了千年古道。就是眼前那残存的一小段，也足够让人浮想联翩了。漫漫古蜀道，是保存至今人类最早的大型交通遗存之一，它比古罗马大道更为悠久。天地有情，就在这危乎高哉、险象环生的古道上，车辚辚，马萧萧。多少历史烟云、生离死别、爱恨情仇——任你遥想或追忆。

英雄豪杰，布衣百姓，多情男女，相思怨别。这是唐玄宗走过的路，剑阁闻铃处，深情断肠人。

忽然觉得，千年岁月真不算漫长。就在不久前，吹着我们的春风，也吹拂过李白的衣衫，吹拂过杜甫书桌上的灯盏。白居易刚写完他的《长恨歌》，笔墨似乎刚干，击节赞叹者却已是千年以后之人。还有陆游、苏东坡、辛弃疾，太多太多的诗人——他们早已变成阳光雨露，滋养后世子孙的精神年轮。他们是隔世的老师，是灵光闪烁的宝藏，是永远的山峰和月色。那一夜，一群诗人正在圆桌会议室高谈阔论，倏然停电，寂静黑暗中，工作人员窸窣进来，把点燃的蜡烛轻放于桌上。一瞬间，诗人们全部止语，烛火闪烁，宛若接通了古今。古蜀道旁，历代走远的诗人们好像正在烛光中折返而来。那些不同时段、曾在他们自己那场人生里活出迷人光晕的诗人，对我来说，就是神灵啊。

我当然要心怀虔诚地鞠躬再鞠躬。

我的鞠躬致敬，还包括他们——

那些曾经在梓潼居住多年的重要居民，一群让人百感交集的人。

他们，就是当年在梓潼"两弹城"默默工作的科学家们。

所谓"两弹"，就是指原子弹、氢弹。梓潼长卿山何家湾曾是中国工程物理研究院的院部旧址，该基地1969年从青海

211基地以军事转移方式秘密迁来。两弹之父邓稼先、"两弹一星"功勋奖章获得者——王淦昌、于敏等十六位院士曾在这里工作、生活数十年。

我们此行就住在两弹城宾馆。在当年科学家曾经住过的院落里，那些旧日陈设，生活痕迹包括当年的标语，让人有种穿越之感。在纪念馆里望着那些科学家们的照片，参观他们住过的房间、用过的器物，不由得唏嘘感叹。这是一群曾有神秘色彩的人。他们是正人君子，是饱学之士，是心思纯净的书生，也是隐姓埋名的高人。他们就住在离文昌祖庭很近的地方，却没有更多的时间去参拜祭祀。可他们深谙文昌文化的底蕴，浩荡的家国情怀让他们笃信：苟利国家生死以，岂因祸福避趋之。身肩重任，那就是国家安危。报国之情，让他们果断放弃海外优越的生活，与功名利禄、繁华舒适决然裂帛。一切只为祖国在上！这些儒雅之士，这些彬彬有礼的人，甘于寂寞，与世隔绝，专心研究制造世界上最有威力的武器，全力以赴把自己的一生奉献。

郭永怀先生是我国近代力学事业的奠基人之一，为发展导弹、核弹与卫星事业做出了重要贡献。他是唯一以烈士身份被追授"两弹一星"功勋奖章的科学家。

1968年12月初，他在青海基地发现一个重要数据，急于赶回北京研究，便搭乘了夜班飞机。次日凌晨，飞机飞临北京机场，距地面约四百米时突然失事。当人们从机身残骸中寻找到他时，吃惊地发现他的遗体同警卫员紧紧抱在一起。两具烧焦的遗体被分开后，中间掉出一个装着绝密文件的公文包。生命的最后十几秒，他竭尽全力用身体保护了对国家科研事业极为重要的资料。

这太像电影镜头，可这是真的！

前来接应的士兵跪地痛哭，亲如兄弟的钱学森放声痛哭，唯有他的妻子李佩，咽下了眼泪，克制到令人心痛。据她的外甥女回忆，当时，"姨妈一言未发，就站在阳台，久久望向远方……"这对贤伉俪，就是为了心中的远方，才从国外归来。永失至爱，并没有打倒这个优雅的女人。丈夫离世后，还是为了远方之念，她将余生无私地致力于外语教学，八十多岁后依然给博士生上课、开办讲坛。"工作着是美丽的。"今年年初，她以九十九岁的高龄谢世。这个美好的女人，被称作"中科院最美的玫瑰""中关村的明灯"。她与她的丈夫是如此般配！没有炫耀和夸张，安静而自然，他们先后以最好的教养，把生命的绚丽和壮美书写到极致。这样的人，除了向他们深深鞠躬，还能用什么来表达心头的敬仰和尊重呢！

一鞠躬，再鞠躬，三鞠躬。

一遍遍的循环重复中，竟让我沉浸其中。因鞠躬而心事浩茫，因鞠躬引发追思与遥想。天长地阔，万里云霄一羽毛。身体俯仰之间，得了淘洗和提升，不断地弯腰行礼，竟让我拾取了一种难以名状的能量。

典礼结束，回到两弹城宾馆的住地，见到几棵正在开花的美树。那一簇簇红色花朵在枝头华美绽放，夺人眼目却又有种安详持重。问过后知道这就是碧桃。在当年精英人杰度过寂寥岁月的庭院，碧桃满树开放，其丰茂热烈，就像要开口说话的样子。我想起一句话：你来，我必在；你若倾诉，我必倾听。在古老的梓潼，在身世不凡的两弹城，如此绽放的碧桃，对这一年一度的春风，对这片年迈又清新的土地，对着这晨光与暮色，你将有什么样的倾诉呢？

2017年春天

关于《世界的底细》

女儿在电脑上看到我组诗的题目，揶揄道，《世界的底细》，您知道了呗？相互讽刺，是我们家人的互动方式之一。

我哪知道啊！别说世界的底细，多少人生境遇，事物的本质，都是越想越茫然，越活越困惑。唯其如此，才让我对这世界充满了好奇和探究。写了这么多年，也是这个缘故。写作本身就是一种寻找。

对于生活在东北的我来说，天高地阔，并不陌生，但是遥远的大西北，对我总有一种神秘的召唤和吸引。每一次的西北之行，都会让我经久难忘。这是气象非凡、人情厚重、信仰结实的区域；是让人不想多说话，却经常出神的地方。那种深厚、苍茫、创世般的笼罩感，那种自然、历史、宗教、民族、风情，各种不同的维度和层次，总是能触动我，补充我，让我对世界的认知，悄然中进行着更新和过滤。

这组诗就是近年来几次西北之行的积累。在我不断修改的过程中，茫茫西北就在我的电脑文档里，以词语的形式一次次呈现。它已经不再是那个地理意义上的西北，它是我心思里的远方，是一片让我神往的山河。雪山、盐湖、戈壁、草原，并不会介意我作为过客的那些千丝万缕的感受，但是，由它们引发的内心落英缤纷的过程，在我，是弥足珍贵的。

2015年秋天，在青海，我经历了高原反应，精神恍惚甚至气息奄奄。我想向更高处远行，却连多迈一步都很困难，身体对意志背叛得干脆而彻底。望着青海夜空璀璨的星群，我萎靡却真切地体验到了什么叫局限。原来，无论是写作还是生活，都要量力而行。人，必须有所放弃。我所感受的，可能琐碎、微小，不会"与国际接轨"，但是，这些从我心智里飞出的鸟儿，它们真实、朴素，正用自己的小翅膀，尽力飞翔。

2018年